U0701817

华语实力科幻作品
群星奖大满贯

Sci-Fi

点亮时间的人

万象峰年——著

民主与建设出版社
·北京·

图书在版编目（CIP）数据

点亮时间的人 / 万象峰年著 . -- 北京 : 民主与建设出版社 , 2022.7
ISBN 978-7-5139-3881-5

Ⅰ . ①点… Ⅱ . ①万… Ⅲ . ①幻想小说—小说集—中国—当代 Ⅳ . ① I247.7

中国版本图书馆 CIP 数据核字（2022）第 115636 号

点亮时间的人
DIANLIANG SHIJIAN DE REN

著　　者　万象峰年
责任编辑　刘　芳
封面设计　宋双成
出版发行　民主与建设出版社有限责任公司
电　　话　（010）59417747　59419778
社　　址　北京市海淀区西三环中路 10 号望海楼 E 座 7 层
邮　　编　100142
印　　刷　三河市冠宏印刷装订有限公司
版　　次　2022 年 7 月第 1 版
印　　次　2022 年 10 月第 1 次印刷
开　　本　880mm × 1300mm　1/32
印　　张　8
字　　数　190 千字
书　　号　ISBN 978-7-5139-3881-5
定　　价　32.80 元

《科幻文学群星榜》编委会

想象新时代

“科幻文学群星榜”是由中国科普作家协会科幻专业委员会联合其他科幻组织共同推出的一套科幻书系。这是一个规模庞大的工程，目前来看，也是独一无二的工程，基本囊括了中华人民共和国成立以来老中青几代具有代表性的科幻作家的佳作。这些作家的年龄，最早的是20世纪20年代出生的，最晚的是“90后”。

科幻文学作为一种年轻的文学品类，本身就是现代化的产物。1818年，世界上第一部科幻小说《弗兰肯斯坦》诞生在第一个实现革命的国家——英国。然后，科幻文学在法国、美国、日本等工业化国家繁荣起来，进入蓬勃发展的黄金时代。科幻作品反映着科技时代人类社会的变迁和走向，反思当代人类面临的多重困境，力图打破所谓世界末日的预言，最终描绘出一个五彩斑斓、生机勃勃的新未来。

早在20世纪初，中国的一些有识之士便把科幻作品译介进来，掀起了第一次科幻热潮。它承载起“导中国人群以行进”“改变中国人的梦”的使命。20世纪50年代至60年代，随着中国的工业和科技体系的建立，科幻作家们以满腔热情擘画了一个欣欣向荣的新世界。1978年改革开放后，中国再次向现代化进军，科幻迎来新的勃兴。作家们满怀豪情地书写科学技术为实现现代化，为谋求人民的幸福生活所创造出的神奇美景。进入21世纪，随着新时代的来临，这个文学门类也进入成长的新阶段。随着《三体》等作品的问世，中国科幻迎来了新一轮热潮。作家们描绘着古老的中华民族在实现全面小康和建成现代化强国的过程中所面临的新机遇、新挑战，谱写着中国走向世界、步入太阳系舞台中央并参与宇宙演化的新篇章。

科幻文学的发展折射着中国国运的巨大变迁。当今，海内外不同领域的人们对中国的科幻文学的空前关注，实际上是关注中国的未来，关注世界第二大经济体将如何持续演进，关注14亿人的创造力将怎样影响这个星球。从现实意义上来说，这套书系不但包含这些丰富的信息，而且集中梳理了新中国科幻文学取得的辉煌成就，整理出新中国科幻文学发展的广阔脉络；而且从一个特殊的侧面，反映了中华民族从站起来、富起来到强起来的进程，见证着中国走向更加灿烂辉煌的未来。

这套书系具有以下三个特点。

一是权威性。它由中国科普作家协会科幻专业委员会主持编选，并与国内多个科幻文化组织合作，得到了包括中国科普作家协会科学文艺专业委员会、《科幻世界》杂志社、南方科技大学科学与人类想象力研究中心、未来事务管理局、八光分文化、重庆钓鱼城科幻中心等的鼎力相助。编者从中华人民共和国成立以来的海量科幻文学作品中，精选出足以体现时代特征的作品。收入书系的作者，涵盖了雨果奖、银河奖、星云奖、晨星奖、光年奖、未来科幻大师奖、引力奖、水滴奖、冷湖奖、原石奖、坐标奖、星空奖等中外各类科幻大奖的获得者。

二是系统性。它收集了中华人民共和国成立以来不同时期作家的代表作。作者中有新中国科幻奠基者和老一代作家，如郑文光、童恩正、萧建亨、刘兴诗、潘家铮、金涛、程嘉梓、张静等，也有改革开放后崛起的新生代作家，如刘慈欣、王晋康、何夕、韩松、星河、杨鹏、杨平、刘维佳、赵海虹、凌晨、潘海天、万象峰年等，以及以“80后”为主体的更新代作家，如陈楸帆、飞氘、江波、迟卉、宝树、张冉、程婧波、罗隆翔、七月、长铗、梁清散、拉拉、陈茜等，还有在21世纪崛起的全新代作家，如杨晚晴、刘洋、双翅目、石黑曜、王诺诺、孙望路、滕野、阿缺、顾适等，从而构成比较完整而连续的新中国科幻光谱，同时也是对中国科幻文学发展历史的一次系统检阅。

三是丰富性。它比较全面地展现了广域时空中新中国的科幻生态和创作风格。这里面既有科普型的，也有偏重文学意象的；既有以自然科学为主体的“硬”科幻，也有侧重社会现象的“软”科幻；既有代表科幻未来主义的，也有反映科幻现实主义的；既有传统风格的写法，也有实验性质的探索。作品的主题涵盖了中国科技、社会、文化和民生的热点。从中可以看到，一个曾经积弱的民族，如今正活跃在地球内外、大洋上下、宇宙太空、虚拟世界、纳米单元、时间航线、大脑意识等各个空间。这里有中国政府和人民引领抗击全球灾难的描述，有脱贫的中国农民以新姿态迈出太阳系的故事，也有星际飞船和机器人在银河系中奏唱国际歌的传奇。

这套书系力求构建起一个灿烂的星空，并以此映射人们敏感而多样的心灵。爱因斯坦说，想象力比知识更重要。科幻是相伴人类发展进步而产生的新兴事物，是一个民族想象力的集中反映，是科技创新的艺术表达，在人们面前呈现出一幅幅奔向明天、憧憬和创建未来的美好画卷。许许多多杰出的科学家、工程师和企业家在年轻时受科幻文学的熏陶和影响，因此走上了创造神奇新世界的道路。中国正在稳步建设创新型国家，需要更多富有创造力的人才。科幻文学也肩负着实现中国梦的责任，在点燃青少年科学梦想、激发民族想象力和创造力方面，起着不可或缺的作用。

这套书系将为广大读者，尤其是年轻人打开中国科幻和未来世界的门户，有助于人们拓宽视野、开阔思想、激发灵感、探索未知、明达见识。它也将进一步促进中外科幻、科技、文化和文明的交流，为人类的共同发展做出中国的一份独特贡献。

中国科普作家协会科幻专业委员会

2020年10月1日

一、关于作者的一些短篇小说

记者：很遗憾我只看过你的三篇小说《城市，城市》《后冰川时代纪事》《玻璃上的灰尘》。下面的几个问题都是基于这三篇小说的。首先，请问《后冰川时代纪事》的点子是怎么来的？

作者：这篇小说的“种子场景”来源于我的一个梦。我有一个习惯是随手把灵感包括有意思的梦记录下来。那个场景是我坐在空旷冷清的房间里，房间的地下埋藏着前人吃剩的螺蛳壳。它并没有立刻变成故事，而是放在那里，慢慢生长，和别的想法相遇，和我的不同情绪相遇。当我感觉它们已经可以组成一个有生命的故事的时候，我就动笔了。这篇小说比较特别，是在我情绪很糟糕的时候写的，写出来是对我的一种情绪释放。

记者：《后冰川时代纪事》里出现了饥饿的人们、不合理的制度，文中人物在绝望的环境中挣扎求生。中国的读者对这个故事又有怎样的反应呢？

作者：我写作的时候没有想到什么具体的东西。如果带着这样的目的来写，它可能反而会变得更刻意。我关心人类意义上的“人”可能呈现出来的状态，人类的忧伤和悲剧是相通的，它们落在我所处的文化土壤里成了这个样子，落在别的文化土壤里也会有另外的样子。对于一些人熟悉的感受，对于另一些人又会是异质性的感受，但根本上我希望表达一种不局限于某个文化的东西。这篇小说确实是我的作品里面最常被人记起的小说，不过我还没有听中国读者提到过这样的视角。

这是我最早期的作品之一，写作这篇小说时，我的情绪驱动是主要的写作动力。我那段时间的糟糕情绪在这个故事中得到寄托和释放。我的个人的情绪比思考更先决定了这个故事的情感基调。有不少中国读者是因为自己经历过的悲伤而记住了这篇小说。我感到有些愧疚，我希望他们记住更快乐的东西。后来我也会有意避免写作悲剧感这样强烈的故事。

记者：在很多科幻小说中，技术象征着人类的发展。但是在《后冰川时代纪事》里，你强调技术维系着人类的存亡。《城市，城市》里的这句话让人印象深刻："技术不光是技术，也是文化观念的结合体，改变着人的思维方式。"我很想知道，你作为一个科幻作家是怎么看待人类与技术的关系的？

作者：我认为恰恰相反，在许多科幻小说中，技术象征着人类打开的潘多拉魔盒。不过这也不奇怪，发展需要千百次的成功，而毁灭只需要一次失败。我所担忧的未来并不比其他科幻作家更多，而对技术的基本情感我和大多数人一样，是乐观积极的。需要特别提到的是，很多时候技术是出于美学需要被"降级"的。

关于人类和技术之间的关系，我不害怕技术改变了人本来的生活方式，也不害怕技术会改变人本来的思维方式。我不认为人的变化是多么糟糕的一件事。技术和人互为对方的演化环境，一直都是在变化中演化过来的。目前来看，技术提供给我们的可能性要远远多过技术消灭的可能性。对于遥远的未来和极端情况下，这个关系的演化，我有一些自己的想法，我会写在将来的小说中。

我们科幻作家喜欢替未来担忧好坏，这是一种职业病，体现了人类对未来负责的一种态度。但是我们也必须承认，未来的好坏应该由那个时代的人去定义。无论未来的人是避免了我们担忧的问题，还是发现这些问题根本不值得担忧，我觉得都是好事。

记者：“社会变迁”的主题在你的小说中不断出现。比如《后冰川时代纪事》揭示了一个荒诞的社会，《城市，城市》里的人们离开城市去寻找未知的土地，《玻璃上的灰尘》里令人印象深刻的句子：“有时候你会绝望，但是千万不要，千万不要输给黑暗。”你觉得未来的社会将是乌托邦还是反乌托邦？为什么呢？

作者：理性上我相信未来社会整体上会越来越好，但不是乌托邦。社会的发展会有起伏，社会中的每一个人也不会同样幸运。在感性上，我会忧虑不幸的降临，这样的忧虑让我们努力让世界变得更好。

我希望就算有一天我们会遭遇黑暗，那也是我们开拓了新的世界后遇到的新问题，不要重复掉到远古的大坑里了。

二、关于作者及其创作等方面

1.关于作者

记者：你的粉丝提出了一些问题。你的第一篇小说《城市，城市》获得了2007年的某个奖项，但是它花了很长时间才得以发表，为什么会这样？

作者：这里有点误解，可能是把几个信息混淆起来了。《城市，城市》大约是2005年参加一个杂志的征文活动写的，当时一等奖空缺，得了二等奖，但是没能登上杂志。多年以后我得知，那个征文活动是为了宣传罗伯特·索耶的《恐龙文明三部曲》的中文译本而举办的，没有得到认真对待。后来那个杂志来了一个厉害的新编辑，我潜入那个编辑活动的论坛，把小说贴在论坛里，终于被编辑看到，得以发表。发表时是2007年。同年发表在同一个杂志的另一篇小说获得了该杂志当年的奖项。

在中国，很长一段时期只有极少数的科幻小说发表平台，一篇小说得不到发表或者很长时间才得到发表是很常见的。这一点可能和韩国的情况类似。得益于刘慈欣的强势带动，市场开始增长，现在的发表平台多了一些，但是离一个成熟市场还是有很大距离的。

记者：作为一个科幻作家，你最想处理哪些方面？什么是你永远不想面对的？比如素材、主题、技术等方面。

作者：我想要处理面向未来的思考，有挑战性的创作领域，将没有新意的东西写出新意，将最离奇的东西传达透彻。不想写作连我自己都感到乏味的故事。

记者：一个作家永远不应该跨过的界限是什么？我想知道你的想法。

作者：作家自然要遵守社会的、道德的各种界限。这样回答我想提问者不会感到满意。那个哲学意义的“终极界限”存在吗？是什么？我也很费解。于是我构想了一个这样的场景：一个神明出现在作家面前，送给他一支有神力的笔，这支笔写下的投枪会从纸中跃出刺穿人的心脏，这支笔描绘的无人敢想的炸弹会毁灭一个远方的世界。这就是那条不该跨越的界限——千万不要使用这支笔。这条界限似乎并不存在于现实中，但是尊重这条界限的人，他会有属于自己的、现实中的界限。

记者：你有计划写作长篇小说吗？

作者：是的，我被编辑催着写长篇（笑），正在努力。最重要的构思可能不是最先写出来的，那需要更多的积累。

记者：作为一个普通读者，而不是作为科幻作家，你空闲时间会看什么样的书？你最近在看什么书？

作者：这是个对我来说很难回答的问题。业余时间看书可能不是我的首选。我是一个阅读速度很慢的人，而且不是一个很勤奋的人，所以我不会规律性地大量阅读，这仅仅指阅读书。我会日常零散地关注网上的信息，包括世界的变化、新的认知、新的科技进展。对于有代表性意义的科幻小说，我会选择性地看，看不过来的，我会去了解它的创意、表现手法。对于扩充知识需要的学术类的书、知识类的书，我会在有需要时精读或者略读。我倾向于去读能够组成我写作所需的思想的东西。

记者：你好像对神话很感兴趣。你最喜欢的西方新浪潮科幻小说是？

作者：不，我没有对神话特别感兴趣，如果指耳熟能详、熟记于心的话，因为我是一个对具体的知识记忆很差的人。但是我会对神话、民间传说、都市传说等对人们造成的影响感兴趣，也就是这些东西的运行规律。在写作时，我宁可自己创造一个神话，也不想去复现各个文化中的神话的具体细节。

我确实在小时候接触到很多神话故事，包括中国的和外国的，它们参与形成了我的世界观。神话在中国已经扩散到很多流行文化里，就算是那些没怎么看过神话故事的人，他们也会间接地接受到神话的文化浸润。

我在中韩科幻交流计划中看到金周永写的一段话，提到神话在中国和日本的文化基础较为深厚，在韩国的文化基础较为薄弱，这可能造就了中日两国与韩国的科幻文学接受程度的差异。我想可能并不是这样。中国科幻在历史上也曾被视作荒诞无稽的、让人脱离现实奋斗的精神污染，这时候神话并不能帮到什么忙。在如今，“现实生活的压力让中国人难以仰望星空，使中国难以培育出科幻的土壤”，这样的观点在中国也常常被提起。在中国，科幻也一直是小众的文化。我想科幻在中韩两国的历史境遇应该是相似的。我在一些韩国电影，比如《哭声》这样的电影里感受到，韩国人对神秘未知的事物有着敏锐的洞察力。我想，神话应该同样影响着各个开放的文化。

这个问题我也很难回答，所以我用另一个回答来代替这两个问题。我最近在补看厄休拉·勒古恩的《变化的位面》中我漏掉的篇目。她的一些故事在我少年时期就给我留下深刻的印象，例如《飞人》，这是一种奇异的现实。

2.关于中国科幻

记者：少数群体和女性的视角是世界范围内的热门话题，一些韩国科幻作家也在作品中如此表达。中国科幻有这样的趋势吗?

作者：是的，这也是中国的科幻小说现阶段的一个趋势。我想这既跟世界的热点趋势有关，也跟中国社会的发展阶段有关。这方面的科幻小说以前零散地出现，现在则会聚集在这些标签下被传播、被讨论。

对于以人类为观照对象的科幻小说来说，这是必须要经过的一个发展过程，无论在哪个文化地区。中国的科幻作者、科幻迷最早是在“人类的整体身份”或者“为人类谋福祉”这样的身份认知下进入科幻文化的，在有了更丰富的视野、更复杂的思考、更高的自信后，他们开始关注人类中的不同群体、不同个体，寻找人在世界中更清晰的定位，寻找世界丰富性的本源，更重要的是，寻找自己奔向自由的力量。

记者：中国有一个科幻作家培养计划，请问它是怎么运作的？它对有志于此的科幻作家有帮助吗？我不知道培养计划是什么意思。如果真有，请简单介绍一下。

作者：中国有好几家科幻机构都举办了科幻写作培训项目，规模最大的是未来事务管理局（FAA）举办的，也是我参与过的。未来事务管理局的项目的基本思路还是学习西方的工作坊模式，会添加科幻的基本思维方式的训练，在写作实践中获得同伴的阅读反应，每一期课程每人至少要写出一篇小说。对于有志于从事科幻小说写作的作者，会提供一个初步的帮助。

中国的科幻作者长期以来处于自发写作、兴趣写作、发表困难、人数流失严重的状况，他们缺少同行之间的讨论，缺少读者反馈。有时在论坛上会形成一个兴趣和写作社群，论坛衰落后，又迅速散去。当市场开始重视科幻这一块，需求更多的成熟科幻作者的时候，作者从人数和专业性上都很难跟上市场的需求，所以各个机构都在努力做一些基础工作，希望能帮助更多的科幻写作爱好者成长起来，留在这个行业。

3.关于韩国的科幻和科幻读者

记者：你对韩国的印象是什么？

作者：韩国有很多文化产品出口到中国，所以中国的年轻人对韩国的文化有着熟悉感。我接触到的韩国文化基本都是大众流行文化里的。有一些令人惊叹的电影，比如《汉江怪物》《釜山行》《雪国列车》《素媛》，还有别的一些社会现实题材的电影，让我感叹韩国的文化工作者很了不起，同时让我感到我们还有很多需要学习的地方。尽管东亚几国的民间网友经常斗嘴，但是一个国家的优秀文化作品才是真正有说服力的，代表着这个国家的精神力量。

记者：去年，未来事务管理局在线刊登了一系列韩国科幻小说。你有读吗？从一个科幻编辑的身份出发，你怎么看？

作者：我看了大部分，有中韩科幻交流计划中的篇目，也有金宝英参加“科幻春晚”写的《年来的那一日》，这篇是最让我震撼的。

这些小说涵盖了很多样的主题和风格，这表明作者们有着很好的沟通交流。有一些小说有着我从来没有见过的独特气质。作家非常关注人内心的力量，对世界怀着悲悯。和中国很多科幻小说偏重于展示奇观不同，我看到的这些韩国科幻小说侧重于微妙的精巧的场景，这需要足够深刻的主题来支撑，这些小说中也包含着对主题非常有穿透力的细节，也有一些大胆的尝试。有一些作品展现了独特的视角，比如一个小国家的普通人是怎样融入人类精神和世界进程的，比如一个边缘身份的人如何成长为一个拥有伟大人格的王者，同时化解他所拥有的权力。

这些特征表明了科幻小说的两面，它既是共通的类型化表达，又能够承载文化的独特性。当有一天人类会聚成一个整体的时候，韩国的科幻作者一定手握着人类文化中宝贵的那一块拼图。

记者：中国科幻作家常常在同一个主题下创作科幻小说（一种集体协作）。如果你有机会和韩国科幻作家一起进行这样的创作，你愿意尝试吗？

作者：如果有这样的机会，我非常乐意参加，我会认真对待。

记者：你是刘慈欣的“铁粉”。我读过一篇网上的文章，你和一个科幻迷第一次线下见面时，用“红安书店在哪里？”作为接头暗号。除了

《三体》《爱因斯坦赤道》，还有两本青少年选集已在韩国出版了，你能介绍一些刘慈欣未在韩国出版的科幻小说吗？

作者：哈哈，我都快忘了那件事，那个中二的场景有点尴尬。我确实是刘慈欣的“铁粉”，他的小说给我科幻最原初的震撼力。刘慈欣曾经有一个“大艺术系列”的写作计划，用宇宙、星球尺度的视角去演绎艺术，这是一种奇妙的结合，在刘慈欣的小说里是独特的。后来没有完成全部，发表的有《梦之海》《诗云》《欢乐颂》。其中《诗云》讲述了技术高度发达的外星人耗尽整个太阳系的物质，穷举出所有诗的排列组合方式，只为了求索他不能体会的诗之美。

记者：请再向韩国科幻读者介绍一些厉害的中国科幻作家！除了刘慈欣。

作者：没有限定条件的话，我不知怎么取舍来做选择。在网络上能搜到的中国代表性科幻作家，是已经证明了自己的写作价值的那一批科幻作家。中韩科幻交流计划中出现的中国作家，既有已成名的资深科幻作家，也有新崭露头角的实力作家，他们都很有代表性也有多样性。和韩国类似，中国有很多优秀的作者没有出版过书，这里的书指的是长篇或者自己作品的合集，而是作品零散地发表在各个平台上。

我参加了一个科幻写作小组，我们会定期轮流讨论成员的新作品。这个写作小组就像中国科幻作家群体的一个“切片”，包含了不同风格、不同文化观点的年轻作者。他们有的已经有了自己的知名度，屡获奖项，有的隐匿着真实身份写着惊人的作品，有的积极参与到文化交流中，有的从事着高科技含量的工作，有的深入社会底层采风，有的是科幻编辑也想成为一个写作者。所以我想怀着私心介绍一下这个写作小组的除我之外的成员，也作为我的选择障碍的一个解决办法。

他们的笔名是：水巢、郝赫、赵垒、慕明、吕默默、沙陀王、双翅目、东方木、靓灵。

他们有人擅长将科幻的不同美学风格融合起来建构一个世界，有人致力于描写赛博朋克背景下的中国和东亚社会，有人擅长寻找奇妙的视角写作极有个人特色的故事，有人擅长表达信息量极大的哲学主题。如果韩国读者有兴趣，我很乐意做更进一步的推介。

——韩国Webzine Mirror科幻编辑金周永对万象峰年的采访

目
录
Catalogue

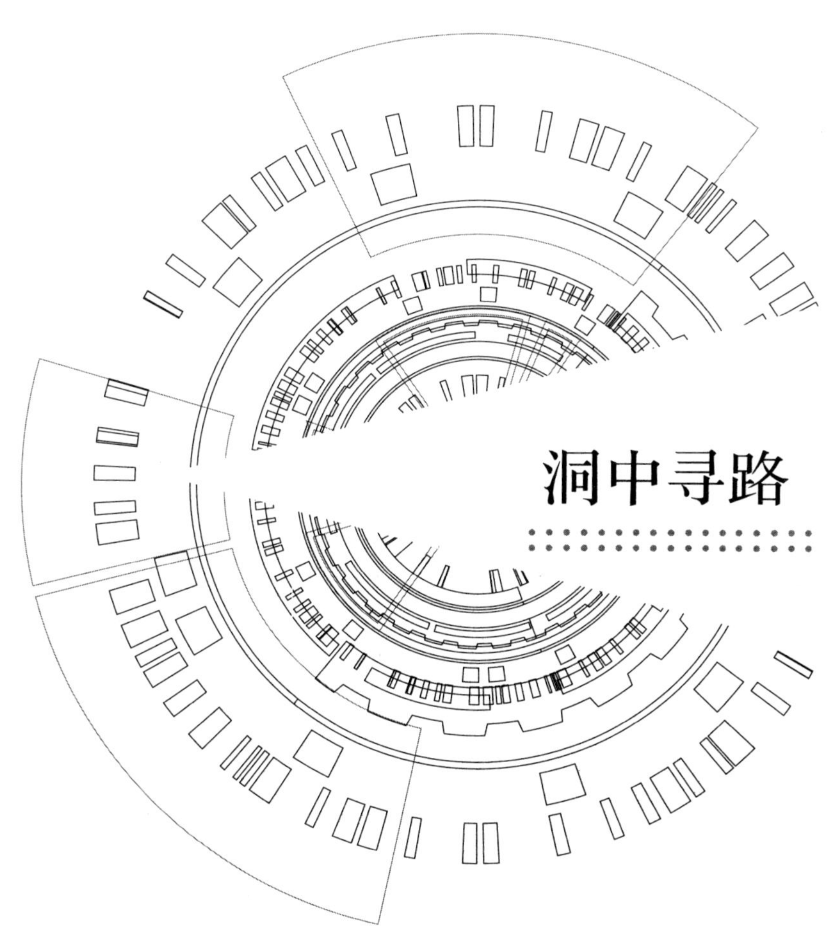

洞中寻路

落脚宜宾市，取道兴文县，马不停蹄赶到乡里的汽车站后，何丽鸢搭上一辆老乡的顺风车回村里。这条老路她上学多年已经走得很熟了。

车行不久，群山环抱的感觉又回来了。不算高大的山坡和峰头摩肩接踵，连绵起伏。山上是茂密的竹海，风一吹就会发出沙沙和吱呀的声音。在雾气天里，竹梢的绿色会融入天色中。她曾怀疑竹子会趁着大雾长到天上去，把村子彻底隔绝起来。

何丽鸢看了看手上攥的一张图纸，又看了看窗外。在这道绿色屏障的后面，隐藏着诸多神秘的景观。比如父亲带她去看过一些裸露的石笋，像地下破土伸出的无数根手指，指向苍穹。她打望天上的时候，父亲又带着她走到一个洞里。没走多远手电筒就开始一闪一闪了，他们又折了回去。为了止住她的闹腾，父亲还讲了关于这个洞的诡异的传说。

在父亲患上恐洞症之前，他们又去过很多洞，她分不清有没有回到她惦记的那个。这里的溶洞实在太多了，在群山间分布如地底迷宫，幽深不见底，大多数都有这样或那样的传说，以至于她印象中的家乡有一半在地上，有一半在地下。地上的清晰，地下的迷离。

小路蜿蜿蜒蜒指向山间。小时候她还会迷路，现在她则把这一带的地质图都背得滚瓜烂熟。她在来时的飞机上看到地面上的一张路网，手上拿的地质图则是另一张更奇怪的网络，像是被一只巨型蜘蛛编织过，用银线钩成的一张在地下沉思的巨网。她从没有想过会从这样一个角度去看家乡。这次她将抵达神秘的中心。

屋子多了起来，心跳也快了起来。坡上的人家门口挂上了红灯笼，门前的簸箕里晒着汤圆粉，坡上和菜地里时不时传来一声鞭炮声，提醒着人们春节就要到了。

何丽鸢在一个路口旁下车，往坡上走了一截，走到一扇光秃秃的门前。她停了停，敲响了门。

过了半晌，门开了。一张蓬头垢面的脸出现了，脸上还泛着红。

“你怎么……这么早就回来了？”父亲一说话就冲出酒气。

何丽鸢皱着眉头走进门，找个地方把背包放下。父亲反应过来，赶紧去接。

“要不是我回来得早，你就要成仙了吧？”何丽鸢说。

父亲搓着手说：“我一个人，随便点，安逸，准备过两天打扫屋头。”

两人你来我往几句，就像在打太极。何丽鸢看到屋角放着一支芦笙，结满了蜘蛛网。她问：“今年你咋没去踩山节的祭祀？”

父亲扯了扯衣角说：“我这个形象就别去了，有那么多游客看着呢。”

何丽鸢记得，以前就是因为父亲的芦笙吹得好，踩山节的祭祀总少不了他。后来祭祀挪到县里去表演，也要年年请他。

“是人家没请你吧。”她说。

父亲笑笑。

“你有多久没下过洞里了？”何丽鸢问。

“二十来年吧，咋？”

“嗯，在大后山的一个洞里，建了个实验室。”何丽鸢思考着怎么说，“没怎么对外宣传。是我们大学和中科院联合组建的。我好不容易才拿到那个实验室的offer，哦，就是工作机会。我早回来就是为了这个，明天我还要去报到呢。”

“啊。”父亲半张着嘴，愣了一会儿，“就是说，你会在这儿上班？”

“对。”

“嘶，怪事情，怎么又绕回来了呢？我都喊你到大地方去，莫回来。你还真有本事，一个博士能在这儿找到工作。洞里，洞里能有啥子？北京上海还装不下你？”

何丽鸢等着他叨叨完。

父亲终于说完了，静静地看着何丽鸢，问：“哪个洞？”

何丽鸢缓缓吸了一口气。“九曲洞。”

父亲瞪大眼睛，“啪”的一下把水杯拍在茶几上。

九曲洞九曲十八弯，分上中下三层，大小支穴上百个，在被称为“石海洞乡”的兴文县，它也算是一个空间分布复杂的溶洞，是喀斯特地貌兴文类型的典型例子。

第一次见面的同事热情地招呼何丽鸢：“欢迎回来！”

不管钻过多少洞，洞里永远像是另一个世界。眼前的这个世界被人类打上了坚实的印记。路面简单修整过，加固过的洞壁上每隔十几米亮着一盏防爆灯，管线从洞壁上引入洞中，洞中滴下的积水沿着排水渠流向洞里。正是这些涨涨落落的水流，在亿万年的尺度上溶蚀出无数的地底空间。实验室位于溶洞深处的一个支穴，需要乘坐小型电瓶车，经过几个升降台，才能到达。洞里比外面要暖和得多。实验室里的地面更加平整，涂着防静电漆。安静，却也不是太安静，背景声里永远响着排风扇的嗡嗡声。

穿过实验室往洞底走，大自然又露出了峥嵘。

是不是有些自私呢？为了到这里来工作，再次揭开父亲的伤疤。

当年叔叔就是在这个洞里失踪的，父亲也是在那之后患上了恐洞症。父亲极力劝阻何丽鸢下到这个洞里，他说这个洞会魅惑人，让进洞的人迷路，发疯。即使何丽鸢安慰他说洞里有手机信号，你可以随时打电话来，父亲也还是迭连摇头。

何丽鸢走到洞底。这里是一个豁然开朗的洞厅，四周岩石耸起，巨大的石幔，凝白如玉的石柱，还滴着水的石钟乳和石笋，千奇百怪。再往下就是暗河和人难以进入的小洞了。暗河从地下流出，流经洞中的地面，又没入暗洞中去。水清见底，透着寒气。

何丽鸢想伸脚踩到河水里，又停住了，犹豫了一下。

手机响了，她吓一跳。父亲在电话里说："明天有空吗？陪我去走走。"

何丽鸢很不满父亲要她这么早就赶过来，她颇不好意思地打扰了看门的人。天还昏暗，她和父亲打着手电走在山间的小道上。父亲沉默着一言不发。

走到河滩上，五六个人在这里会合了，两个人抬着猪头，众人又继续沿着河滩走。走到一面陡如刀劈的悬崖下停了下来。

借着微微的天光，可以看见悬崖上卧着几具悬棺。何丽鸢小时候似乎陪父亲参加过类似的场景，她搜索着记忆里不多的印象。

几个人争吵起来。父亲问："老祭司呢？"

"身体不好，不来了。"有人说。

"没有老祭司怎么弄？有人会说老话？"

众人摇摇头。

"没人会说老话还祭个锤子！"父亲怒道。

“你自己不也几年没来了？”别人反驳道，“早就不正式了，就这样子吧。”

何丽鸢想起来了，父亲早些年跟一些村民继承了这个古怪的仪式，怎么选上的何丽鸢不知道。有一段时间传闻不让搞了，后来又说是文化遗产，是历史上灭绝的僰人的后裔，要保留下来。父亲自己也不知道自己是谁的后裔。在何丽鸢的印象里，他只是近乎偏执地本能一样去参加能够容纳他的集体仪式。

由于少了会说老话的人，祭祀没有严格进行，烧了些香烛，撒些纸，草草就结束了。

天刚蒙蒙亮，祭祀的人就散去了，河滩上留下一缕香火和烟气。

父亲感到很失落，又喝了些酒。

何丽鸢把他的酒抢下来，又怒又心疼地劝道：“你别再沉迷这些没意义的东西了。你跟我下洞去看看，看看我们在做什么。”

父亲气得转过头去。“我不去！”

“那这样吧，我请同事来家里吃饭，辛苦你一下。”

父亲勉为其难答应了。

同事围坐了一桌，饭菜不多但是同事都很高兴。喝酒的时候都好说，父亲高兴起来还会讲几个溶洞的传说。一旦同事说起九曲洞里的研究，父亲就脸一横自顾自喝起来，嘴里念叨着：“妖洞，妖洞……”

饭局在尴尬中不欢而散。

何丽鸢跟父亲爆发了激烈的争吵。她抹着眼泪气急败坏地喊道：“叔叔根本不是被洞魅惑的，你别骗自己了！他就是自己跑进洞里出不来了！”

父亲愣在原地，目光慢慢地滑落在地上。

何丽鸢摔上门跑回了实验室。

除夕夜，村子里张灯结彩，灯笼点亮了，门联也贴上了，炊烟从家家户户屋顶上升起。村庄在群山的怀抱里散发着暖光和饭香。

何丽鸢坐在实验室下面的地下河旁，心烦意乱。河水发出低低的喧哗声，像洞穴深处传来的耳语。

恍惚间，溶洞散发出迷人的气息。在这个隔绝人世的世界，只要拥抱孤独，一切就变得简单很多。变成一缕幽魂，一个影子，朝洞穴深处飘去。那个只有自己的世界。

她甩甩头，大口喘着气，下意识地滑开手机屏幕，又关掉。她打开手机电筒，照亮身边。这样让她感觉好了些。

河水里有什么东西在游，有着椭圆的身体，扁长的尾巴，身体呈半透明。是一种熟悉的小生物。打着灯仔细看去，小东西的头上有两颗已经退化成黑点的眼睛，它们靠独特的感官在水流里寻找方向。

她的小小的手曾捧起过这种小生物。在水快漏完的时候，父亲说："放回去吧。这是玻璃鱼，像玻璃一样脆弱。"

父亲告诉她，玻璃鱼曾经被古代僰人当成圣物。"每个人都想借助什么东西找到方向，哪怕是已经消失的人。"父亲说。

父亲曾带她去参加苗族的祭祀活动。没有游客，只有为着寻找方向来的人们。晚上，大家围着篝火唱歌跳舞，分食糯米饭，分享米酒。火堆上面是星星，每一颗星星都有故事。父亲指着星星对她说："看，我们在大地上，星星在天空上，我们就像星星在星海里，星星有那么多。"火堆里的火星被夜风吹到空中，他裹紧了小何丽鸢身上的毯子。"无论去到哪里都会在一起。"

小小的何丽鸢第一次觉得，自己在分不清方向的大山里有了方向感。

后来她看到了更广阔的天空，更多的星星。

“为什么想加入？”实验室主任问何丽鸢这个问题的时候，她没有想清楚。

现在她的心怦怦跳。似乎有一个问题的答案已经在黑暗中走出来，露出身影。

她站起来，朝外面走去。

回到家里，空无一人。何丽鸢摸摸灶台，还有温热。她在心里猜到了八成，于是坐在家里等。他们竟然都不愿意打个电话告诉对方，她暗自笑出来。

过了一个小时，去给她送年夜饭的父亲又提着饭盒回来了。二人相视一笑。他们一起在家吃了年夜饭。

“走吧，陪我去洞里看看。”何丽鸢说。

父亲揣上大电筒，换了新电池。何丽鸢没告诉他，洞里其实用不着电筒。

看门的大叔点点头，没问什么。

在电瓶车上父亲变得沉默，他的眼神像穿过岩石看着什么。何丽鸢拉住他的手。

他们来到洞底大厅的地下河边坐下。玻璃鱼从石缝中游出来，在河底的卵石上逗留。

父亲沉默良久，终于开口道：“那天，弟弟跟我和家人吵架。我们平时也有争吵，那次吵得特别凶，我说了绝情的话。他负气跑到洞里，就再也没有出来。我找了很久没有找到，后来地下水涨了，只冲出来他的凉鞋。”父亲抱着头，“我没有找到他。”

何丽鸢拍拍他的背。她走到旁边的一个工作台，拿来一台平板电脑，在平板电脑上调出一幅图像。

那是一张蓝色的大网，比蜘蛛网更宽，比树的根系更立体，比人的血管网络更复杂。

“溶洞的地图。”父亲说。

“对，这是电脑生成的溶洞地图。”何丽鸢说。

父亲拿过平板电脑，用手指从洞穴入口处往里走，走到支穴选一个继续走，快速切换了几个支穴。走过的路线连百分之一都没有。

“洞系错综复杂，走到深处的人很难走出来，任凭任何人也不可能走完。何况还有有些人能过有些人不能过，有些时候能过有些时候不能过的地方。”何丽鸢说，“那不是你的错。”

父亲默默地看着溶洞地图，放大，拖拉，换个地方，再放大，直到不能再放大。他看了很久。“地图好像在动？”

何丽鸢笑了。“眼睛很毒。”她走到洞旁边一个开关处，关掉了洞厅里的灯。

洞壁上隐约能看出星星点点的亮光来。

“那是什么？”父亲这次猜不着了。

“你知道黏菌吗？是一种小生物，会延伸自己的身体去觅食。它们具有寻路的天赋，擅长寻找食物，然后筛选出连接各个食物点的最优路线。黏菌的算法曾被用来设计东京的铁路网络。”

父亲似懂非懂地点点头。“你们在溶洞里引入了黏菌。”他的语气有些忧虑。

“我们培育的是一种经过人工改造的仿生物黏菌，肉眼几乎看不见，不会影响洞中的生态。它们的生长速度比真正的黏菌要快很多，从这里向任何有缝隙的地方延伸开去。它们会自己找路，自己调配能量运输，我们可以用计算机指令控制它们的生长方向，也可以让不需要的部分凋亡。我们发现，喀斯特地貌的地下溶隙比我们想象的连通更广，似乎能通往任何地方，现在最远的一脉菌丝已经延伸到了云南境内。历史上千阻万隔的西南丝绸之路，这些菌丝轻易就打通了。”

父亲微微张大了嘴巴，往那些细小支穴里望去。他又摸摸地下的岩石，确实看不到什么。“你们，你们有了溶洞的地图，会用来做什么？”

“这些地图不重要，另一些地图重要。”何丽鸢说，“菌丝相当于电路板，这是一台巨大的可以生长的计算机，那些‘星星’是可以变动的网络节点，相当于黏菌网络的虚拟食物点。”

父亲的身子震了一下。他望了一眼洞顶上的“星空”，眼神里多了一分敬畏，又多了一分期待。“这么大的计算机，可以算什么呢？”

“从广义上讲，也是某种路。大到交通网络，小到卫星上的散热管线分布，复杂到整个城市的实时导流策略，远到各地区和技术的未来发展路线。”

“还有吗？”

“那要看我们问它什么问题。”

“我们会问它什么问题？”

何丽鸢愣住了，眼泪流下来。她转身抱住父亲，哽咽着说：“爸，他不会回来了。我会回来的。”

“好的嘛……”父亲像一下子放松了下来，把头靠在女儿的肩膀上，又笑又哭着。

地下河从洞中缓缓流过。

深夜，村庄在群山的怀抱里安静地睡去了。在村庄的下面，菌丝悄然生长开去。

未来，某天。洞厅里人头攒动，又一队游客挤进来了。

讲解员在洞中讲解："喀斯特溶洞仿生网络计算机是面向结构的非线性计算机。它是由碳硅混合基的仿生黏菌网络和可变节点组成的地下计算系统，翻译成计算机程序接入地面的传统计算机处理。菌丝网络可以自动寻路，拓展算力，可以用自身算力解决自身的拓展和能量运输问题。地下溶洞的封闭环境是喀斯特计算机的良好容器……"

人群涌到了一边。有人指出栈道下面游出了一只玻璃鱼，看到的人大叫起来。旁边投影出来的喀斯特计算机全息影像反而显得稀松平常了。人们穿过这张巨大的如宇宙星辰的网，往来穿梭。

讲解员的声音从人群的声音中艰难地挤出来，继续道："喀斯特计算机是一个人类从未了解其原理的超级智能体，它能轻松解决传统计算机不能解决的复杂寻路问题。这台人类有史以来最庞大的计算机，使人类认识世界的眼光也发生了巨大的改变。一个计算机工程师留下的话说：它不能告诉我们怎样去生活，但是它可以告诉我们怎样去建设生活。"

人群参观完了，呼啦啦涌出去。洞厅里的人一下子少了很多，只留下洞壁上的微光。

两个老人还留在洞厅里。

其中一个老人说："历史上啊，僰人为逃避明朝军队的追杀，曾经躲藏在这些遍布地下的溶洞中。在一些洞里我还能给你找到他们被烧焦的煳米，有几厘米厚呢。"

"古时候的西南丝绸之路也从这里过。多少族群，多少地方势力啊，不断的武力征服才维持住这条通道。"另一个老人说，"有了路却不好维持，因为还有别的路没有打通。"

"哟嗬，你也想得差不多了，那你来总结吧。"

"在人类还没有算力为大疆域和庞大人口规划发展方向的时候，为各自的利益而战成为各区域的历史伴随现象。"

“我们终于……”老人没有继续往下说。

他们一人看着脚下的河流，一人看着洞壁上的星光。

地面上，游客们涌向下一个景点。人们说着不同的语言，同行无碍。他们不用查找地图，只需要顺着颜色变浅的路标走。到处洋溢着春节的气氛。这里的村子已经变成了和城市的物质水平没有差别的现代化村庄。它是复杂的交通网络中的一个节点，从这里甚至可以四个小时内到达太空。位于赤道的太空电梯把来自世界各地的人和货物送上地球同步轨道，川流不息。天空中能看见同步轨道上的几座太空城，不大却很明亮，它们之间的交通网络就像闪闪的银线一样。

游客们离开这里后将各自奔向生活，很快就会忘记深埋在地下，横亘半个中国国土的喀斯特计算机。

“走吧，晚了就赶不上了。”老人说。

两个老人往外走去。他们来到另一个溶洞，往里走了没多远，就是一个宽大的洞厅。

火光照亮处，一群人正围着火堆载歌载舞。

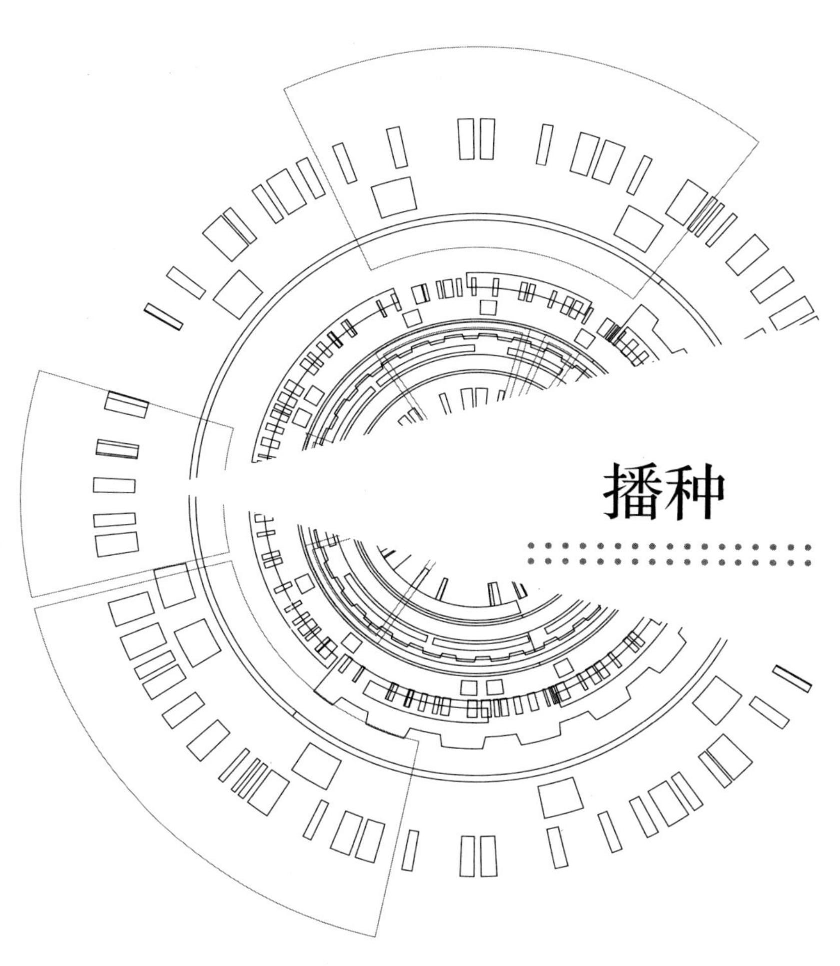

播种

上　幽灵列车

“我要一个故事！给我一个故事，马上！”我拽着涛哥的袖子说。

三个小时前我也是这样拽着《柳州生活报》主编的袖子，可怜兮兮地央求：“别把我的栏目撤下，我保证三天内交稿！”

我是一个靠给小报写灵异故事糊口的无业者，对外声称叫“自由职业者”。30岁了还在混日子，房子没着，老婆没望，孔子说“三十而立”这句话的时候一定没有考虑到我的心理承受能力。靠几份地方报纸的故事专栏和一些网上的收益，我每个月刚刚可以供养一套出租房，碰到人品爆发、灵感喷薄的时候还能有些余钱。但是吃这口饭就像打鱼，总有旺季和淡季。如今碰上经济危机，人们的目光紧盯着财经版面，灵异小说成了可有可无的栏目，有些评论家说经济危机会使人们去远离现实的小说里寻找心灵慰藉，全是扯淡。偏偏我又连着一个月憋不出一个故事来了，灵感像一座死火山一样，现在我急需一个小小的火星，哪怕能写出一个不怎么样的故事，让我换口饭吃先。

涛哥努力想把袖子抽回去，但是我一点也不动摇。终于，他朝桌子努努嘴。我说：“老规矩，你讲故事，我请客。”

晚上的青云市场热闹非凡，来吃夜宵的食客络绎不绝，各个摊位上蒸汽腾腾，各种小吃的味道杂陈在一起，变成本地人最熟悉的夜生活的味道。我点了一壶罗汉果茶给涛哥倒上。

涛哥一边喝茶一边整理被扯长了的袖子：“你知道吗？”他说，“春节反扒的时候我们捉过一些老油条，能拖着你的衣袖拖过几条街，也没碰到过你这么难缠的。”

“都为找口饭吃，不容易啊。”我说，又叫了两碗螺蛳粉，给涛哥的那碗加了卤蛋和鸭脚。

“你还住那个烂房子？”涛哥低头嘣着粉，辣得直吹气，用稀里哗啦的声音问我。

我说：“没换，没钱。”

涛哥没说什么，继续低头吃粉。

我说：“我是我们那帮同学里面最没出息的了吧？”

涛哥摇摇头：“你是最自在的。”

“自在个毛，坐吃等死，同学通讯录里面唯一写着‘自由职业’的，就和无业一个意思。”

“别说，我就佩服你的脑袋，你写的那些神神道道的故事别人还写不来咧。”涛哥抬起头来抹了一把汗，伸手想叫纸巾。我赶紧拦住他说：“我有。”

我掏出纸巾递给涛哥，说：“上次你讲的那个故事我没用上，但是你讲的那个人物我用上了，就是那个公务员杀手。”

涛哥心不在焉地“嗯”了一声，“你让我到哪儿找那么多故事给你？我们警察又不是天天办大案的。”

“你——”我没好气地说，“你编啊！”

“编？对了，编！倒是有一个！”涛哥被我提醒了，“我听说昨天接到一个捡破烂的人报案。那老家伙特能编，硬说他看见了一列火车。呃……没有人的那种，凭空冒出来，开着开着又不见了。国外也有过这样的故事，叫什么来着？”

“幽灵列车。”我提醒道。

“对！幽灵列车。”他说完看着我半天，最后冒出两个字，“完了。”

我意识到与其等涛哥说出个名堂来还不如亲自去看看那个人。“知道他在哪里吗？”

“听说送去龙泉山医院了，还能去哪里？”涛哥嘿嘿笑着说。

第二天在龙泉山医院里我见到了那个捡破烂的阿伯。医生听说我来找他，像见了亲人一样：“你认识他？快把他接走吧！他正常得很呢！”

阿伯把故事对我说了一遍，给我的感觉是：这个故事条理清晰，细节逼真。这个人虽然情绪激动，但是没有很强的表演欲望，他所描述的东西不会受到暗示而动摇。

他提到火车不是在铁轨上行驶，而是脱了轨，擦着地皮走，声音很大，碎石块打在他的大腿上和背上。他给我看他大腿上的瘀青，我也检查了他的背，发现背上也有他不知道的瘀青。

我有一种很奇怪的感觉，决定去现场看一下。

涛哥一定以为我被疯子传染了，为了一个故事打电话叫他来。他一下车就对我嚷道：“我这可是执行公务的！你要是给不出个解释，你的罪名就是调戏警察！”

“你的痕迹鉴定水平怎么样？”我指着地上说。这里是铁路沿线的郊外，周围是成片的甘蔗地。

地上有一排像是被犁过的痕迹，草根和泥土被翻起来了，白花花地露在外面。

涛哥摸着下巴说：“嗯，看起来像是一辆重型货车侧翻着向前滑出去造成的，时间不超过三天。”

“这里没有公路。”我提醒他。

涛哥在地上寻找撞击物的碎片，但是一无所获。“痕迹的起始点是这里。”涛哥拿起相机拍照，顺着痕迹用步幅丈量长度，在大约75米远的地方，这东西撞开一道田坎延伸进甘蔗地里，形成一道宽约4米、长约23米的压辙。在压辙的尽头连接着一个直径达18米的圆圈，圆圈里的甘蔗被连根拔走了，更外围的一圈甘蔗被某种力扭成顺时针状。“蔗田怪圈？”涛哥迷惑地望向我。

“现在可以推断的基本事实是……”

“有一个大东西被放到这里来，拖行了一段距离，被转移走了，然后制造了一些假象。”涛哥接过我的话说。他目测了一下泥土溅出的距离，又补充道：“不，不是拖行，这个东西有很大的初速。”

我点点头：“别忘了我们有一个目击者。”

“你真相信那幽灵列车？！”涛哥叫道，“什么鬼东西！”

职业本能使他望向四周拼命寻找可以解释的东西。最近的铁路线离这里也有二百米，铁道旁的速生桉完好无损。一列火车开过去，汽笛声尖啸着传开来，仿佛这是这个世界里唯一的声音，周围的植物被风吹动，仿佛也和汽笛共鸣发出细小的颤音。

涛哥转过头来惊恐地望着我，我和他面面相觑，这真像一个让人脊背发凉的冷笑话。

晚上我们在青云市场吃夜宵，涛哥一脸沮丧地灌着啤酒。

“我写了份现场勘查记录交给领导，被臭骂了一顿。”他哭丧着脸说，“你说我没事去管这些和人民生命财产安全没有关系的事做什么？”

我碰碰他的杯子安慰他：“没事，领导当到这年纪早已成佛了，哪儿还像我们这些老妖精？”

我叫了四串炸鱿鱼，涛哥自己要了一碗绿豆沙，他说：“吃不了这些，这几天火气大。”

“对了，”涛哥说，“我照你说的查了。这里历史上没有发生过火车失踪的案件，在全国也没有。另外，前几天也没有发生过火车出轨的事故。”

我“嗯”了一声，摇摇头说：“我原以为可以用时空虫洞来解释，比如某时某处的一列火车恰巧通过虫洞出现在我们这里。不过，现在也不能排除这种可能。”

“你玩得太玄，对我们警察办案没什么指导作用。”

“废话！”我“咣”地和他碰了一下杯，“我们就不是一条道上的，我跟你讲就是鸡同鸭讲。”

“不不，挺有启发的。”涛哥连忙说，生怕我把他扔在这个光怪陆离的世界上，“我们这行嘛，也像你写东西那样，有时就走到死道上了，需要一个行外人从不同的角度打开思路。”

我知道，涛哥这人最怕的是某件事解释不了，比如他怕看魔术，以前班里面有人学了一手魔术来显摆，他硬是缠着人家要问清原理，缠了一个月，最后人家不得不教给他了。什么事你只要能给他一个蹩脚的解释，他就能乐呵呵地落得个心里踏实。

这件事情到这里就算告一个段落了，往后几天也没有再听见什么消息，我用所见的事实作开头编了个东方快车穿越时空来到现代的推理爱情故事，并且决定把它写得啰唆点，估计可以连载十五六期。

一天晚上，涛哥急急地打电话给我：“喂！老万！你快来，出大事了，我们逮到了一个活的！”

“什么活的？”我一下蒙了，以为自己掉到了皮卡丘的世界里。

“就是铁的！真的！火车！”

我一下弹起来，绊到网线，把笔记本电脑甩出三米远。我也顾不得这么多，任凭东西噼里啪啦地掉在地上，就自顾自地奔出门。

我打的到涛哥说的地方。离那儿还有一个路口的距离就开始封路了，涛哥来把我领进去。那火车一头扎在龙潭公园附近的一片树林里，几乎打了个对折。周围围着五六辆警车，车头大灯照着火车中部撕裂出的一个大口子。

火车铁皮被烧得焦黑，但还可以看出蓝白两种颜色。

“火车外壳被高温烧灼过，里面没有太大损坏。”我听见有人说。

我问涛哥：“查出车的相关信息了吗？有没有幸存的人？”

“没有，啥都没有。”涛哥一个劲推我往里走，一边递给我一个手电筒。

我们从撕裂的大口子爬进去，一瞬间像进到了另一个世界，光亮和声音都被隔离在外面。

“为什么是我和你？”我这才想起这个问题。

“因为我是第一个上报幽灵列车事件的人。我跟领导说，你是第一个调查幽灵列车事件的人，你手里有第一手资料。”涛哥嘿嘿一笑。

我向涛哥投去一个感激的目光，可惜光线太暗，他没有看见我火热的眼神。

我们往车头方向走。车厢以15度倾斜，扭曲严重，车厢里一片狼藉，脱落的座椅和碎玻璃挤在一侧，没有看见尸体什么的。

“好像整车的人都消失了。”涛哥说。

涛哥的话提醒了我，我猛地站住，他不解地望着我，我说：“还记得上一列火车吗？如果这列火车突然消失……”

“我们也可能跟着消失！”涛哥惊叫，“那我们出去。”

我望望窗外树林的影子说：“不，既然来了，就赌一把。”我继续朝着黑洞洞的车厢摸去。

爬过几节车厢，我想辨认车厢号，竟然一个都辨认不出来。进火车以来一直有一种奇怪的感觉萦绕着我，我想涛哥也有这样的感觉。

我们走到应该是乘务员车厢的地方，这里也没有人，四壁上沾着类似炭化的粉末。我挤开已经有些变形的厕所的门，厕所里湿漉漉的，脚下散落着一些白色的碎片，我捡起来查看，好像是花盆的瓷片，这里也没有任何生命的迹象。角落里一个胀鼓鼓的小包引起了我的注意，我捡起来打开，小包里塞满了手纸，显然是用来保护什么的。果然，我在里面掏出一个手机。

我按了一个按键，手机屏幕竟然亮了起来！我吓了一跳。手机屏幕上显示着一条信息，这时我明白过来那个奇怪的感觉是什么了——我们的文字认知能力被大大地降低了。我竟然看不懂手机上的方块字，还有一路走来的那些标识文字。

我把手机递给涛哥，他也摇摇头。我想了想，把自己的手机递给他，这回他能看懂了，我也能看懂了。我明白过来了，我们的文字认知能力没有降低，而是这列火车上使用了另一种文字。

“外星人？！”我和涛哥几乎同时叫出来。我开始后悔怎么没有借一套体面的西服来参加这场载入史册的约会。

但是我很快又把自己的猜测推翻了，自从我打开手机滑盖看到键盘布局的那一刻起，我就有一个感觉：对方是和我们一样的人。

“我有了另一个想法。”我说。

“从所有物体的外形设计到功能设计，都遵循着和我们一样的人本设计理念，可以推断他们是和我们差不多的人……”我滔滔不绝地讲着。

手机当时就被封装好，送到北京请语言学、符号学专家破解。在火车残骸里找到的一些印刷文字也一并送过去作为参照。火车头被整体运走，送到哪儿就不知道了。我被叫去公安局录了一通笔录被放了出来。

“优先破译符号，这是对的。这个文明和我们有着极大的相似性，符号是一个容易的突破口，它传达的信息最直接最准确，相信过不了多久就会有结果。”

无论我说什么，涛哥都呆呆地望着面前一盘嗞嗞响的烤鱼，他的眼窝深陷，好像一个沉思了一千年的思考者。

“老兄，”他终于发出声音来，“如果你今天不给我个解释，我今晚会睡不着的。”

我笑了笑：“还是老规矩，我给你解释，你请客。”

“你还记得平行世界理论吗？”我剔着牙问。

涛哥点点头，又摇摇头：“是哪个？”

“幽灵列车就是通过虫洞，从平行世界掉过来的。”

涛哥好半天才反应过来：“为什么光是火车？”

“因为虫洞刚好出现在火车道上。”

“两次都刚好出现在火车道上？”

这个概率太低了。这下我也蒙了，我骂道：“这鬼名堂搞的！今晚我也睡不着觉了。”

那天晚上一堆火车在我脑子里撞，撞了一个晚上也没撞出条路来。第二天它们都散去了，我也就昏昏沉沉地睡了。无业者的好处就是没有人会拖你起来干活。

中午我被叫去公安局开一个电视电话会议，据说是通报破译的结果，参加的有一堆领导，还有眼睛熬得通红的涛哥。

我悄悄问涛哥：“你用了什么方法让我有如此待遇？”

涛哥神秘兮兮地说：“我跟领导说你是研究超自然现象的民间科学家。”

我差点儿没把一口茶喷出来，我强忍住掐住涛哥脖子的冲动，恶狠狠地说：“下次的夜宵还是你请！”

北京的专家在电话里说：“这条信息破解出来了，组成信息的符号和我们的汉字大体相同，只是把一些指形会意的部分在写法上做了改动。另外，手机上的时间也是和我们的时间同步的。”专家说完像是看恶作剧的孩子一样看着我们。

“那句话是什么意思？”公安局的领导迫不及待地问。

“意思是……”专家有点窘迫地说，“到播种的季节了。”

“什么？”几乎所有人不约而同地发出疑问。

“这是比较文学的说法，‘播种’可以解释成‘播撒’‘弹射’‘释放’，整句话可以解释成‘到弹射的时候了’‘到释放的时候了’。”

“列车组成员接到命令弹射出去了？”有人说。

底下鸦雀无声。

“万老师，你发表一下高见。”坐在首位的领导严肃地说，听起来又像是命令。

我惊出一身冷汗，只好硬着头皮说道：“我找到那个手机的时候，它显然受到了很好的保护，像是在紧急时刻要传达什么信息。可以想象，在危急时刻，一个列车员躲进厕所里，这个狭小的空间可以更好地抵抗车体的变形，他没有笔，只能在手机上写下一段话，装进随身的腰包，用手纸作缓冲保护，这段话是他冒着生命危险也要传达给后来的人的。”说到这里，我对那个不知名的列车员油然升起敬佩之情。

会场一阵沉默，北京的专家说：“发言的同志是谁？”

又是一阵沉默，还是涛哥打圆场说：“他是我们的顾问。”

“很好，就请你们好好调查这段话的内容，我们符号学的分析到此为止。手机我们将移交电子专家做电子工程学方面的分析。”在专家挂掉电话之前，我听见一声如释重负的吐气声。

回到家里我洗了一个澡，准备把脏裤子扔进洗衣机的时候，从裤褶里掉出来几粒黑色的颗粒。我把黑色颗粒捧在手里仔细看，它们的表面上有些皱褶，像是某种植物的种子，好像是在火车里沾上的。我仔细回忆，想起来我翻开装手机的腰包的时候，曾有一些黑色的碎片散落出来，它们就是这些黑色的小东西？

我的潜意识里立即蹦出一个地方，但我搞不清楚它们究竟有什么联系，我决定跟着感觉走一次。

出租车司机载着我在市区转了好几圈，他以为我是离乡很久的归人。“想起来了吗？”他热心地问。

“没，还差点，等等，”我努力使头脑中的画面变得清晰，“好像在一个大立交桥下。”

“好，我拉你去几个大立交桥。”他说完一踩油门。

车子开到潭中立交桥下时，我叫司机停下。我走下车子，抬头看交叉的桥面，又转头看四周的环境。感觉告诉我应该就是这个地方，但它想让我找到什么？我小时候曾在这里玩耍过，那时这儿还是一片荒草地，现在已经面目全非了。小时候的世界是简单而平面的，后来世界被压缩得更加立体、更加复杂，人们向有限的空间无限挖掘，纵向发展的居住区，空中的交通线……

花坛里一种微微摇摆的小花打断了我的思绪，紫色和红色的小花已经到了花期的末尾，只剩下孤零零的几朵。枝头上已经结了好些像紧收的鸟爪一样的果实，我刚一碰上去，“鸟爪”噗地弹开了，黑色的小种子弹出来落到泥土里。

我捡起一颗种子，和裤子上找到的作对比，是一样的。我的记忆里有这种东西的影子，它带我来了这里。

“这是什么花？”我问司机师傅。

司机师傅说：“这？这叫指甲花！挺常见的。”

说到指甲花，我记忆里的另一根线被接通了。我小时候常爱玩指甲花，它们的籽荚成熟后，用手轻轻一捏，就会弹射出花籽来，指甲花的花还可以用来涂抹指甲，小孩子家常说的“臭美”。甚至这种花的学名我也想起来了，叫凤仙花。

指甲花的种子暗示着什么？我却一点头绪也没有。司机以为我在回忆什么，就没有打扰我，他独自点起一根烟坐在车盖上。我也坐在车盖上抬起头，桥面像层叠交错的枝条遮挡在天空，汽车像飞鸟一样穿梭而过，不同时代的背景在这幅画面上迭代变换着，嗒嗒的马蹄，中世纪的战车，铁皮的轿车，未来的飞梭……然后建筑也跟着演变起来，高楼长向天空，通过管道对接，空中公路飞架南北，密集的灯光像繁星点点……

一个感觉闪了一下，我对司机喊了声：“别理我！”一头钻到路中间。两辆汽车按着喇叭从我身边擦过。我闭上眼睛，汽车“唰唰”地在四周飞过，左，右，左上，左，右上，到远处就辨不出方位了。声音连成线条，汇聚成束，旋转缠绕，越绷越紧……这个线条世界的势能变得越来越大……释放！弹射！播种！一辆车尖啸着从我身边擦过，车带起的风吹在我脸上，我慢慢睁开眼睛，看着这个世界。

司机张大嘴巴望着我，我塞给他一张一百块，这是我这么多年来少有的一次大方。

涛哥很快开了警车来，车上下来的都是些有头有脸的领导，我不知道“民间科学家”什么时候变得这么风光了。

涛哥小声问我：“你真的找到答案了？这次可不是闹着玩的。”

我点点头。这时候心虚已经来不及了，索性硬着脑壳充专家，我望了望众人，清了清嗓子，说道：“为了便于理解，先从我们的世界讲起。纵观我们社会的发展历程，随着人口膨胀，对空间的需求越来越大，解决的途径无非就是多占地和起高楼，也就是扩张和空间的深挖掘。而交通的密度只能通过空间的深挖掘解决，比如这座立交桥。”我指指头上，领导们望望上面，点点头。

我继续说："以下所说的完全是假设，我们假设另一个平行于我们的世界，它和我们的世界几乎一样，空中交通技术还未发达，而他们先突破了对空间进行小规模卷曲的技术，自然而然会尝试把这种技术应用在交通上，最理想的是大型交通——铁路，于是出现了空间卷折调度技术。一张纸上的一群蚂蚁，通过卷折纸张就可以不经过纸平面而进行调度，正如现代航空调度系统大幅提高了航班密度一样，这种技术一旦系统应用，就可以大大提高铁路的交通密度，降低空轨时间……"

一个领导抬手示意我停一下，他用手摁着太阳穴沉思，另外几个人的额头上也渗出了汗珠。过了一会儿，领导示意我继续。

"如果要选择一个城市作为试点，柳州无疑是最合适的地方，它是南方的铁路枢纽，又不是省和国家的政治经济中心，可以承担意外风险。现在，平行世界和我们的世界是重叠的，就像两张叠放的纸，在纸的一个重叠点——柳州上，空间卷折调度技术出现了意外，空间承受的力场超过了临界点，就像这个指甲花的种子。"我走到花坛边，轻弹一个指甲花的籽荚，籽荚"噗"地迸裂开来，黑色的种子弹射出来，"于是，'砰'，卷曲空间中的火车被弹射出来，击穿了纸面，掉到另一张纸上。"

领导们纷纷围到花坛边捏指甲花的种子，他们猫着腰，把头凑在花丛里，解决掉一个又一个籽荚。我咳嗽了两声，他们从童年的回忆中惊醒过来，严肃地挺直腰板，变回了领导的身份。

"怎么证明这个假设？"一个领头的领导问。

"我不能证明，我只能通过线索来还原一个可以解释的模型（我忍不住想直说我是一个编故事的人，但是涛哥把我推到这个份儿上了）。我从火车里回来后，身上沾了一些指甲花的种子，是从那个小包里掉出来的，我之前忽略了这个线索，后来它引导我来这里，得出了这个结论。我想是那个列车员察觉到灾难已经不可避免，就用这种方式作为他最后的列车日志吧。”我忍不住插一句问道，“后来在手机里面找到列车员的名字了吗？”

领导摇摇头，我心里有点失落。他想了想，说道：“有必要用这种隐晦的提示吗？”

“别忘了，这种隐晦是对于我们来说的，也许在他们的世界里，关于空间卷折技术安全性的争论早已是个公众话题，‘播种’这个词语已经成为一个热点词语，那个列车员在情急之下就用了他习以为常的表达方法。”

众人沉默下来，过了许久，领头的领导问道：“那，这个假设有可能成立吗？”

“从常识上来讲，几乎不可能。”我坦诚地说。

“局长，从常识上讲，火车凭空飞出来的事情也不可能。”涛哥笑嘻嘻地凑在那个领导耳边说道，我这才知道他是局长。

另一个人白了涛哥一眼，凑在局长耳边说：“局长，那小子是个写鬼故事的。”

涛哥的脸“唰”的一下白了，这时我心里反而踏实了。

局长叉着手，面无表情地说：“根据线索来编故事，到底还是个命题作文。”

我说道：“那是我的工作，不代表我对所有事的态度。”我第一次理直气壮地说出“工作”这个词，这让我自己都感到吃惊。

局长点点头，说：“我了解，感谢你给我们一个新的思路。”他转身对手下说：“我看可以了。”说完，甩手上了车，涛哥灰溜溜地跟了上去。

晚上，涛哥一肚子郁闷地约我在青云市场吃夜宵。

我们点了一盘螺蛳坐下来，涛哥不吃东西只喝啤酒。小吃摊上的人都在议论神秘火车事件，各种版本的说法都有。有人说晚上听到了火车的汽笛声，这个说法引出了一片赞同声。其实夜深人静的时候汽笛声可以传很远，在整个城市几乎都可以听到隐隐约约的汽笛声，只是平时谁也没注意。摊子上挂着一个油腻腻的收音机，用油腻腻的声音滚动播报着火车事件的最新进展。“专家组已经对火车和火车上的物品进行了分析，这是与我们的技术高度相似的产品。”越来越多的声音质疑这是一场炒作。

“你被领导骂惨了吧？”我问涛哥。

“没有，局长倒没说什么……只是你以后可能不能参与调查了。”他咧嘴一笑。

“没什么，这恐怕到时也由不得谁。”

“什么？”他惊讶地问。

我凑过去小声地说：“我担心，正剧要上演了。”

涛哥伸长脖子等我往下说，我用牙签挑着螺蛳，一副天机不可泄露的表情。涛哥说：“今天我请！”

“今天本来就你请好吧，下次也是你请，谁让你是公务员呢！”

涛哥咬咬牙说：“行！”

“我今天跟你们说的是简化的解释。按照平行世界的理论，平行世界很可能远远不止一个。每个平行世界中的空间卷折设计都是小于最大承载量的，但是多个平行世界在同一点上对空间进行挖掘，就引起了崩塌。如果是由多世界引起的崩塌，那么真正的总崩塌还没有到来，那将是超大规模的连锁反应。”

涛哥被啤酒呛了一口：“好吧！幸亏你只是个编故事的。有一点你说不通，为什么恰巧每个世界都发明了火车？每个世界都发明了空间卷折调度技术？每个世界都选择柳州作为试点？”

“平行世界理论中有一个‘世界相似原理’，平行世界的熵流动总是趋于一致的，所以平行世界的宏观状态总是趋于一致的。科技发明、政策的决策这些都属于宏观决策，在这个尺度上它们是趋同的。”

“可我们的世界没有空间卷折技术！这不是宏观差距吗？”

我想了想，说：“在这个技术爆炸的时代，一个原理从发现到应用可能只有几十年的时间，而几十年的差距其实很小。”

“会不会这次事故就是平行世界为弥补这种差距而做的调整？”

我愣了一下，拍桌子惊叫道：“涛哥，你太有才了！我怎么没想到！”

“算了吧，”涛哥有些醉了，摆摆手说，“我自己都不信。”

“别，别啊。你想想看，这次事故证明了，在任何地点应用空间卷折技术都是不可行的，因为一旦做出决策，别的世界也会做出相同的决策，就算用随机决策也不能确保安全。这样一来，所有世界都不能再使用这项技术，所有的筷子被截到一样长短——世界相似原理。”

涛哥愣愣地待了一会儿，说道：“好吧，我只能暂且相信这个了。要是什么时候世界末日了，我还真想看看呢。”

“等着吧，我们这是重灾区，火车会有更大的概率从空间卷曲的世界弹向空间平滑的世界。”

这时，旁边的摊子上两个人因为各执一词争吵起来，吵着吵着就有凳子飞起来，一张凳子“哐”的一声掉在我们的桌子上，把螺蛳砸散了一地。

“争争争……争你大爷！”涛哥噌地站起来，上去一脚把那个人扫了个嘴啃地，然后顺次把另一个人拽起来扔了出去。

我看得目瞪口呆，趁那两个人还在地上哼哼唧唧的时候赶紧把涛哥拉走了，临走时我把钱偷偷塞给了老板。

没想到第二天公安局局长又把我叫去了。在科学家不顶用的时候，人们总会回到神棍那里寻求希望。

局长很客气地请我坐到沙发上，给我倒了一杯茶。他眼皮肿胀、眼睛发红，看得出这几天没少费神。他望着我，一时尴尬得不知道怎么开口。

我很理解他害怕什么，这是关于职业自尊心的问题。

我说："你可以不相信我，这很正常，我不会介意。"

"不，不是相不相信的问题……现在连科学界也在质疑我们炒作。"他苦笑了一下，"可是我们有什么能力在没有人知晓的情况下，把一列火车加速到时速160公里？"

我说道："我在这里只是一个说书匠，如果你愿意听故事，我可以说说。"

局长连忙点头，问道："你觉得这事会恶化？"

我知道涛哥已经对他说了，我笑了笑说："如果我编故事，我巴不得它恶化。"

"有什么办法阻止吗？"

我摇摇头："没有办法，因为原因不在我们的世界。"

"你有什么建议？"

"制定预案，发布预警，强制撤离。"

"这不可能。制定预案需要市委、市政府操作，强制撤离需要上报国务院批准。经济损失会是天文数字，这太离谱了。"

"是不可能，所以只有见机行事。所有猜想都还只是故事里的情节，没发生是正常的。如果发生了，也不是谁的责任。"

局长低头不语，过了一会儿他语气坚定地说："我还是第一次跟一个连是否存在都不知道的对手作战，如果它要来，我奉陪到底。"

"你觉得它真的会来吗？"涛哥坐在车盖上，抽着一支烟，凝望着头上的立交桥。这家伙以前不抽烟的。

立交桥稳定地站立着，桥面呈现出怪异的空间感，车流像平常一样拖着空旷的嗡嗡声飞驰而过。

此刻我在想着那个不知名的列车员，他的名字到现在还没有找到，我感觉我和他之间有一种奇妙的感应、奇妙的缘分。如果我知道他的名字，说不定我会像见到老朋友一样说道：“嗨！原来是你！”

我问涛哥要过烟来抽了一口。“我相信他说的话。”我说。烟在空中化成迷雾，我拿起一个指甲花的籽荚，在迷雾中挤开，小小的黑色的种子争先恐后地弹出来。

迷雾渐渐被风吹散，我裹紧了外衣说：“到播种的时候了。”

下　大播种

车厢里的红色警报闪烁着，烟雾弥漫在空气中，震动已经使人不能站立。列车长还在试图用无线电和调度室联系，他叫我们待在各自的铺位上用被子捂住口鼻。

外面不断传来尖啸声，车窗被映成橘红色。我向窗外看去，环绕着列车的巨大轴线圈被暗红色的气流包裹着，线圈周围产生的激波挟着滚烫的空气吹过，火车就像在一个巨大的充满火焰的风洞里，非常不巧这个风洞还是一只掉入大气层的烧鹅。火车里的杂物被吸出去，形成一条披着白鳞的长龙，长龙在靠近线圈的地方燃烧起来，瞬间化成灰烬。

激波产生的电离层在线圈周围造成了黑障，无线电被切断了。列车长放弃了努力，他放下电话，逐一扫视了我们一遍，说了一声“晚安”，然后回到了他的房间。

我放在桌子上的那盆指甲花一下一下敲打着车窗，籽荚被撞开来，把种子弹射出来，这一幕幕像闪电打入我的眼中。我竟然有些解气，那帮不相信忠告的人终于得到了教训，但更多的还是悲哀，因为我们成了无辜的牺牲品。播种理论是对的，播种到来了。

我从铺位上跳起来一头冲进厕所，同事惊讶地望着我，他们准在想这家伙死到临头了还有心情上厕所。我把指甲花抱在怀里，思考着，如果我就这样挂了，我得留下点什么信息。从我知道死亡的那天起，我就认为死也是一种艺术。如果我哪天还没来得及反应就被车撞没了，那将是最大的悲剧。好在老天还没把坏事做绝，它给我安排了一个前无古人的死法。

手机的屏幕蓝幽幽地照着我，也反射着窗外橘红色的光芒。我待了片刻，打开手机录像功能，将胳膊伸到窗外拍了一圈，然后尽量稳定下声音说道："列车没有到达调度接口，空间位置出错了！这里像一个风洞，气流很强！没有信号！"这时，火车像被一根橡皮筋弹了一下，向前猛蹿了一段距离，旁边的墙向我迎头撞来。我昏昏沉沉爬起来，左边肩膀失去了知觉。我捡起手机，无力地补上最后一句："我是N6670次列车员万象，如果我死了，请记住我曾经活过。"

做完这些，我靠着墙壁，火车又晃动了几下。地上散落着白色的碎片，这是指甲花的花盆的碎片，这些碎片提醒了我，得保护手机的存储卡。我把腰包解下来掏空，用手纸把它塞得满满的，这道工序让我想到了岁末小巷子里家家户户都会挂的腊肠，可惜我再也尝不到那种味道了。

然后我做了个小彩头，把指甲花的种子放到腰包里，把手机放进去时我在屏幕上打了一条短信："到播种的时候了。"

"到播种的时候了。"我望着窗外说道，这时候火车正穿过一个水面一样的界面，一道光线刺进我的眼睛然后扩散开来，把我拉向永恒的白昼。

我从梦中惊醒过来，已经日上三竿了。太阳透过窗帘照进来，晒在我的身上。我坐起来喘着气，空气中仿佛还飘着刺鼻的烟雾，仿佛在那个世界真有一个列车员，他的命运和我的命运冥冥呼应着。要是在平常，这会是一个好素材，可以写成一个好故事，够我吃一阵子了。然而现在我担心现实比故事走得更远，这些天来发生的事情已经让我有点跟不上节奏了。

我推开堆满方便面空碗的桌子，走到洗脸池前准备洗把脸。镜子中的自己胡子拉碴，眼神疲惫，好像灾难片里幸存下来的一个小角色，而且这个电影还远远没有结束，你不知道后面还会有什么东西冒出来。

我喜欢这样的生活。对于一个胡思乱想、混吃等死的人来说，这就是他的世界。

这时门外传来敲门声，我已经来不及洗漱了，只好擦擦眼屎厚着脸皮去开门，听声音我知道这不是涛哥。这是……我从门孔望见外面站着一挂腊肠。见鬼！我打开门，包租婆笑嘻嘻地从腊肠后面伸出脸来，这个肥婆从来都提防着我，这次不知又安了什么心。

她把腊肠凑到我脸前说：“万老弟，给你。”见我不说话，她说：“怎的，不爱吃？”

我忙说：“不，不，我做梦都想着这东西。”

她堆着笑说：“嘿嘿，这就好。我在楼下晾着腊肠，你闲着没事帮我看着点。”

我明白这个女人的心思，她是怕我偷她的腊肠，先用一点好处来收买我，还可以得到一个义务看守员。我心安理得地收下了，如果我不收下她会不心安的。

我把腊肠挂到阳台上，又想起了那个小包和手机。很可能手机里会存着更多的信息，现在也应该破解出来了。我正想打电话给涛哥，涛哥的电话打来了。

“你小子还在睡觉！快来三中路！”

我冲出门拦出租车，过往出租车的电台叽叽喳喳地叫着。司机一听我要去三中路，都连连摇头开走了。好不容易拦下一辆愿意去的，因为那司机也想去看看。

一路上有救护车从文昌桥方向源源不断地开来，车子开进三中路没多远就停下来了，前面挤满了人，我便又开始抱怨起来，里面就算有只哥斯拉也看不见了。

还好我比较瘦，几经努力钻进人群，终于看见了前面的情况。一列火车歪七扭八地塞在路中间，路旁的路灯和树全部被齐根扫断了，地上落满了碎玻璃和碎砖。装机青年的集散地——好机汇电脑广场的当街一排门面也被铲掉了，一群人正在那里哄抢商品，一队消防队员在旁边抢救被压的人。火车这边的路面被铲得干干净净，火车那边一定堆满了大大小小的车子。一辆横停在路中间的公交车充当着路障，警车闪烁着警灯。这才像发生大事的阵仗嘛，我吹了声口哨。

前面站了一圈领导，事故地点旁边就是市委、市政府的人，大大小小的领导全都跑出来了。我找到涛哥说：“怎么不疏散人群？再来个火车就好看了。”

涛哥沙哑着嗓子说：“已经在疏散了，这帮人都不知道大难临头了。你来看。”他把我扯到一边说：“这次的火车和上次的样子不同了，这是从火车里找到的一片报纸。”他递给我一张塑料薄膜袋装着的纸片，又拿出一张表格说：“这是根据1号火车破译出来的文字对照表。”

我找到对照表上“的”字的写法，和纸片上的文字对照，没有相同的。根据纸片上的符号频率，我在手上写下两个符号，对涛哥说：“这两个符号有一个是‘的’字，另一个也是常用字，都没有在对照表里出现。”

涛哥和我面面相觑，他说：“这么说……它们……不是同一个世界。”我点点头。涛哥说：“你的猜测是对的，平行世界发生了连锁反应。”

“播种开始了。”我说。

“还真像播种。前次是西南郊外，上次是城南，这次是城中，下次不知道又会是哪里……”

涛哥车上的对讲机响了。过了片刻，他脸色沉重地对我说：“这次是谷埠街。”

我们驱车往河南方向狂奔，车子开上柳江大桥就开不动了，逆行的车辆已经占领了顺行的车道，从那边过来的人一个个都像从地狱里逃出来的，不要命地往前钻。

涛哥把车门踹开对我说：“走，下车。”刚打开的车门马上被对面过来的一辆车别上了，涛哥打开警笛朝对方喊了一通，然后把警戒带揣在怀里，从窗子爬出去，叫我跟上。

我们爬到车顶上，从一辆辆车上面跨过去，下面的司机纷纷按喇叭抗议，但是他们也只能是抗议而已了。我们走到前面看见几辆车的车主已经弃车，还有几辆车已经撞坏了。车阵被卡死在桥上了，还好我们及时做出了弃车的决定。

涛哥一路撞开人群，奔到出事地点拉警戒线。我在后面跟得上气不接下气，让一文青追一警察，真是要命了。

跑到谷埠街我倒吸了一口冷气，一列火车一头撞进了国际商城的门脸里，把一层楼撞塌了一半，玻璃外墙垮了一大半，残墙上摇摇欲坠的玻璃还在往下掉。

涛哥望望这个大摊子，又望望手上的那卷警戒带，大喊了一声把警戒带扔在地上。

柳南派出所和市政公司的人先后赶到了，他们马上把现场隔离起来，接着就要到大楼里面去找人。涛哥把他们拦住了："没看见天上正在下刀子吗？切你们的脑袋就像切西瓜一样容易！等消防队来吧。"他转过身来小声地嘀咕："我还有这儿的购物卡没花呢。"

我指着河北方向对涛哥说："警察同志，我要报案……"

河对岸升起滚滚的浓烟，夹杂着火光。涛哥对着对讲机说了几句，对我说："走吧，局长叫你跟我回去。"

他对围观的群众挥手说："都散开，都散开！每个人都回家收拾好东西等消息，不要乱走动。"

往回走时桥上的车辆已经全部变成了空壳。回到公安局，很多人正在会议室开会，我看见市长也在，涛哥带我悄悄溜了进去。

公安局局长说道："我建议，应急方案的主体参照重大突发灾难应急预案，我还有一份补充方案……今晚就组织一部分人先撤离，剩下的全部要进入地下躲避，24小时内全城撤离完毕。现在要立刻疏通道路，确保最大运量……"

市长说："立即启动Ⅰ级预案，正常情况24小时内撤离没有问题，只是不知道一天之内事情会恶化到什么程度。"

局长说："听天命，尽人事。"

市长阴沉着脸望着局长，过了一会儿才缓缓点点头。我这才注意到这个临时会场的特别之处：地点在公安局，而不是在市政府。

局长说完，小声叫我过去："你还有什么建议？"

我说："没有了，这么迅速做出的方案已经很完美了。"

局长一笑说："谢了，这是事先做好的预案，算是你的提醒，对付摸不透的敌人，既不能乱动，又要抢占先机。"

我突然想起了什么，对局长说：“最好协调下游水坝开闸泄流，要是火车积塞在河道就可能抬高水位。”

“有那么多吗？”

“难说。”

局长点点头，说：“好，我跟市长说，但那只是提议，最终决策是由市领导来做。现在做出的每个决策都是决定命运的……你说，会不会每个平行世界里都有一个不知死活的公安局局长在指手画脚？”局长一扫多天的疲惫，露出一个洒脱的笑容。

我笑笑，我相信每个世界里都有一群这样的人。我想起了手机的事，问局长：“有没有从手机里破译出新的信息？”

局长一拍脑袋说：“我差点忘了这事。”他凑到我的耳朵旁小声说：“现在这事要保密，不让说。我就违反一次纪律，告诉你吧。在手机里破解出一段七秒钟的视频，视频太晃，看不到东西，但是录到一句话，是你一直想知道的列车员的名字。”

我的心扑扑狂跳起来，梦境真的和现实重合了？这个无数次在我脑海中出现的老朋友，我们终于要说“你好”了，也许不是“你好”……

“他叫什么？”我激动地催问。

局长嘴唇动了动，望望我，终于说道：“陈晓昆。”

“什么？”我愣愣地说，这三个字没有触动我的任何一根神经，我本以为会是个很熟悉的字眼。

局长把名字的同音字写给我：“光是这三个字，我们市就有同名的73人，如果加上其他同音字组合不知道有多少。”

我努力回想了一下，没有什么印象。我随即释然地一笑：一个名字本来就没有什么联系，两个世界连文字的写法都不同，那只不过是我一心的想象罢了。

我回到出租房里收拾东西，收拾了几件，实在想不起还有什么非带走不可的了。我几乎是个一无所有的人，连一张和女孩子的合照都没有。一堆发表过文章的报纸和杂志我忍痛都不要了，我把U盘、光碟收起来，又把电脑的硬盘拆下来揣上，这些里面有我的小说、资料。

全市已经进入紧急状态，电视里、广播里都在播送紧急通知和最新情况，手机接连不断地收到短信通知。好在除了上午的三起撞击，到现在还没有发生新的情况。没过多久街道办的人就来动员撤离了，过了一会儿又有政府的动员小组来用喇叭喊话。

临近傍晚的时候，撤离开始了。楼道里响起零乱的脚步声，包租婆抱着她的卷毛狗挤进来半个身子说："万老弟，我先走了，楼下的腊肠你拿去吃吧。不过空出去的这几天房租可是要照交的啊，我有什么办法，这又不是我的决定。"

我没理她，我心想到时候你的房子还指不定在不在呢。我装了几瓶水、几袋饼干，还想下去买些干粮。可撩开窗帘一看，每个小卖部门前都排了几十米的长队，我只在非典的时候看见抢购板蓝根的人群有这个阵势。

我走到楼下，把挂着腊肠的竹竿挑起来扛在肩上，像个剑侠一样大摇大摆地走出去了。

我看见包租婆开着车被拦了下来，她不得不下车，抱着一堆东西骂骂咧咧地走到人群里。人们从院子和巷弄里走出来会合到一起，因为不知道"播种"什么时候会大爆发，所有人必须尽快赶到撤离点或避难所。人们推推挤挤，有些脸上带着恐慌，有些脸上带着好奇，有些脸上不知道该带着什么表情，毕竟好几代人都没有经历过逃难的感觉了。小孩子们却兴奋地到处乱窜，我向一个抱着奥特曼的小孩子挤挤眼，教他哼起《共青团员之歌》来。一路上都有疏导员把人群引到空余的避难所里。那些小时候跑进去探险的防空洞，我以为永远见不到了，这时候它们又纷纷被挖掘出来，幸运的人会找到我藏在里面的弹珠吧。

这时候我才感觉伤感起来，这个城市带着我的全部记忆，我骑单车走过的小巷，巷口的麦芽糖，父母搬走前伴我度过了整个童年的职工宿舍，被我砍下树杈做弹弓的桃树……砖墙上长出白毛，刮下来可以配成火药，我被火药烧了眉毛，就偷偷用黑笔画上……还有青云夜市，还有指甲花……太多太多了，在必须离开的时候才想起来。

后面的人催促起来，又有人抱怨我的长竹竿。我就故意把竹竿挥扫了几下，得意扬扬地大步走上前去。

涛哥的电话打过来了，他在电话里嚷道："终于打通了！你快来中心广场和我会合，不知道手机信号还能维持到什么时候。"

我一路拍照一路溜达到广场，广场上集中了几万人，首尾衔接的车队正在把成批的市民撤往市外。工程队在广场的周围建筑起防护工事——一根根钢柱子组成的宽20米的隔离带，钢柱都是从柳钢赶运过来的特种钢梁。这个城市在最短的时间内接受了这个离奇的事实，并且做出了快速的反应，这是我没有想到的。也许科幻大片让人民的神经变得像小强一样强悍了，灵异小说也有一些功劳吧，我厚脸皮地想。

广场下面的大型地下停车场成了最大的避难所，我走进去看见这里已经安置了七八千人。涛哥他们设置了一个临时岗亭维持秩序。所有的易燃易爆物品都不允许带到避难所，涛哥正在把一堆野炊的炉子、气罐拖出去，我不由得感叹这些人的心态真是太好了。

我拒绝了涛哥先送我出城的提议，这是一次绝佳的体验。想想看，你终于看到现实追上了你的想象，在想象的屁股后面狠狠地踹一脚，简直让人激动得要大喊一声。这是那些一年写N本悬疑小说在畅销榜上久挂不下的作家也没有经历过的，以后他们只能生活在想象中，而你可以用冷酷的语气说："I had hated the life !"

于是我和所有抱怨不能先走的人一起留下来了，也许正是这个决定救了我一命。晚上听说有一列火车落在路上，与十几辆公共汽车撞在了一起。此外一切都平安无事。

在临时避难所里恐慌的情绪似乎远去了，人们咒骂着一切不靠谱的事情。柳州方言的粗口带着睥睨一切的气势，让我感到无比踏实。在远方读大学的老乡们会说起一个共同的体验，当踏上开往家乡方向的火车，一句地地道道的"乡骂"传来，一种回家的亲切感便油然而生。

有人眉飞色舞地讲起各种传言，大家提心吊胆地耸着脑袋听，添油加醋地说，这时恐慌变成了一种酒精饮料，滋长蔓延，却让人沉醉其中。大家很快熟识起来，客气地分吃东西，入夜便有三三两两的扑克摊摆起。甚至广场上有人推车卖起小吃来，青云市场的一个小吃摊老板也在其中，他瞪大眼望着我说："怎么每天都能见到你？"

我拍了好些照片，然后我坐在广场北边的草地上，把经历的一切记在手机上。高压钠灯把广场照得一片通明，一整夜车队都在把一批批的市民运往市外。城市的街灯依然流光溢彩，高楼像灯火上飘浮的云山。这个我曾经无数次想逃离的城市，在每个人都逃离的时候我又想留下来了。这天晚上，我像个流浪汉一样在这个城市的灯火中睡着了。

到了第二天中午，大部分人已经撤离完毕，停车场里还剩下大约两千个年轻人。撤离行动进行得很顺利，正是因为太顺利了，使大家产生了动摇：到底还有没有必要继续撤离？也许"播种"已经结束了。

最后两千人的撤离就在一片怀疑和反对声中开始了。人们走出地下停车场，看着空荡荡的城市。空荡荡的城市使他们产生了这样一种感觉：我们是这座城市最后的守护者了，我们不能抛弃这座城市。热血沸腾的年轻人纷纷要求回家去，人群里引起了不小的骚动。

突然有人喊："听！什么声音？"人群安静下来，一串轰隆隆的雷声贴着地面传来，在这寂静无声的城市中显得特别清晰，接着是一声长尖啸，如同一只巨大的怪鸟的叫声。我明白过来，这怪鸟的叫声是钢铁撕裂的声音。更多的隆隆声和尖啸声从四面八方传来，有远有近，如同一场合奏。

"啊！"一部分人惊恐地叫起来，其他人抬头朝他们看的方向望去。龙城路方向，一个庞然大物一头撞穿前面的一座十几层的写字楼，它后面的部分像一根钢鞭继续向前甩去，发着尖啸声扭曲缠绕在大楼上。大楼像被剥皮器削了一圈，玻璃幕墙全部被打得粉碎，哗啦啦地掉下来。这条钢铁"巨蟒"在空中跳着诡异的舞蹈，甩出银光闪闪的鳞片。此刻我的脑海里闪过一句诗："战罢玉龙三百万，败鳞残甲满天飞。""巨蟒"被自身的重量扯成几截嘎吱响着坠下来，轰然落地，剩下的几节车厢悬在大楼上。

正当人们惊魂未定的时候，另一列火车向广场抛来。这次我看清楚了它出现的过程：十几米高的空中出现一个水面一样的界面，就像我梦中看到的那样，界面后面的景物像气浪一样扭曲。突然一片涟漪扩散开来，一列火车在涟漪中横着抛甩出来。

火车翻滚着直奔向我们，人群呆若木鸡。涛哥一把把我扑倒在地，大喊："趴下！"反应敏捷的人迅速趴下了，有些是吓得瘫软下去的。广场周围的隔离带发挥了作用，火车撞在隔离带上被猝然阻挡下来，强大的动能把火车撕成碎片，撕裂的铁皮在钢柱间翻卷撕扯，发出刺耳的尖叫，像地狱的刀山里挣扎的鬼魅。火车上的玻璃撞得粉碎，像子弹一样射过来。

涛哥紧紧护在我身上。听着头上的嗖嗖声过去后，人们才纷纷爬起来。有的人满脸是血，有的人躺在地上呻吟。看到涛哥没事，我松了一口气。

我想让他们记住更快乐的事!

万象峰年

“大播种。”涛哥怔怔地说，然后他扯着嘶哑的嗓子大喊，“大家回停车场！”

几分钟后，接应撤退的车队赶到了，有几辆车的车窗玻璃已经没了，车队里混杂着公共汽车、大巴、军用卡车，还有一辆轻型装甲车。装甲车上下来几个指挥员，催着人们上车。刚刚还闹着要留下的人群现在都哭着抢着往车上挤。

涛哥拍拍我的肩膀说：“走吧。”

我抱歉地摇摇头说：“我不走了，对于一个写灵异小说的人来说，见证这样一件事是他的无上光荣。”

涛哥恨得抓了一把头发，他已经没有力气和我争辩了，他叹了口气说：“我不管你了，但是我们不允许任何一个人留在这里，你跟我来。”

他让我藏在一根柱子后面。所有人走完后，指挥员进来检查，涛哥朝他们挥挥手说：“我这边干净了！”

涛哥把他的枪扔在我的脚边，小声说：“保重。”

涛哥的脚步声消失后，我轻轻说：“你个死鬼也要保重，你不知欠我多少次夜宵。”

最后一批人也走了，我在空旷的停车场里坐下来，外面仍然传来巨大的响声，仿佛这个城市被一头犀牛放在嘴里使劲咀嚼着。我感到无能为力的孤独，这感觉我曾有过两次。第一次是16岁时父母搬离这个城市，我一意孤行要一个人留下来，坐在空荡荡的家里感觉好像亲人都离我而去了，我哭了一整天。第二次是大学毕业，我是最后离开的，在空荡荡的宿舍里想到哥们儿从此各奔东西了，我哭了一个小时。这次是整个城市的人离开了，我坐在空荡荡的城市的中心，没有哭。

手机信号没有了，过了一阵子，停车场的灯光闪烁了一下也熄灭了。我找来一堆废材料生了一堆火，点燃这个城市唯一的文明的信号。然后我拆下几根腊肠烤来吃，我就像一个在山洞里烤食生肉的原始人，任外面霸王龙横冲直撞，翼手龙破空长鸣，我自吃我的烤肉。

兴许是自我感觉越来越好，我决定到外面去录一段录像，这将是珍贵的历史资料。

我观察了一下路线，然后以百米冲刺的速度冲到旁边的五一路上。路边停了十来辆车子，我找到一辆插着钥匙的摩托车，插着钥匙的不会是什么好车，事实上坐上去以后我发现这是一辆电动车。

电动车响着安静的嗡嗡声载着我驶出街口，这场景的名字应该叫“一个街道巡视员的一天”，但是市区内四处冒起的烟尘提示着这一天并不寻常。

沿龙城路往南驶去，首先和我相遇的是那列一半撞进大楼的火车，掉下来的一截砸在地上，铁皮车厢被挤成一堆烂铁，像一筐砸破的鸡蛋。大楼上残留着另一截，这让我想起了911，更不敢靠近楼下。

我打开数码相机的摄像模式录了一段视频。这时后面传来一声巨响，我把画面猛转过去，这次没有看见车身，因为火车是从临街门面的后方撞过来的。三层楼的门面被撞开了一个大口子，碎石像一道弹幕飞过对街，把对面的卷帘门也撕开了几个大口子。被撞开的缺口上露出一个子弹头般的车头，车鼻子瘪进去了一块。

继续往前开，四面八方的响声越来越密集，好像一群愤怒的野兽要冲过来，要把这座城市撞得粉碎、踩成齑粉。突然间一列火车从一幢建筑里破壳而出，我猛地刹车，火车从我前面十几米处扫过马路，撞到对面的商店里，商店的外墙整个倒塌下来。

惊魂未定，紧接着另一列火车从后面冒出来，追着我的屁股冲过来。我也顾不上录像了，赶紧加速冲出去，一块石头把车轮绊了一下，车子摇摇晃晃几乎要摔倒，我终于还是稳住了车子。火车在后面紧追不舍，我冲过有碎石的地面，把速度加到最大，如果这时前面再冲出一列车我只能认命了。火车在往前冲的过程中斜了过来，连续扫断了五六棵树，终于慢下来，在后视镜中离远了。

我压低前身以50码的速度往前飞驰，柳江大桥桥头有一条防空洞改造的地下街，可以作为暂时躲避的地方。

驶出龙城路口，视野一下子开阔起来。地上掠过几个巨大的影子，我猛地抬头望去，仿佛进入了太空舰队空间跃迁的集结点，钢铁的“飞舰”源源不断地从空中飞出，轰击着这座城市的身躯。大楼被“飞舰”击中，飞散出大片的碎石，夹杂着亮闪闪的玻璃，纷纷扬扬落下来。有些火车在地面冲行，像除草机一样铲掉地面上的花坛、行道树、路灯杆，以及所有遇到的东西，一个电话亭翻滚着停在我的不远处。有两列火车在空中撞在一起，车厢被巨大的冲击能量折叠起来，发出惊心动魄的响声，然后轰然坠地变成了一堆废铁。

这仿佛是一场惨烈的自杀式袭击。我一只手举着相机，捕捉着镜头，像一个责任重大的摄影师。行驶到柳江大桥桥头，便见滔天的巨浪此起彼伏。一列火车一头撞入江水，如摩西投鞭一样把江水劈开，掀起十几米高、上百米远的巨浪，细小的水花甚至溅到我的身上。劈开的江水又轰然合拢，涌起巨大的波峰，波峰如黑色的兽脊涌到江岸上，拍打出白花花的浪花。

一些火车被桥墩截住，桥墩下堆积的火车形成了一个水坝，堵塞了河道。不过还好上游已经提前泄水，一定程度上抵消了抬高的水位。

大桥已经伤痕累累，随时都可能倒塌，我没有冒险往桥上走。

这时一块碎石砸在我的头上，我抬头望去，一个巨大的影子正朝我的头上压来！我向前跑了几步扑身滚倒在地，一列火车轰地砸在电动车所在的地方。只差一点我就变成肉酱了。

我爬起来后不敢发呆，立刻向地下街跑去。几幢大楼在我奔跑的同时倒下来，我刚跳进入口，一幢大楼轰地压过来，气浪把我冲到了台阶底下，碎砖石和烟尘跟着涌进来。

我咳嗽着从砖头堆里爬出来，躺在地上长吐了一口气。好在防空洞有着足够的抗击力，我暂时安全了。

一直躲到下午4点，外面的声音暂时消停了一些。我冒险出去看，好家伙，像煮开一锅粥一样。我一辈子没见过这么多火车在一起，它们用各种新奇的姿势翻在路上，卡在楼房里，挤作一团，这些火车埋葬了我记忆中的城市。柳江大桥只剩下几截桥墩，水位又抬高了一些。如果不是有柳江作参照物，我差点认不出方向来。我想了个问题，把这些火车炼了当废铁卖能卖多少钱？看着远处还在倒塌的建筑物，我没有继续想下去，因为这肯定不够重建这座城市的。

我又往广场方向返回，因为食物和水还在那里，更重要的是，那里是中心地带，灾后容易得到救援。这些火车残骸让最近的距离也如隔崇山峻岭，我费了好大劲才钻过几节车厢。两个小时后我回到了停车场，太阳正落下，照在火车的残躯上，仿佛这是铜铸的工业雕塑。有几列火车掉到了防护栏里面，最近的一节车厢离停车场入口只有几米远。

我补充了食物和水，晚餐是腊肠。夜幕降临，我像一只鼹鼠从“地洞”里钻出来，停车场里黑漆漆的一片，让我觉得毛骨悚然。好在地面上月光还不错，城市没有了灯光污染，星星变得明朗起来，即使在明月的照耀下，星星也比平时多得多。

我打开手电筒走进废墟中，这片诡异的废墟如同一个远古战场，那些躺在夜色中的黢黢黑影，如同上古的大战后留下来的神兽的尸体，那些逝去的灵魂就在废墟中逡巡。这些钢铁骨架时不时发出嘎吱嘎吱的声音，伴着远方传来的钢铁挤压和撕裂的声音，让人直打哆嗦。

我爬上一栋损坏不算严重的大楼的楼顶。月光还是不足以让我看清地面上的景象，除了远远几处着火的火光。我想了个办法，架起相机长时间曝光。在照片上终于可以看到城市的面貌，没有一个方向是受灾较轻的。如果“播种”是正态分布的，那么空间卷折的中心其实就是城市的中心。

一张照片引起了我的注意，照片上有一束绿色的光线射向远处，或者从远处射过来，我又拍了几张，同样的光线还是出现在照片里。那里有什么情况，可能是一个幸存者，可能是随着火车发射过来的一个信号装置。

我借着月色向那个方向行进，那束绿荧荧的光在天上越来越清晰，它以某种频率的脉冲闪烁着，像在传递什么信息。快要接近目标时我关掉了手电筒，当我走到和那道绿光只隔着一排车厢的地方，绿光突然消失了。

他发现了我？我躲在车厢后面听那边的动静，过了许久也没有听见响声。我知道深海里有一种鲜鮟鱇鱼，用光源吸引猎物上钩；还有一种捕鸟的方法，是用亮光诱骗鸟群飞下来。也许我已经游到猎人的眼底，他正在暗处欣赏猎物最后的舞蹈？我不由得暗暗摸住怀里的枪。

这时不远处传来一声巨响，又一列火车被抛甩出来了，它与其他火车撞在一起迸发出大朵的火花。绿光又出现了！这次它射向火车抛出的方向。我猫腰摸到车厢连接处去看，只看到那束光的源头，其他什么也没看见。

过了一阵子，绿光又消失了，我静静地等待着。终于，月光下一个身影跃上车厢，像一个少年，他背着一个背包，脚步如飞，矫捷地腾挪跳跃着，不一会儿就消失在黑夜中了。

我没有追上去，因为我肯定追不上，那家伙就像在这个环境里面进化了几万年的新人类。

就在我站着发愣的当儿，又一幢大楼轰响着倒下来，巨大的响声和碎石打在火车上，如弹雨倾泻的声音在夜色中传得很远。听着这座城市倒下，我有一种说不出的心酸。

又一阵“播种”潮来临了，我躲回地下停车场。我想摸出几根腊肠来烤，但是我放在一根柱子下的腊肠已经不见了，我记得清清楚楚是放在这里的。我打着手电筒到处找了一遍，然后确定确实是不见了，连同挂腊肠的竹竿一起不见了。顿觉这里充满了危险，我挥动手电筒四处乱扫，时不时有白色的柱子闯到视线里来，把我吓个半死。

这时我多希望涛哥在我身边，我虽然是个写灵异小说的，但是不禁吓的，平时只有我吓别人的份儿，哪想过还有别人来吓我。我把涛哥的枪揣在怀里，在周围摆了一圈空易拉罐，辗转到半夜才提心吊胆地睡着了。在我的梦中不时浮现洞外怪兽的破坏声和洞中狼的窥视。

第二天10点半的时候“播种”开始消停了一些，我走出停车场。近半数的大楼在多次撞击下都倒塌了，整个城市就像被地毯式地轰炸了一遍，而且那些炸弹全是从万米高空扔下来的火车。我望望天上，一只鸟也没有，只有一个塑料袋孤零零地飞过天空。

我背上背包向柳侯公园一带转移，那边离我住的地方近，对那里的情况我比较熟悉。走过柳侯公园的柳侯祠，已经看不见原先的建筑了，那些没有钢筋的仿古建筑早已经被扫平了，连上百年的老柏也只留下白森森的断口，不知道荔子碑有没有幸存下来。

柳侯公园门口，一列火车从公园路方向冲过来，冲上台阶，撞进公园的大门，在柳宗元瘦削的塑像前停下来。柳宗元依旧背着手，眼睛微眯，胡须微翘，和这个钢铁巨兽的“头颅”对视着。

我穿过公园，几列火车泡在湖里，像探头进去饮水的梁龙。湖边有一缕轻烟升起来，我走过去看，只见湖边的一块空地上摆着几张靠椅、几把钓竿，地上有一堆还没熄灭的火堆，旁边扔着几十罐啤酒，我的那一架腊肠也扔在旁边。

我不禁骂道："谁这么缺德偷老子的腊肠来这儿休闲？"

这时我看见地上还堆着另外一堆东西，有十几台笔记本电脑，几十个手机，还有数码相机、古玩、字画等五花八门的东西。我立刻明白过来，这是一伙发灾难财的贼！

我刚要转身，一把冷飕飕的刀已经架到我的脖子上。怀里有枪，心里不慌，我没有轻举妄动，他们还有同伙没回巢，等情况明朗了再说。

我举起手，笑嘻嘻地说："没事，我路过，你们忙你们的。"

"少啰唆！"后面那人一脚把我踹趴在地上。

树后面又走出来三个人，现在是四个了，四人很有经验地把我堵在中间，封锁了我的逃跑路线，看样子是准备动手了。我思考是要鸣枪警告还是要趁其不备开枪射击，也就是威慑还是突袭。威慑是达到压制效果和最小伤亡的理想战术，但是我听涛哥说过，制止一名移动中的歹徒一般需要2~3发子弹，手枪有7发子弹。如果直接与歹徒交火有把握放倒3个，突袭的话效果还会更理想，反之如果鸣枪警告无效，就只剩下制服2人的弹药量了，在对方穷凶极恶的情况下风险将大大增加。

我还在思考的时候，有一个贼问同伴道："怎么弄？"

另一个说："你去，放了他。"

我松了一口气，大家都和气一点，事情不就好解决了吗？却见那人在牛仔裤上擦着匕首走过来，面露凶相。

我说道："哎哎，你干吗？不是说要放我……等等，是放人还是放血？"

来人冷笑道："废话，我们从来就没有放人这一说！"

"早说啊……"我慌忙去怀里摸枪，枪却被衣服绞住了拔不出来，而我掏东西的动作激怒了歹徒，他举刀朝我刺过来。我头脑一片空白，心想今天就死在这个低级失误上了。

这时只见歹人把匕首一扔，跪在我面前。这个转变把我惊呆了，我叫道："大哥，不必吧？"然后我看见一支箭尾插在他的肩窝上。

我抬头望去，一个骑在马上的年轻人正拉弓搭箭，英姿矫健。要不是他拿的那把现代反曲弓，我还真以为我穿越了。剩下的三个歹徒愣了一下，现代人对冷发射兵器的畏惧感已经大大降低了，他们立刻又叫骂着冲上去。追了几步他们怕是调虎离山之计，又折回来找我算账。

这时我总算掏出了枪，朝天"嘣"了一枪。枪声突然在这个寂静的世界炸响，三个歹徒被镇住了，黑洞洞的枪口总算唤起了他们的恐惧感，他们一下子就软下来，没了气焰。

年轻人好像意犹未尽，他把箭射在树上，收起弓，悻悻地走过来。我向他道谢，他把头歪着，不屑地看了我的枪一眼。我很理解，他一定是个冷兵器爱好者，平时窝在家练习，在梦中驰骋沙场，好不容易有次机会拿弓箭出来玩，还骑着马，还赶上了实战，还不犯法，没想到被我用一把枪给搅了局。

然后我意识到这样想有点不厚道，无论如何他救了我一命。

我们商量过后最终还是把四个犯罪嫌疑人放了，我们没有精力照顾四个人，把他们绑起来他们会饿死的。我跟他们说我是留守这里维持治安的便衣巡警，这件事既往不咎，如有再犯，新旧罪并罚，然后给他们照了张相。他们没想到警察和贼一样敬业，就垂头丧气地走了。

我拖过一张靠椅，捡起地上的腊肠放在火堆上烤，对年轻人说："来一根？"

年轻人摇摇头说："这是偷来的。"

我没好气地说："这是我的！要是我今天不找到它我就没午饭吃了。"

年轻人望了我一眼，将信将疑地接过一根放在火堆上。他从马背上解下一个背包，拿出工具，熟练地把笔记本电脑的电池拆下来，拆出里面的圆柱形电芯。

“这些是赃物。”我提醒他。

“我有重要用途。”他头也不抬地说。

我耸耸肩，说：“我叫万象，怎么称呼你？”

“写灵异小说的那个万象？”

“对，”我惊讶地说，“你看过我的小说？”

他终于抬头：“看过一些——我看过你的帖子，你是最先提出‘播种’的解释的。”

那个帖子我只在科幻论坛发过，我问：“你也去科幻论坛？”

“去。”

我越发吃惊：“你叫什么名字？”

“Adenine。”

“我没有印象。”

“因为我平时都潜水。”

我嘿嘿笑起来：“你的真名呢？”

“陈小坤。”

“陈晓昆！”这三个字像一道闪电划过我的脑海。

他很奇怪：“你认识我？”

“没、没有……”我想，可能是个巧合，“哪三个字？”

“就是演戏的那个陈坤，中间加一个大小的小。”

我“哦”了一声。“你为什么留在这里？”

“对于一个生存主义者来说，能面对这样的环境是他的荣幸。你呢？”

我一时哑口，我的台词被他抢了，有点不爽。“我……积累素材。”

他点点头，说："现实比故事更精彩。"

他把马牵到一个地下游乐场里去，把弓箭留在马上。这里以前是一个防空洞，后来被改造成地下游乐场，几经改头换面，现在是一个恐龙乐园。那匹马从一堆霸王龙、三角龙中间伸出头来，就像一个不安分进化的异类。

"它叫小灰，它是'播种'爆发前和我过来的，现在回不去了。"陈小坤怜爱地蹭了蹭马的脖子。

"好难听的名字。"我说。

陈小坤生气地看我一眼："聪明人知道对一匹马好，它说不定什么时候会救你一命。"

我注意到他的腰上插着一支手电筒和一支激光手电筒，昨天月光下的少年浮现在我眼前。我问："昨天晚上在广场附近的人是你？"

"是的，你看见了？你的观察力很敏锐。"

"你的身手更敏捷，你在做什么？"我终于可以解开这个谜团。

"打招呼。"他打开激光手电筒，一束绿光射出来。他切换了一下，绿光闪烁起来，像一个不断眨眼睛的绿色精灵。

"你有没有注意到，每次火车抛出之前，空间都会出现一个扰动区，抛出之后这个扰动区还会存在一段时间。"陈小坤对我说。我们回到了广场，坐在停车场旁边的一节火车上等待夜幕降临。"我发现，激光通过扰动区，亮度会衰减三分之二以上，这个过程中没有增加散射，这说明激光大部分被吸收了，至于以什么形式，不知道。可以想象一种可能，空间打开了一扇门，一部分光子通过这扇门到了另一边的世界。"

"于是你试图通过激光来跟那边的世界打招呼？它的信息是什么？"

"我们世界的日期的二进制编码，因为不知道我们世界的平行坐标系坐标，只能传递时间信息了。"

“时间是同步的，这个已经证实了，在第一列火车里面找到了一个手机。”我忍不住觉得好笑，“他们还以为那个手机是一个恶作剧，却不知它将摆在博物馆里。”

“但是对方不一定知道嘛。其实传递的内容不重要，我不指望有人能收到一整列编码，重要的是形式。自然界是没有单色光的，再加上信号呈现出来的规律性，就可以确定是来自另一个文明世界的问候了。”他说得有些激动。

“典型的科幻思维。”我说。

太阳向西边落下去，给这个广大无边的火车坟场镀上了一层金色。不远处的一幢高楼倒了，掀起一大片尘埃。尘埃慢慢散开来飘在空中，把太阳变成灰蒙蒙的一个边界模糊的气球，像一幅抽象画。

陈小坤钻到火车里去找可以利用的东西，他的声音从火车里传来，闷闷的：“其实你不像写灵异小说的。”

我说：“哦？是吗？”

“科幻才是你的梦想，对吗？”

我愣了一下，没有说话，心里的某个地方被击中了，好像我小时候站在那片草地中间，死党突然跑来我身后对我说：“你暗恋她，对吗？”可眼下这个人和我素不相识。

一个蓄电池从车窗扔出来。“我没见过哪个写鬼故事还要扯上量子论的，你知道那样并不能使故事更吸引人，因为你骨子里流淌着科幻的血液。”

“谢谢。”我说。泪水要从我的眼眶中溢出，但是我很快冷静下来。《城市晚报》主编的话又在我的耳旁响起：“你是要写你的东西还是要你的专栏！”从那以后我再也不是一个理想主义者。

夜幕降临后，我们开始行动。陈小坤给激光手电筒换了一块电路板：

“这是今天的日期。”然后他把从笔记本电脑上取下来的电芯换上去，“激光手电筒和笔记本电脑用的18650电池是一样的，但是激光手电筒没有过放保护，这些充电电池一不小心就会变成一次性电池。输出功率为800MW的激光手电筒，一节电池用20分钟就报废了。”我听不懂他说的，只能傻傻地看着他。他把激光调整成平行光，说道：“OK。”

我们坐在路口的一节车厢上等着“播种”的到来。过了一会儿，远处蹿起一片火花，然后传来几声轰响，陈小坤迅速打开激光手电筒追射过去。

“太远了。”他放弃了这次机会。

过了半个小时，又一次“播种”出现在大约一百米远的地方。陈小坤迅速打开激光手电筒，虽然晚上看不见空间的扰动，但是在激光的扫描下很快就能发现目标——激光在一个地方改变了路线，而且亮度锐减了一半以上。陈小坤切换到信号档，绿色的光束闪烁着传递出一列列编码，过了几十秒，扰动的区域渐渐恢复了正常。

发射信号之余，陈小坤的眼睛像猫一样搜索着火车的残骸，同时他拿出一个小收音机不断调整波段。

我问：“你在找‘回信’？”

他说：“对，如果对方‘回信’，应该会发回来一个信号发射器，电波、声、光同时发出信号；但如果对方发回一张纸条，我们就没办法了。”

可是除了火车电线短路偶尔迸出的火花，夜色下什么也没有。我们坐在一圈车厢中间生了一堆火，我拿出腊肠来烤。在这个彻底黑暗的城市里，一处火光就成了稀有资源，无数飞虫都往这里撞。

我说：“这些飞虫让我想起一个惨烈的画面。你吃过雪鸟吧？”陈小坤摇摇头。雪鸟是我们这里的大山中出产的一种珍稀野味，通常要托人才买得到。“我看过捕捉雪鸟的情景。有一年我在元宝山，跟山民进山去参加季节性的捕鸟。入冬的时候，鸟群会迁徙过境，山民们在世代相传的几个山坳口布下捕鸟网，晚上用氙气灯照亮，鸟群看见亮光就会往那里飞去。”我深吸了一口气，回忆着那个景象，“上千只鸟，像箭雨一样射过来，撞在地上、岩石上、树上，大多数立即毙命了，更多的撞在捕鸟网上，跳着白色的死亡之舞。鸟群过后，现场像被金属风暴扫过一样，到处都留下斑斑血迹。从西伯利亚到日本岛，它们是伟大的飞行家，却死于这个卑劣的骗术。有些鸟的脚上还带着鸟类研究的脚环，上面写着日文。后来我把脚环拿给懂日文的朋友看，他说脚环的一面写着编号和采样地，另一面写着‘祝你平安’。大家都说鸟为食亡，其实鸟也会为了追寻光明而死。”

陈小坤在火光中低头不语。

我自嘲道：“好吧，这是文青的坏毛病，其实没那么复杂，那只是雪鸟的本能，人赋予了想象的意义。”

“人的天赋就是能赋予世界意义，赋予自己力量。”陈小坤说。我心想，这人比我还文青！

我说：“昨天夜里我被你的激光吸引过去的时候，就想到了这个情景。”

“但你还是过去了。”

“好奇心害死猫。”

“是什么让猫宁愿留在危险的森林里？不仅仅是好奇心吧？”陈小坤微微一笑，表情又有几分认真，“猫在创造自己的故事，它就是故事的主角。在我看来，这是一个写作者最大的骄傲。”

我说：“别寒碜我了。我哪有资格骄傲，混口饭都难。”

“不，不。”陈小坤高深地摇摇头，“你知道这样的生活很艰难，你还是选择了这种生活方式。一个写作者的骄傲，不在于他的文字运用得有多高明，而在于他怎样对待现实。若他像他的文字所具有的灵魂那样去生活，他为文字创造的命运，也是他为自己创造的命运，这就是他最高的荣耀。”

如果不是这个人活生生地摆在我面前，我真以为他是我故事里的一个人物，他把我的文字后面潜伏的自尊和自负一一释放出来，像魔术师甩扑克牌一样甩在我面前。有一瞬间，我把他当成了另一个世界的我。

腊肠烤好了，我用小刀分成两份。这就像是一次穿梭异世界的郊游，仿佛回去后一切又会恢复正常。但我知道再也不会了，世界将从此进入一个新的时代，“世界”从此是复数。

陈小坤在车厢上手舞足蹈起来，但是他嘴里塞着一截腊肠，只能发出呜呜的声音。我爬上去看，他一把抓住我的手，像个发现了宝藏的大盗贼指着前面喊道：“信号！信号！”

前面的车厢残骸里有一个东西闪着白光，像一只萤火虫。

我说：“你看像什么编码？”

陈小坤说：“不像二进制。”

“莫尔斯电码？”我观察了一下，说，“也不像，这种编码模式要复杂得多，有点像古罗马传递情报的一种字母分解法。”

最简单的方法是过去把那东西捡起来。我们花了20分钟走到那里，我真想对全世界宣称这件事没有发生过。到了那里发现，我们以为的信号发射器，结果只是火车上一个没断电的灯管在闪。

一整个晚上也没有发现回信，陈小坤很失望。晚上他在停车场里架起一套照明设备，这是用火车上的灯管和蓄电池组成的。在他来之前我还处在史前时代，他的到来把我的生活水平提高到了现代社会，这让我对自己的生存能力感到羞愧。

这是我睡得最安稳的一夜，虽然夜里风大得有点出奇。第二天清晨我走出停车场，太阳从身后照过来，把我的影子长长地投在金色的地面上。我看着前面好像有什么不对劲，突然大叫起来。

“有几列火车不见了！”我对陈小坤说，“昨天外面明明有几列火车，现在空了。”

陈小坤摸摸下巴说：“唔，的确。”

我说：“不会有贼连火车都偷吧？”

他耸耸肩。我走到空地上查看，那里干净得出奇，连碎玻璃和碎屑都没有，像被人用考古刷仔细扫过一样。

我问陈小坤：“你有没有感觉到昨晚的风很大？”

陈小坤说：“是的，可能是龙卷风，局部气压变化造成的超强龙卷风。”

我说：“好吧，我们要多加小心了。”

一个上午都没有看见“播种”，也许“播种”已经接近尾声了。毫无疑问，中国是今年世界上火车产量最高的国家。

中午，陈小坤把水从一节车厢顶上的水箱引下来，我们终于洗了这些天来的第一次澡。洗完澡，陈小坤躺在车厢顶上晒干，他对我说：“你也来晒吧，难得的好太阳。”

我犹豫了一下，要是被人看到两个男人光着身子躺在一起就是有嘴也说不清了。我四下看了一下，没什么人烟。我爬上车顶，看到陈小坤结实硬朗的肌肉在太阳下闪着铜光，他朝我眨巴一下眼睛。我纠结地躺下，摊开小胳膊细腿开始晒太阳。

我眯着眼睛，太阳照在睫毛上，像闪亮摇曳的野草，在草地铺展开来，猫在草丛里潜行，巨大的石像驻守在荒草里。

陈小坤说：“我在想，有一天擎天柱会降落在这里，对火车们说，‘兄弟们，出发！’”

我的眼前出现那个钢铁大哥的身影，阳光从他的肩膀上照下来，他的右膝上还打着“补丁”，那是他在学校门口和小流氓争斗时留下的伤痕，但那一点没有影响他的身手。他把宽大的手掌伸到我面前，用记忆中一点没变的声音说：“我没有忘记，我们回来了。”

我两眼含着泪花，躺在他的手掌上。他在大地上奔跑起来，风声在我耳边呼啸，吹得我脸上一阵凉意。

凉意越来越明显，风声也越来越大，我转头对陈小坤说：“你有没有觉得……”我愣住了，大喊一声，“快跑！”

一道龙卷风扭动着吞噬过来，大概有五六十米的直径、几百米高。但是这不是一般的龙卷风，它的上头连接着一个“黑洞”，吞没的一切都被吸到“黑洞”里没了踪影，就像倒悬在天空的游泳池底的一个泄水口。

我和陈小坤跳下车顶，车厢已经被吹得哐哐响起来。我想去拿衣服，可衣服瞬间被卷走了。我感觉脚下一轻，也被吹离了地面。我心想这次完了。

陈小坤一把抓住了我，把我拉进车厢，他在我去拿衣服的时候已经钻进了车厢，一个生存主义者和一个文艺青年的思维是完全不同的。

我说：“你又救了我一命。”

他说：“还没，跑！”

我们向车尾跑去，尖厉的气流声像老巫婆的尖叫。火车像一个感染了重伤寒的病人，剧烈地抖动着。

突然车厢被拖着横倒下来，我们被甩在角落里，一块玻璃刺在我的膝盖上，钻心的疼。陈小坤果断地说：“出去！”他起身跃起抓住窗沿，一个反身翻上去，然后递下手来把我拉了上去。

我们刚离开火车，火车就被龙卷风吸进去了，像吸一根面条那样利索。我们用尽吃奶的力气往停车场跑，顾不得碎石刺脚，就像两个光屁股的原始人在森林里穿行。

我们离停车场有二百多米远的时候，龙卷风刚好朝着我们逃跑的方向而来。更严重的是，前面还有几列火车挡着。我膝盖作痛，跑得稍慢。风已经追到我的屁股后面，感觉凉飕飕的。

按照这个速度我们不可能跑回停车场，我在大风中上气不接下气地说："风太快了，我跑不过……"

陈小坤一把把我拽到岔路上，向另一个方向跑去。那里有一幢还剩下半个三层楼的商场。

这时我看见了魔鬼降临般的景象：天上悬浮着几个小黑点，像一颗颗种子。"种子"渐渐扩大，吸聚着周围的气流，发出尖啸声。地上的尘土舞动起来，像被惊醒的魔鬼猛然蹿上天空，描绘出龙卷风的形貌。

我看得发愣，一阵狂风吹得我猛地一惊。陈小坤大声催促，我这才醒过来跑进商场。跑过满是碎砖石和碎玻璃的地面，陈小坤说："去地下。"我们这才发现通往地下一层的通道在坍塌的那边，全都被堵住了。

我们找到一个厕所作为暂时的藏身之地。生存主义者最大的优势在于装备，现在陈小坤和我一样一无所有了，我想看他是怎么应对这种局面的。

在我抓紧时间休息的时候，陈小坤没有闲着，他到各个柜台去寻找可能用作工具的东西。我也想找一套衣服，最不济也该有条裤子，可是没有，卖服装的在三楼，竟然一件也没掉下来。

过了一会儿，陈小坤抱回来一堆五花八门的东西：钢管、剪刀、菜刀、手电筒、火机、几卷尼龙绳，还有两个头盔——陈小坤分给我一个，叫我戴上。这一大堆东西让我有了不切实际的安全感。

窗外的风咆哮着，我爬到窗口往外看，外面的景象把我镇住了：天地间矗立着几十道巨大的龙卷风，吞噬着捕捉到的一切物质。这些龙卷风不

知缘何而来，和以往所见不同的是，这些龙卷风下宽上窄，像被拉长的倒置的漏斗，又像一个疯狂的舞者的长裙。几十吨重的火车在强风里就像印度舞蛇人手里的长蛇，被乖乖地驯服，随意舞动，然后忽地收进袋中。袋口就是“黑洞”，它们像更大的蛇的大口，饥不择食地将一切吞入口。我想拿起相机拍照，才想起我现在是一穷二白。

“龙卷风是由那些‘黑洞’引发的。”我对陈小坤说。

陈小坤正在把绳子编成绳套，他说：“像一个出水口。”

“什么？”我好像有了一点灵感，“你说那些‘黑洞’会不会一直扩大，直到把整个世界吞食掉？”

陈小坤摇摇头：“它们似乎只是为了恢复平衡。”

我的脑袋还没转过弯来，注意力就被另一样东西打断了。外面的一列火车被龙卷风甩起来，突然在一个连接处断开。断开的火车像甩出的链球，向我们这边飞来。

我从窗户上摔下来，大惊失色地对陈小坤喊：“小心火车！”

陈小坤立刻明白了，迅速滚到墙边。我刚照着他做，就感觉地面一震，前面的墙冒起一片白灰，一节车身从墙里面冒出来，像跃出水面的虎鲸。我紧紧贴在墙脚，紧接着一声巨响，旁边的墙和天花板塌了下来。

我醒过来后花了几秒钟时间来确定自己死没死，结论是我还活着，而且没晕过去多久，因为我看见陈小坤刚刚从地上爬起来。他一点事没有，而我被一块水泥板压得动弹不得。

我的下半身都被压住了，受力的是我的右腿，我的大脑向右腿发送了一个评估伤情的指令，可神经没传回来任何反馈。

陈小坤跑过来和我努力了一番，水泥板还是纹丝不动。这时候风声越来越近，两道龙卷风闯进了商场上空。它们像两只巨大的汽轮机在废墟里翻搅着，任何东西经它们一触碰，立刻像被施了咒语一样失去了重力，滑向天空。我眼巴巴地看着一群衣服飞上去了。天空中的砖石像一堆麻将一样被搓得哗哗作响，风声尖厉得像切割锯的声音，我想起了某个音乐人制造的噪音音乐也是这样的，心想被压在石头下的应该是那些音乐家。

龙卷风像个高效的拆迁机器，毫不费力地掀开楼板，拧得粉碎。其中一个一点点朝我们这边压过来。

我对还在使劲顶水泥板的陈小坤说："来不及了，你走吧。"

陈小坤说："我有数，风一进危险距离我就走。"

我慌忙改口说："别别，别丢下我！"

陈小坤没好气地说："你能不能不搞笑？等等，我有了个办法。"

他把所有绳子都用上，一头缠在水泥板上，一头绑在好几个不锈钢的货架上，再把那些货架都推到龙卷风过来的路上。利用风力把水泥板拉开是一个好办法，但是绳子不够长，这就像个手艺不好的魔术师在玩逃生魔术，刚解好锁火焰已经奔到了。

陈小坤拍拍我的肩膀，说："能做的都做了，看你的人品了。石板一松开，你立刻爬出来，我在后面接应你。"

陈小坤退到了墙外面，我的安全感顿时消失了一大半。

龙卷风渐渐逼近过来，堆在前面的货架"哐啷哐啷"地摇动起来。虽然有十几米的距离，但是龙卷风的巨大显得它就像是在眼前一样。它像一只从地下冒出来、头上点着一盏黑灯的蛇颈龙，咆哮着，喷着鼻息。我看见断墙上的砖石被一块块拔掉，扔进一个巨大的倒悬的深潭。

货架进入了风力强劲的范围，像纸制品一样被瞬间吸入风里，绳子被猛地绷直了。

我试了一下，还抽不动身子。龙卷风继续靠近，紧绷的绳子和地面之间的夹角越来越大。终于，水泥板被抬起了一条缝，我手脚并用地爬了出来。

看电影的时候，我总是对那些一到紧急关头就患上四肢官能失调症的角色恨之入骨，现在轮到我了，我发现自己并不比他们好多少。我拖着一条没有知觉的腿在乱石堆中拼命往外爬，没爬几米，后面的水泥板就被卷到风里了。

我感觉身子一轻，手脚都使不上力了。地上的砂石噼里啪啦地往上蹿，打得我睁不开眼睛，眼泪趁机稀里哗啦涌出来。我抬头看了一眼前面，发现陈小坤已经不在了。

“不讲义气！”我在心里暗骂。绝望和无助像根细钢丝把我悬吊在空中，晃悠，晃悠，然后拽离了地面。

我像一只被扔到太空中的大闸蟹，四肢乱舞，无计可施，眼泪顺着额头往上飞去。眼看我就要被吸到强风圈里去了。

这时我听见陈小坤喊：“抓住！”

我抬头看，他正骑着马飞奔过来。这个桥段很熟悉，这是标准的千钧一发的情节，接下来我只要等待被救的情节发生就可以了，我放心地闭上眼睛。狂风把我吹醒了，吹走不切实际的幻想，上帝不是地摊小说作者，我必须靠自己！陈小坤射出一支箭，箭尾上连着一根绳子，正从我的腋下穿过去。我像抓住了一根救命稻草，死命抓住绳子，在手臂上缠了几圈，恨不得往脖子上再缠几圈。

我被拉出了风圈，地心引力突然恢复，我在地上翻滚起来。我拼命蜷着身子，我看过某个类似的新闻，知道第一要紧的是护住下身，身上的伤都可以置之度外。

终于我停了下来，陈小坤一把把我拉上马，向停车场跑去。

小灰的马蹄疾速敲打着地面，我浑身像散了架一样，死人一样趴在马背上。我无力地说：“你再晚一步我就死翘翘了。”

陈小坤说：“你得感谢小灰，我说过它会救你一命的。”

不知道它是怎么找来这里的，我感激地拍拍小灰的背，它毫不谦虚地喷了个响鼻。我全身伤痕累累，血沾在小灰的毛上，我看到它也浑身是伤，伤痛让我们有了共同的感觉。

小灰背着我们穿过龙卷风交织成的通天森林，沿着被风扫干净的路面一路跑回了停车场。

回到停车场，我们都累趴在地上，我的右腿经过这一通折腾竟然可以走路了。现在终于有时间思考眼下的情况了。

我说："搞什么飞机，扔出来的火车还要回收的？"

陈小坤正掬水给小灰喝，他说："你还记得你说过的'平行世界的熵流动一致'的猜想吗？"

我很快也想到了："平行世界的熵流动总是趋于一致的，'播种'打破了平衡，这就形成了一个'水位差'，为了恢复熵平衡，就会产生回吸！"

"对，现在是回吸的时候了。"

"真抠门！"我狠狠骂了一句。

外面的风声震耳欲聋，像上帝在卧室里打开了几百台吸尘气，接近傍晚的时候才渐渐消歇。可以吸卷的物体越来越少，因摩擦产生的声音渐渐减少，只留下气流的空啸，如旷野上的风声。

陈小坤坐在一面墙前，直直地望着前方，心事重重。世界正在凝固，我感觉得到他内心的躁动不安，他是一个不愿停止奔跑的人。

傍晚的时候，陈小坤对我说："我想好了，我要到风里去。"

我大吃一惊："你没看老天爷开着吸尘气猛吸？你想变成垃圾？"

"对，不，你才垃圾，我要进入风洞。"

"你开什么玩笑！"

"没开玩笑。"

“为什么？”

“机会难得，这可能是人类历史上第一次跨世界接触。”

“你傻啊？你又不是不知道，生命体是不能穿过屏障的！火车过来的时候人都被分解了，我们至今没见过幸存者吧？连一个尸体都没有。”

“你忘了，生命体不能穿越过来是因为生命体是高度负熵，这将使熵平衡产生突变，而现在是恢复熵平衡，物理定律应该更欢迎我过去才对。”

我愣住了，他说的没错，这个可能性是存在的，但是可能和事实不是一回事。我只好尽力劝道：“就算你通过风洞时能活下来，你也不知道自己会被抛到什么地方，有可能是十字路口上的百米高空。”

“不管怎么样，值得试一试，最后的门就要关闭了，以后可能再也不会有机会。”他笑一笑，“如果你还记得我，以后在你的小说里给我留一个角色吧。”

我很伤心，又有点恨他，他那么固执地不听我的劝告。一种荣耀感已经填满了他的内心，这种荣耀感能创造奇迹，也能使人疯狂，我不知是对还是错。

终于我陪他走出停车场，外面接近尾声的景象还是给了我无与伦比的震撼。被龙卷风扫过的建筑只残留下扭曲的钢筋，天地间还余留着十几道龙卷风，其中一道龙卷风正席卷过一幢大楼的残体。这幢大楼还有十多层幸运地立在地面，龙卷风卷过时大楼就像拆散的积木一样，散开的砖石像鸦群盘旋飞上天空，摩擦着发出尖厉的啸鸣声。鸦群汇聚成巨龙，巨龙汇聚成森林。森林的树冠上悬浮着十几个，在视野之外还悬浮着几百个黑幽幽的“黑洞”，在残阳的照射下闪着幽深而诡异的光。

陈小坤望了我一眼，跟我说：“再见了，兄弟，替我照顾小灰。”然后，他迈步走向最近的一道龙卷风。他的样子让我想起终结者T800，他们的使命感让他们即使粉身碎骨也要一往无前。他在演绎着自己的传奇，他才是最好的作者。我意识到我终究是一个俗人，没有把生命变成标枪投向狂风的勇气。

我看着他的背影投向龙卷风里，撞向灯光的雪鸟群又一次在我的脑海里闪过，他像一片影子一样立刻被卷走了。我愣了好一阵子，不知道这个人是不是真实存在的，或者他就像火车里的陈小坤一样，是我梦里的一个幻影。

我默默说道："兄弟，保重。"

我坐在停车场的出口处望着外面，小灰沉默地站在我旁边。天空的云霞渐渐被黑暗笼罩了，一道绿光从天空中射出来，像一架绿色的马车通过天河。

我站起来激动地喊道："回信！回信！陈小坤，有回信了！你……"我想起来他已经走了。我靠在小灰身上，安静地望着那道光，它没有闪烁，而是坚定、笔直地射向前方，在这个黑暗的森林里就像连通神经元的一列电光。我忽然微笑起来："是你吗？"不管是不是你，你都成功了。

我走下漆黑的停车场时心想，人类将从此进入一个跨世界交流的新纪元。我打开陈小坤做的灯，一根根柱子像一个个世界在黑暗中显现出来。

第二天早上，龙卷风全部消失了，想必熵已经恢复了平衡，整个城市被清扫得干干净净。中午，一架直升机降落在广场上。

涛哥走下来对我说："你小子还活着！你可真牛。"

我披着一身编织袋，被冻了一夜，哆哆嗦嗦地对涛哥说："快，借我几件衣服穿。"

我坐在直升机上最后看了一眼这个城市，然而我不想用任何词语来形容它。我靠着涛哥的肩头说："以后我要写科幻。"

"什么这幻那幻的，不都一样？"

“不一样，它是这个世界的未来。”

涛哥说：“你去写回忆录吧！你现在是名人了。”

“什么？”

涛哥拿出一张打印的新闻网页，说：“‘播种’发生后，美国就向我们提供了灾区的卫星图片，你们在网上被称为‘火车侠’。”

那是CNN的首页，一幅大大的卫星照片上，我举着枪、陈小坤举着弓箭指着一伙歹徒，新闻标题是“火车双侠制服飞天大盗”。

“天哪……”我捂着脸叹道。

“还有更劲爆的……”涛哥拿出一张报纸，但是他不马上给我看，而是神秘兮兮地说，“这是今天的新闻，你要挺住，不过你放心，加了码的。”

他把正面翻过来，一个大标题首先映入我的眼中：“灾难中的友谊”。

“不！！”我真真正正地惨叫起来。

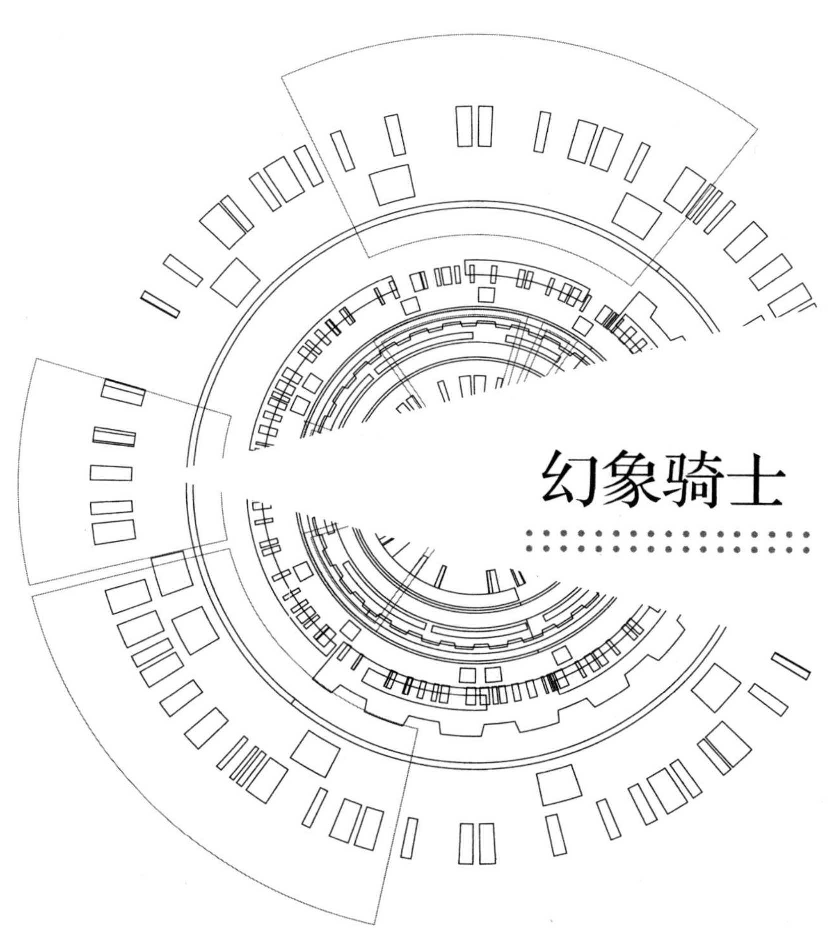

幻象骑士

如果猫看到的不是完全真实的世界会怎样?

那时候它还不会说话，更没有开启它自己的传奇故事。它是那个时代的一只普通的猫。

猫第一次被放进这个房间。没有窗户，但是有水，有食物，有精心设计的动线。木头的跳板从墙脚开始一级级延伸，像高低起伏的琴键一样环绕着整个墙壁。监视器安静地、置身事外地从屋角俯视着房间，记录下这一切。

现在猫置于陌生的房间。它先是沿着墙脚嗅了一圈，不紧不慢地建立起一个认识区域。同时它的目光已经把所有可以攀爬的物体扫了一遍，设计好了几条可能的动线。它又嗅了嗅第一块木板，轻轻一耸身就跳了上去。

它在这个新的高度扫视了一遍屋子，蹭上自己的气味，这让它获得一阵小小的满足感。第二块木板是它无法嗅到的，但是它本能地精确地知道，跳上去所需要的力度、角度，仿佛练习了千百遍一样，轻轻一跃，它站在了第二块木板上。

第三块，第四块……不一会儿，猫就游历了半面墙，折到另一面墙上。跳上一块完全在它能力范围内的木板的时候，它踩空了。本能比它的意识先一步做出了翻正反射，它有惊无险地落在地上，但还没有搞清楚刚才的情况。

休息了一会儿，猫又爬上木板，再次站在那块踩空的木板前。没有问题，木板好好地在那，完全在能力之内，甚至不算一个挑战。它又跳了出去，踩空，落地。

这次它感到了一点儿恐慌，嗷嗷地叫着主人。或者叫铲屎官，或者叫实验员，那些只有人类才在意的身份。对于猫来说很简单，就是那个此时应该出现的人。那个人没有出现。

它接受了只能依靠自己的现状。在一块木板上趴了一阵子，它又来到那个挑战前。这次它看了很久，选择了更远的一块板子。这更难，更危险，但这是唯一的选择。

先是昂起脑袋，然后伏下，弓起腰身，眼睛明亮亮地盯着目标。

它向来好奇、勇敢，不畏惧挑战。它还不知道它的品质会引领它付出怎样的代价。

它跳过去了，踩在了坚实的硬质木板上，松了一口气。世界又恢复了正常。然而正常没有持续多久，在跳上下一块更高的板子时，它又摔了下去，就像木板完全不存在一样。

猫吓坏了，嗷嗷叫了好一阵子，缩在墙角里不敢移动。它期待那个人会进来，像往常那样安慰它，把它抱走，回到原先那个所有看见的都是真实存在的屋子里去。它的意识还没法从猫粮和水的量判断出这个实验还远远没有结束。

如果一个人在一天内撞破了全部的生活假象会怎样？

小格布过着有生以来最难熬的一个生日。全家人都围着他，烛光照着他们的笑脸。而他此时只想大哭。

小格布今天刚得知了十三个打击人的真相，包括他其实是捡来的孩子。

爸爸妈妈的脸，从他记事起就是爸爸妈妈的脸，他可以冲着他们大吼大叫，也可以跑上去猛地亲一口。现在不是了。他恨自己不该在柜子里睡

着，这样就不会偷听到什么，生活就还会像原来那样无忧无虑。

家人满脸期待地看着他。小格布强挤出一个笑容，吹熄了十一根蜡烛。

黑暗中七嘴八舌的声音提醒他许愿。他还没有来得及想什么，灯就被点亮了，他甚至没有来得及落下一滴眼泪。

蛋糕被哄抢一空，他的脸上被抹上奶油，每个人都来抹一把。在歌声和舞蹈中，他的视线模糊了。

以前生日过后，他感觉像失宠的孩子。这次他不知道。得到或者失去都不能让他安心，家人不管是冷淡还是热情都让他如芒在背，一切都乱透了。

小格布躲上城市的眺望台。长椅上躺着让他羡慕的醉鬼，鸽子在小圆石铺的地面觅食。他攥了攥手上的蛋糕屑，没有扔给鸽子。

他对爸爸妈妈的怒火明明已经平复了很多，他不是一个不明事理的孩子，可是还有什么东西卡在心头，让他窝火。究竟是什么呢？

一只白猫在石头护栏上走过来。小格布张开了手掌。在猫低头的时候，他说："小白，那些事……我不知道该怪谁，只好来跟你说了。"

猫埋头舔着蛋糕屑，发出沙沙的声音。白房子一层层地向山下展开，反射着下午的太阳光。吸收了热量的沥青路上热浪蒸腾，把景物扭曲变形。远远的井口旁边有细小的人在排着队冲凉。更多人冒着太阳，躲在房子的阴影里赶路。一些老得坏掉零件的，却总能被修好的汽车行驶在街道上。山脚下是城市的尽头，巨大的半透明屏障竖立在城市外围，像水族箱的玻璃，看起来比山顶还高。那些屏障引诱着小格布的视线。

学校里教过，大人们也无数遍地盯着小格布的眼睛告诫过：外面是一个不可知的充满危险的世界，千万不要受到好奇心的引诱——好奇心会害死猫。

小格布早就在心里偷偷地种下了怀疑的种子。他有一个小宝库，里面收集了背包、水壶、干粮，还有指南针、火柴这些小东西。他每个晚上都想象着冒险的旅程，外面世界的样子。他计划着，有一天一定要走出屏障去。

他终于明白了自己生气的原因。现在他知道了自己是捡来的孩子，跑出去不就变成了逃避吗?

“我要做一个忘恩负义的人吗？”他问小白。

小白把蛋糕屑舔得干干净净的，还舔了舔嘴巴，轻轻地喵叫了几声。

“我真想变成你。”小格布说。

猫望着山下的城市，它的眼睛水晶透明，像晴朗的天空。小格布趴在护栏上，看着小白看的方向。屏障后面永远不知道是什么景象，有时是一片蔚蓝，有时有霞光闪烁，有时静默如白昼。现在那后面慢慢涌起一阵黄尘。过了一阵子，黄尘扑上屏障的半腰，越卷越高。屏障发出喧嚣的沙砾撞击的声音。如果在这里都能听到，说明——沙尘暴!

从来没有过这么大的沙尘暴。

天色暗下来。

小白的耳朵下压，身上的毛竖起，直起上半身警觉地看着远处。

小格布安慰小白说没事的，从来没有沙尘暴能闯进来。

风呼啸着，喧嚣声越来越大，黄尘已经快扑上屏障的顶部，屏障剧烈抖动起来。城市里不知什么地方的大喇叭响起警报声，它还从来没有响过。整个城市被警报声凝住了几秒，还没有来得及做出什么反应，屏障就碎裂了。黄尘化作一条巨蛇冲进来，沿着街道分成几个头，很快就扩散成几片黄云。整个城市突然响起比警报声还持久的嚎叫声。

“幻象！幻象入侵了！”眺望台上有人绝望地喊起来。

“快跑！”小格布压低声音对小白说。话音还没落，猫已经一溜烟跑没了。

小格布赶紧往家跑。半路上黄沙就席卷过来，把脸割得生疼。山下的房屋已经变成了一团团火焰。火焰是凝固的，像红色的晶体，一路烧上来。火红晶体像一面墙向上生长，张牙舞爪。这是他第一次这么近距离看到真正的幻象。他看到花店门口的花变成了骷髅的手臂，还冒着青烟，粘着烧焦的皮肉。老板娘大叫一声把花扔在地上。很快花店也看不见了。火焰的幻象占领了一切，吞没了道路。小格布被火焰围在中间，就像一只坠入花芯的虫子。火焰没有温度，也没有实体，但仍然要下很大的决心才敢撞进那些火焰的墙里。一辆汽车一头扎进路边的餐馆，玻璃碎了一地。小格布什么都看不见，是根据声音猜出来的。一个轮子滚过来时，他才透过火焰幻象隐约看见，吓得退了一步。他摸着路边的灯杆凭着记忆找路。路上也有很多摸索着的人，他们摸在一起，抱成一团，发抖，大哭。

这难不倒小格布，他闭着眼睛，不受幻象的干扰。前面有灼热感传来，还有什么东西差点把他绊倒。小格布赶紧停下，一点点靠近，发现是一堆正在燃烧的汽车挡在路上。他不敢闭上眼睛了，但是路也过不去了。

他躲进街边的一家杂货店里。屋里像一头怪兽的腹腔，暗红色的肠子在墙上蠕动，喷着血雾。店主一家在角落瑟瑟发抖。课上学过，那些微小的幻象机器会混杂在沙尘里，无孔不入。小格布从衣服褶皱里抓下来一把沙子，沙子中间那些黑色的小颗粒就是幻象机器吧？不对，大人说它们小得看不见，就像尘埃，无孔不入，侵占一切。

想到这里小格布更生气了。他的计划刚遇到一个难题，现在又被彻底破坏了。他不该在这个时候离开家、离开家人，城市不知什么时候才能重建好。唉。

在杂货店里躲了许久。店主一家人不停摸索着不同的物品，念叨着它们的名字。开始有城市警卫队来疏散人群。小格布跟着人群，沿着警卫队拉出的绳子走。这时道路已经变成了幽暗的溪流，没过膝盖，旁边是遮天蔽日的苍老的古树。溪流里时不时浮现黑色细长的水生物，棘刺划过水面，让人脊背发凉。看到一个小女孩骑在爸爸肩膀上，小格布鼻子又一酸。

人群没有回到各自的住处，而是来到一个大山洞。这是很多年前挖出来的。山洞口有几道气流门把沙尘隔离在外面，幻象骤然消失了，只有人们身上的沙砾还在努力制造着一些残影。人们进入洞口的大厅，等候清洗。人群中，爸爸妈妈冲过来把小格布抱住，摸了又摸，要把他摸下一层皮来。

“我们还能出去吗？”小格布问。

妈妈抓住他的手说：“外面不安全，我们以后就住在这里。我们会有新的家的。”

小格布望向山洞里面，黝黑黝黑的，有几盏老旧的灯延伸到深处，很快就被黑暗吞没了。

“我们要一辈子住在这里吗？”小格布接着问。

爸爸皱了皱眉头，拍拍他的肩膀说：“也许会有人找到办法的。”

小格布把手抽了出来。他明白了，城市不会被重建了。

市民聚齐了以后，小格布跟着爸妈和人群走向黑暗。他在课上听到过，人类本来遍布地球，幻象武器失控后，人类退到几个大陆，然后是几块保护区，然后是几个城市，然后城市之间失去了联络。现在，他们要退回到山洞里了。人群无声地裹挟着小格布，把他带向深处。后面的大铁门正在嘎吱嘎吱地降下来。

有一个声音在小格布脑海里叫喊着：“不要！我不要在这里躲一辈子！”

小格布一咬牙，溜出了人群。他给守门的警卫留了句话，让他转告自己的爸爸妈妈，然后就跑上了街道。大铁门在身后轰隆一声，关上了。

他感到一阵孤单和害怕，拼命跑起来。跑了几步，他看到眼前完全陌生的城市。一阵恐慌袭来。他又往回跑，只看到大铁门的影子。

“爸爸！妈妈！”他拍打着铁门。然而铁门纹丝不动，沙尘暴的呼啸声把他的叫声卷走了。

嗓子喊哑了。在沙子把铁门彻底埋葬之前，小格布离开了这里。一路穿过古老的森林，几次被路上的东西绊倒，躲过水里的怪蛇，躲避着倾倒的树木。他凭着记忆找到去城市边缘的路，钻出了已经倒塌的屏障。

城市外面的世界展现在他眼前。

熔岩在大地上流淌，从一个个火山口中涌出，流入另一些火山口里。火山口连绵不绝，延伸到天边。地面上硫黄蒸气缭绕。一些蒸气升腾起来，变成干枯的飞鸟，警觉地绕着人盘旋一圈，又消散了。

小格布迈出一步，踩在软软的东西上，是沙子。他走出一小段，摸到一根木桩，木桩上系着一根粗麻绳。听大人说过，在城市的早期，会有探险队出去探路，建立小的前哨站，城市和前哨站之间的路就用绳子相连。小格布拉扯一下，发现绳子的另一头已经被埋到了沙堆里。

前面有一截残墙，小格布费了好大劲才爬到残墙上，向四面打望。前面是暗红色的丘陵，后面是隆起的黑色的森林。嘴巴已经开始有些干了，他还不知道任何方向。

就要落下去的太阳在黄扑扑的天空后冷冷地望着他。

“这没什么。”他对自己说。然而踏上向往已久的旅途，比想象的难得多。这不像拥抱新的世界，像是在背叛什么。

“需要带路吗？”一个声音响起。

小格布低头看去，白猫蹲在残墙的另一边。

“小白？”他惊讶地问。

“我可没死。”白猫的嘴巴动了一下，声音听起来细细软软的，带着高冷。

“为什么你会说话？”

“我是被改造过的猫，为了更好地……”

“和人相处？”

猫不置可否。它上下打量了一番小格布，说道：“你的勇气可嘉，但是嘛，我很怀疑你能不能在这个世界生存下去。”

“刚才你说你认识路？”小格布提醒小白刚才说的话。

“哦，唔。”小白端正身子，“我可以钻出城市，经常走走，我的地盘很大。”小白说道。

“你知道别的城市吗？”他心想，如果能找到别的城市，爸爸妈妈他们就能过上新的生活。

“没见过。”

“你一直装作不会说话？”小格布用怀疑的语气说。

“在城市里吗？没有什么事情值得我说话。”

“好吧，我同意。大部分时候。”小格布说，“带路吧。”

“带路？”小白惊讶地说，“去哪？”

“嗯，去……”小格布四下望望，思考着这个问题，“让我想想。”

小白端坐在旁边。一只硫黄蒸气鸟在旁边转圈。小白的眼睛随着它转，就要坐不住了。

“你想好了再叫我。”它扑向小鸟去了。

“去你没去过的地方！我要看看连你都没有见过的地方，说不定能找到一座城市。喂！”

过了一会儿，小白气喘吁吁地走回来：“好，那就往东边，再东边。我一直想知道那边有什么。”

他们往东走去，经过沙丘、灌木丛和被沙子灌满的房子。

“这是灌木丛吗？”小格布摸着地上的一丛矮树惊讶地问。

“是的，灌木丛，那是给猫乘凉的。”

小格布还没有见过大片大片的灌木丛。他想象着夕阳下，一丛一丛的小树手拉着手，爬满了大地。但是他只能看见冒烟的熔岩沼泽。爬到“火山口”上面看路时，他壮着胆子往火山口里瞄了一眼，里面是一只巨大的眼睛，瞪着天空，布满血丝，血红的岩浆从眼眶里溢出来，吓得他滚了下来。路过露出沙丘的屋角时他才相信，原来人类曾经真的遍布大地。

“你见过吗？”他问猫，“真实的世界。”

“我也希望我见过。”

“哦，真倒霉。”

“没什么，生活而已。”

生活。小格布的肚子咕咕叫了起来，口渴的感觉也更加强烈了，没有什么比这更真实。他总会幻想自己一个人去外面的世界探险，现在他真的一个人了，才发现有很多事情不是想象的那样简单。

小白看起来却心不在焉。它每路过一处都要检查一番，经常追逐着飞鸟跑远了。

小格布问：“你以前，还和人类在一起的时候，是做什么的？”

小白警觉地竖起了耳朵。“我是一个向导员。”它说。

“向导？哪里？”

小白歪歪头：“这个世界。”

“哦……”小格布舔舔嘴唇。这么说自己不是唯一想要走进这个世界的人。他感到欣慰。

“后来，那些人呢？”

小白踮起脚，迈着步子走上前去了。不知道它怎么可以走得这么轻盈，留下一串小爪印。

不一会儿，沙子就再次灌满了鞋子，小格布只好又停下来倒出沙子。后来他累得没有力气去管沙子了，可是沙子很快就磨破了脚，走路越来越慢。

“炊烟，大地上应该满是炊烟。那好像要烧木头，对了，还应该有森林。楼房在森林里吗？”小格布已经饿得眼睛发昏，拖着重重的双脚。

天色已经暗下来，吸收了阳光的幻象机器还在指挥岩浆发出暗红色的光来，大地一片扭动的暗红色，仿佛永远没有尽头。

“我要死了。”小格布说。

“什么？”小白显得有点紧张。

“我饿了，走不动了，我会死在这里，可能会先渴死。那些人也是这样死掉的吧？”小格布心想，爸爸妈妈会伤心的吧。

“你为什么不早说？”小白责备。

“你能怎么办？你只是一只猫。”

“一只猫恰好知道一个人类留下来的补给点。”

一个小时后，他们坐在那个小小的地窖里。小格布使出吃奶的劲打开了两个黄豆罐头，递给小白一个。他们甚至找到了几支蜡烛。烛光照得这个小空间暖暖融融的，像在用不能拒绝的话语说：今晚就停留在这里吧。

“我怀念起木叶街上的鱼汤店，每次从店前走过，那气味都让人回味。”小白舔着嘴巴说。

“可惜，再也没有了。”小格布说。说实话，这罐头还挺好吃的，这也是再也没有了的从前的事物。不知道有多少东西曾经存在过，而后渐渐消失，被幻象占据。

在地窖上面，他们发现了一个已经倒塌的小木屋。小格布在小木屋的废墟中挖出了一本笔记本。打开笔记本，沙子一缕缕地漏下。上面记录着探险者的日记。从日记上看，探险者正是从小格布的城市出发的，这是二十多年前的事了。在返程的途中，探险者的队友一个个死去，或者失踪，探险者的精神也越来越模糊。他在最后的日记里说，要搬到东边的大湖边去。

“我们应该去大湖边，说不定那里有别人。”小格布说。

“东边没有大湖，二十年前也没有。”小白冷冷地说，“那里是一片死亡峡谷，只有一座不知道路况的大桥。”

“说不定有呢？”

“没人比我熟悉地形。”

小格布露出怀疑的神情。

“哼。”小白转过脸去，“人类总是一厢情愿，对真相视而不见。”

“好吧，我应该信任你。”小格布不再坚持。他把笔记本平整了一下，摆放在地窖里。

天色完全黑下来后，小白叫小格布出来看。小格布爬出地窖，再也没法转动脖子。

满天的星星，就像被弄撒在地毯上的糖，就像，天上的沙。

“那是真的吗？”小格布问。

“我没法回答。”小白说。

“在城市里看到的不是这样，只有几颗。有人说星星也是幻象，我们还争吵了起来。”

“你相信吗？”

“我……”小格布想说相信，但是他也怀疑过。他朝天上伸出手去，什么也摸不到。没有人能告诉他，那是因为遥远，还是因为假象。

“你经常这样看星星吗？”小格布问。

“总是。”

小白的身影在星光下安静、纯白，毛尖上沾着星光。不用去触摸，小格布也知道那是真实存在的。

小格布躺在地上望着星空，想象着更多更遥远的世界。“你说，会不会有一个那样的世界？所有看到的东西都可以信任。星星在遥远的天上，人们走过长长的路途去到那里，它就真的在那里。”

小白安静了很久。小格布以为它睡着了。

“这又是一厢情愿，是吗？”小格布独自一个人想这个问题，眼角流下泪来。

一只柔软又略微带刺的舌头舔了舔他的脸颊，又走回去趴下了。

脸上火辣辣的，真实而温暖。小格布伸手摸了一下那个毛茸茸的毛团。毛团紧张地抖了一下，走开了。小格布撇了撇嘴，渐渐睡着了。小白在离小格布不远又不近的沙地上刨了个窝，舔了一会儿毛，蜷成小小的一团睡下了，身体随着呼吸起伏着。

星光和岩浆从他们的身上流淌过。

第二天，带上尽可能多的物资出发，小格布还是决定继续往东走，不管那里有没有大湖。小白坚持要走在前面。

两天后，沙子渐渐变少，脚下长出草来。岩浆沼泽变成了荒芜平坦的地面，巨大尖长的骨头从土中穿出，编织成林。“林”间的小路引导着向东的方向，二人索性就沿着这条不存在的路走。

走路早已经变成机械运动，乏味而无聊。在某个毫无征兆的时刻，小白毫无征兆地停下来，一只前脚悬在地面上。

“小心，前面就是峡谷了。”小白说。

地面像往常一样延伸向前，看不出一点异样。小格布将信将疑地靠上去，把脚一点点往前试探，果然，空了一格。他的心扑通扑通地狂跳。这时他才注意到，峡谷里呼啸的风声。

小白计算了一下，又四处嗅了一圈，说：“再往北一段距离，就是大桥了。大桥很长，不知道路况，我从来没有走过去过。”

小格布犹豫了。

“你要是决定回头，我还记得路。”小白说，“回到山洞里，至少能跟家人好好活着。”

这是一个多么温暖的诱惑。小格布想到，爸爸妈妈也会对他说这样的

话，还会编织出闪闪发光的希望——那些地平线上的闪烁着光辉的城市。为了让小格布在有生之年不活在绝望中，他们也会强迫自己去相信那些希望。漆黑的山洞中人们闪闪发光的眼睛浮现在小格布的眼前。

不会有人去实现那些希望的，除了自己。

他一咬牙说："我想走走看。"

"未知又神秘的地方！充满危险！你真的要去吗？"

"你不是一直想去东边的东边看看吗？"

"哦……是吗？那走吧。"小白说。

小白带着路，走了没多远，小白的耳朵警觉地转向左边。那边的天黑下来，并且黑影以肉眼可见的速度压过来，天边传来低沉的隆隆声。

"沙尘暴！"

他们加快了脚步。

"今年的沙尘暴比往年的都大。"小白边跑边说，"前面五公里有一辆车，埋在墙边，能暂时躲一躲，我不知道能不能挨过这场沙尘暴。离最近的补给点有一天的路程，我们跑不到那里的。天哪，我的时间不多了。"

"你的时间？"

"快跑！"

他们找到车子，沙尘暴已经追了上来。一条巨大的沙虫张着由成千上万张小口组成的大口扑过来，每一张小口都仿佛发出锋利的尖笑。小格布叫小白帮忙拖走盖在车上的油毡布，刨开沙子，到车里试了一下，车子竟然还能发动起来。这是一辆越野车，一踩油门就擦着墙蹿出了沙坑，把一身的沙土抖落下来。

"等等，你会开车吗？"小白惊恐地问。

"在爸爸工作的修车厂，爸爸教过我，你就当我会吧，管不了那么多了！"小格布说着又踩了一脚油门。车子冲上一个小沙丘，左右摇摆了几下，勉强稳住，又一头扎进骨刺的森林，向前奔去。

小白在车里翻了几个跟头，一爪子钩进皮沙发才稳下来。它紧紧抠着皮沙发，一动也不敢动。“等一下……情况有些失控。这样很危险，我不在地面上认不清路，而且，我看不见窗外。”

“你知道大桥的方向吗？”

小白跳到椅背上。“大概吧，峡谷也大概在那里……”小白还想说什么，沙尘暴的边缘裹着汽车噼里啪啦的，像一团蜂窝滚滚向前。它没再说话。

开了大约十几分钟，车子开上一个巨大的陡坡，然后顺着沙子滑了下去。小白支起脑袋，说：“保持这个方向，前面是不是有一个小坡？”车子一震，果然经过一个小坡。小白接着说：“向左！三个连续的小坡。”小格布急打方向盘，车子连甩尾带颠簸经过了三个小沙坡。小白继续指挥：“右转回去，一直走。”

这时，小白语气严肃地说：“前面不远就是大桥。我见过的很多座桥都因为年久失修断掉了，我不知道这座桥会面临什么样的情况，也许我们会摔下去，也许会撞上堵在路中间的车。现在是最后的机会做出选择。”

沙尘暴舔着车尾，沙虫的巨嘴越张越大，随时准备一口吞过来。车子甩出的沙子立刻被它吞噬，吸纳成为自己的力量。声音大到几乎听不见说话了。

大风把地上的积沙卷起，露出一座建筑的一角。玻璃窗上反射着忽明忽暗的天光，拍打着闪闪发光的沙砾，仿佛昔日的光辉。小格布看得愣了一瞬。

“我想冒这个险！”小格布大声向小白喊道，“如果你也愿意，我们就开过去。”

“我有九条命，丢掉一条也没什么。就在前面，直角右转！”

小格布猛打方向盘，开上了一条硬质的路面。轮胎在路面上摩擦出狂暴的声音，车速一下子提高了一截，沙虫的尖啸声被甩在后面。

荒原突然消失了，桥面显现出来。

“你看。”小白声音轻得像一张纸一样。

“什么？”小格布问。他在紧张地握住方向盘。

“大湖。”

小格布朝窗外望去，惊讶得忘记了方向盘。桥的正下方是一面巨大无比的湖，像一口深蓝幽暗的大井。小格布发现，之所以他觉得像一口大井，是因为大湖中间是一个巨大的漩涡。漩涡中心是黝黑的无底洞，散发着无声的力量，似乎要把整个世界吸进去。陡峭的水墙往外延伸，渐渐有了蓝色，小浪花悬在巨大的水墙上，仿佛凝固了一样。那一圈水墙缓缓地转动，大桥只像穿过其上的一条细丝。在这细丝上，车子也静止在了这只巨口上方。

巨口用一种永恒的听不见的声音低语：来吧，融入我们。

“你是对的，真的有大湖。”小白说。

小格布浑身颤抖。一股恐惧从心底升起来。他甚至怀疑，自己的好奇心会把他们引向毁灭，自己根本没有能力去看到真实，没有能力去走进这个世界。

小白在他的胳膊上挠了一爪子。小格布甩着胳膊，龇牙咧嘴。胳膊上留下四道血印。

“是意外，车子太颠簸了。”小白说。

小格布气呼呼地拍着喇叭，又疼得直吸气。车子冲出大桥尽头，四轮悬空冲下一个沙坡，方向盘毫无作用，四周的景物飞快旋转掠过，什么都看不清。车子在沙坡上不受控制地翻滚，人和猫都尖叫起来。最后咣当一声，车子脸朝下扎在沙子里。

人和猫从车里爬出来。

小格布“哇”的一声吐出来。“都怪你。”

“是你开的车。”小白甩着身上的沙子说。

“这里是哪里？”

发着幽幽蓝光的花草遍布大地，萤火虫在草间飞舞，几只猫在草丛中走过，又隐没到草丛里了。它们没有在沙地上留下爪印。

“我没来过。”小白说。

他们继续往前走。一座废弃的建筑透过幻象隐约出现在跟前，玻璃门被沙子半埋住。建筑有五层楼高，大部分还在地面上。小格布用肩膀推开玻璃门，爬进去。小白嗅着空气里的气息，显得焦躁不安。

“进去找找线索。”小格布说。

他们走进去。这里被沙尘入侵得不多，幻象只有门口薄薄的一层。小格布在大厅里看到一个科技公司的标志。大厅旁边是一个全是屏幕的小房间，他在这里找到一个电筒，但是点不亮了。这里面几乎全是这个时代已经没有的东西。密码门失效了，半掩着。干净的走廊上有一盏应急灯还在时不时闪一下。其他的大部分设施他都不认识。小格布点燃一根从补给点拿的蜡烛。小白的身子压低，瞳孔扩大，脚步变得又小又轻。它的影子投在墙上，反而把他俩吓了一跳。

“别怕，我走前面。”小格布用不太自信的声音说。

来到一间办公室，一只真正的蜥蜴从窗户的破洞飞快地钻了出去。阳光从缝隙中透过来，照出空气中飘着的一些些尘埃，几只萤火虫努力在空中变幻出来。小白紧张得对这些活物和幻象都无动于衷了。小格布嘲笑它的胆小，它竟然没有反驳。

打开一个柜子的抽屉，档案整齐摆放在抽屉里，上面依稀有“幻象测试”的字样，日期停留在一百多年前，仿佛还散发着油墨味。

要往楼上走的时候，小白停住了。

“你不上来吗？”小格布问。

“不了，我不喜欢这里的感觉。”小白蹲在大厅门口说。

小格布独自走上楼。这里的地面是软软的材料，走起来没有声音。蜡烛的烛泪滴在地上，发出令人不安的啪嗒啪嗒声，总像有东西在后面跟着。楼上的房间标着用某种规则编写的编号，小格布感觉有点眼熟。一些房间里摆放着成排的玻璃缸，用蜡烛凑近看，里面有一些干枯的皮毛。有一间房间里是几个大笼子，笼门敞开着，铁丝扭曲变形。

小格布在一个房间的编号前停住了，推门走进去。这个房间尤其安静，烛光覆盖了整个房间后，小格布发现这里没有窗户。墙上有一圈奇怪的板子，高低起伏，像一个奇怪的陈列架。不，像幽谷峭壁上的台阶。台阶不是连续的，在几个地方缺了几块，又像一个精心布置的陷阱。峭壁上有一些幽暗的反光。小格布走近去看，墙上镶嵌着米粒大小的黑色颗粒。除此外房间几乎没有任何陈设。两个动物食盆放在角落，一个"眼睛"在屋角上反射出和峭壁一样幽暗的光，是一个已经不工作的摄像头。

小格布感觉到心闷，呼吸也变得急促。要走出房间的时候，他停下来，蹲下，伸手到门的下端摸了摸。粗糙的，无数道爪印刻在门板下面。

"这是什么地方？"小格布站在楼梯口问小白。

小白蹲在门前，从光亮里缓缓地回过头来。"我不知道。"

喧嚣的声音渐渐逼近。

"你知道。你的耳朵上有一小串编号，和一个房间的编号一样。"

小白浑身抖动起来，像得了一场重感冒，眼睛像在哀求。

沙尘暴赶到了这里，一股狂沙从门缝里涌进来，吹得小白身上的毛整个膨胀起来。沙虫的大口出现在门外。小白一动不动地站在狂风里。小格布冲上去，推上门，抱住小白。

"就在这里，我在同假象的缠斗中被训练成了一个向导员。"小白慢慢把故事告诉了小格布。

"我不知道该不该恨那个实验员。"小白靠在小格布肚子旁说，"他欺骗了我，但是他又给我留下了许多美好的记忆。他让我陷入那个实验，又给我争取了另一个改造项目，把我带出实验室，然后又用谎言让我留下。他参与了研究幻象武器，又因为向媒体泄密，没有告别就被带走，从此消失了。他给我许诺的事情也就成了空。”

大厅里的这个角落被烛光照亮，外面风声呼啸。几只幻象猫在一小片幽蓝的草丛里嬉戏。小格布的手刚好触摸到小白的毛尖上。

“所有的温存都是欺骗的前奏。这是我的下意识告诉我的道理。”小白说。

小格布的手僵住了。

“幻象灾难到来后，实验员把我训练成为人类的向导员。私下里，他会揉搓我的头，挠我的下巴，甚至会带我回家，睡在他的床上。可是一到实验的时候，他就会做出无可奈何的样子，告诉我一切都会顺利。我明白他爱我，所以我选择忍受。”

“那很痛苦，是吗？”

“我的痛苦也让他痛苦。当我变得聪明后我明白过来，是我对世界的好奇把我带向了这个角色。我开始怀疑自己的天性。”它低下声音，“我花了很多年才走出来。可是我现在还是不能面对他。”

小格布轻轻吻向小白的脑袋。“我怨恨过我的家人，理解了他们又离开了他们。这些都不是因为我不爱他们。很多时候，猫只会说喵喵，人类也说不出什么好话，但是总有一天我们会互相明白的。如果还有机会弥补的话……不管怎样，我很高兴你又变回了一只猫。”

小白把头低下来，缩到小格布的怀里。

再次推开门的时候，沙尘暴已经过去了，阳光照耀下来。人和猫眯着眼睛，慢慢走进光明中。离开这片幻象草原的时候，小白用猫的语言向幻象的猫打了声招呼，虽然它们并不能听见。

这条峡谷地带曾经是一条科技谷，很多研究所的遗迹散落在这里。他们发现有些地方被人翻检过，不知是什么时候出于什么目的。在峡谷带的尽头，地面的幻象变成了平整的巨大的方砖，每一块砖都有半个足球场那么大。这些方砖是一个大殿的地面，大殿的柱子比方砖更宽，直插云霄，消失在半空。地面上散落着一些巨大的球状物体。走近其中一个，小格布吓得后退了几步。他认出这是之前看到的火山口中的眼球，它们不知道被谁挖了出来扔在这里，还带着血迹，混合着疑惑和惊恐，望着来客或天空。小白说，这是幻象武器被设计出来的千奇百怪的心理打击方式之一，它们中的一部分到现在还没有失效。

小白望了一眼小格布。小格布点点头。他们继续往前走。

在大殿的深处，他们发现了一口真实存在的巨大的锅，比方砖更大，楼房和它比起来也只是锅边上的石子，多年的风沙也只灌满了大锅的底部，就连幻象也覆盖不住它的轮廓。

“这是一个天线。”小白解释说。

“什么东西需要这么大的天线？”小格布兴奋又不解。

“天线自己就是一个东西，这是一种望远镜。”

望远镜。小格布望了望大锅朝向的天空。“这么说，星星是真实存在的？”

“曾经，这是一个常识。”

“没有什么是常识。”小格布痴迷地望着天空。虽然是白天，但他知道，那里真的有星星。从前的人也不是那么糟糕，他们有勇气相信看到的东西，并为它建造了这个巨大的家伙。他不禁想象，在这个大家伙建成的时候，那些科学家会怎样地在它下面唱歌跳舞拥抱。他简直要兴奋地喊叫起来。

大锅上坠下来的流沙让他回到现实。大锅的旁边有一座三层小楼，小楼里堆着已经生锈的计算机。楼顶的房间里有一架小型望远镜，这是可以直接用眼睛看的。

小格布推开窗，用望远镜望去。他看到了光辉的草原、骨刺森林、不可能存在的大海，还有远处嶙嶙的山脉。一座悬崖上立着一座灯塔。等到傍晚他又看了一遍，灯塔亮起了光。

“那里似乎有什么东西。”他对小白说。

“哪里？哦，也许吧。我……我没有去过那么远的地方。”

“我们应该去看看。”

“有可能是幻象。”

小格布顿了顿，温柔地说：“你不用再隐藏自己的天性了。你是我见过的最勇敢的猫。”

“我……”小白欲言又止地说，“谢谢你。”

等到晚上小格布又看了一遍，灯塔的光柱刺穿黑暗，甚至不用望远镜也能隐隐分辨，就像天边的一颗闪烁的星星。他说：“幻象没有这么强的光。如果是一个真实的信号，它一定很重要。”

小白的语气再次变得严肃：“你必须谨慎做这个决定。到那里至少是三天的路程，那个悬崖，人能不能爬上去？会不会是个陷阱？我根本不知道。但是如果你要去，我会跟你去。”

“我要去。”小格布说，“我不想丢下你。我们在一起是世界上最厉害的组合。”

三天后，他们终于走到了悬崖下。从这里望上去，峭壁依然被幻象占据了。酸性的瀑布从峭壁上流下，巨大的鲸骨在半壁上支出来，酸雾笼罩着瀑布，遮挡住了岩石。让人望而却步的表象下面隐藏的是真正的危险。

“我来探路。”小白说，“跟紧我。”

它钻进瀑布，跳上一块块看不见的石头，每经过一块安全的石头，它就会在石头上转一圈。小格布紧跟着那四只白色的爪子，努力保持它们在视线里。一步踏错就会粉身碎骨。他们就这样，一点点升入空中，向未知的光亮靠去。

路途中还有鸦群来捣乱，啄食鲸骨上的残渣。酸浆乌贼从瀑布中伸出触手把乌鸦卷进酸液中。有时候触手会伸到跟前，小格布强迫自己不去在意它。那瀑布中总像有什么东西在盯着小格布，但是他不敢多看，生怕错过一步。跟着小白，每一步都能踩在坚实的石头上，令人安心。

就在他眼睛发花要坚持不下去的时候，小白说："今天就在这里休息吧。"

他们睡在一个小小的岩窝里。小格布分配了所剩无几的罐头。晚上能看见灯塔的光柱扫过黑森林的林梢，映出巨大的节肢动物的轮廓。

第二天脚下已经变成了一片雾海。他们继续往上走。

"小心，这是真实的雾气，雾气打湿石头会变滑。"小白说。

一开始他们走得很慢，太阳升高后，路越来越好走。他们配合得越来越默契，行进的速度越来越快。峭壁上总能找到落脚的石头，小白总能用最快的时间把它们找出来。哪怕对于猫来说，这也太过熟练了。

快要爬到悬崖顶上，路途突然转了，他们向里钻进一个岩洞。小格布弓着身子爬了半天，从一个洞口钻出了悬崖顶。

小格布惊呆了。一座城市出现在眼前。灯塔就耸立在城市中间。

他是从一个地下通道出口钻出来的，随后他就忘记了是哪个口子，因为这里有很多地下通道口。街道又小又窄，行走的是一群猫。小白不知跑去哪里了。猫都好奇地扭过头来，盯着闯入的人类。一辆半人高的巴士开过来，使劲按着喇叭。小格布赶紧跳开。他感觉到巴士带起的风，这里的一切都是真实的。巴士里的猫纷纷伸出头来张望。小格布看到巴士被隔成一个个的小格子。街上的猫又趁机围上来一点，疑惑的咕噜声此起彼伏。可能是小格布身上的气味，让它们保持着敬意。楼房和树屋里的猫也纷纷从窗户探出头来。

小格布注意到，这里的建筑分成两种：一种是用铁皮叠起来的楼房，在墙外有一根用麻绳缠成的柱子作为楼梯，一些好奇的猫还挂在楼梯上。这种楼房会伸出很多平板的小阳台。另一种是搭在树上的小木屋，一棵树上可以有十几个小木屋。

天上还有好些猫，它们走在空中轨道上。这些空中轨道连通着楼房和城市的不同区域，比街道还多，让城市看起来就像一个大大的毛线团。

在这些猫里面没有看见小白的影子。小格布叫着小白，却被猫居民团团围住了。十几根尾巴交错摩擦着，十几个鼻子凑过来，十几张脸严肃认真地分析。一只额头上挂着警示灯的花猫喝退了围观的猫。它亲自凑过来闻了闻，发出为难的咕噜声。

这时，猫们全都望向了空中。小白出现在一条空中轨道上。不知道传递了什么信息，猫们给小格布让出了一条道。小白朝小格布眨了眨眼睛，示意他跟过去。

小格布在街道上跑。小白在空中轨道上跑，时不时从一条轨道跳到另一条轨道。城市是由一层层的平台叠成的。小格布跑向越来越高的平台。一路的猫转动着脖子目送着他们。小格布看到种猫草的农场、小饼干店、美毛铺子、干洗浴室、高大的殿堂。每隔一百步就会有一个猫厕所。种着猫薄荷的街心公园挤满了排队打滚的猫。

他们停在一个广场上。广场的比例看起来比其他的猫建筑都大。有一些猫躺在广场上晒太阳，支着脑袋望着来人，也不愿起来。

小白走到一座比人还高的雕塑前。雕塑像一块石碑，石壁像峭壁一样嶙峋，石壁上镶嵌着一块块石板，有些地方的石板缺失了，让小格布想起研究所实验室里的墙壁。

“这是城市纪念碑。这块墙壁是我的痛苦记忆，也是向导员们共同的痛苦记忆。欢迎来到崖顶城。”

“你是谁？”

“我是这座城市的创建者。”小白说。

“这么说，我一路看到的你都是假的？”

“唔，不……我是说，这确实很伤人。我没有更好的办法了。”

“假的……假的……都是假的……”小格布连连后退。

“如果你愿意听我说……”

小格布拔腿就跑，不顾小白在后面叫喊。他一直跑啊跑，跑上城市最高的平台，来到灯塔下。灯塔的楼梯竟然可以容纳人类通行。小格布一口气冲上灯塔，气喘吁吁混合着抽泣。

山崖下的幻海翻滚不息，变幻莫测。崖顶上的风吹过来，吹干了眼泪，新的眼泪又涌出来。

白猫蹲在栏杆上，面对着城市，等小格布平静下来。就像它已经在这里等待了一百年一样。

“我们不是天生对人类怀着警惕，但是这个情感已经刻在血液里，延续了上百年。”小白说道。

“我们从一开始就不认识多好。”

“最开始，我召集了一批向导员。我们趁幻象还没有侵袭到这里的时候建立了城市，把城市保护起来，然后怀着逃离人类的念头在这里生活了几十年。在这期间我们派出探险队，探索了人类的遗迹，阅读了人类的文明，看到了人类曾经建造的追求真实的庞大工程。我们发现人类曾经和我们一样对世界怀着强烈的好奇。经过漫长的争论后，我们相信猫和人有一天会重新走到一起，联手打败幻象。于是我们在城市的最高处建造了这座灯塔，它隐藏在重重幻象之上，我们希望有人会循着光亮爬上来。那个人一定足够好奇，足够勇敢，足够智慧。然而五十年过去了，我们没有等到一个人类，人类反而日渐萎缩，就要枯萎了。我们为自己的高傲感到后悔，大家本可以不用付出这么高昂的代价。”小白垂下头，望着渐渐落下去的太阳。

“于是我鼓起勇气去接近你们、去接近你，又怀着警惕去观察你，带着无法摆脱的高傲去考验你。我就是这样矛盾，一直在犯错，并不比人类更高贵。但是我想努力成为光亮。我不后悔认识你，你是我认识的最勇敢的人类。”

沉默隔在他们两个中间，空气已经缓缓变化。

“对不起。”小白终于说道。

小格布的眼泪又流下来，他没有说话。

小白说：“我从来不敢回到那个实验室。你让我想清楚了我对实验员的感情。我不会再因为假象去否定那些美好的东西，因为那组成了我的光亮。即使假象里也会有真实的东西。我想起了实验员说过的话，他让我学会说话是为了给我说‘不’的能力。也许他一直希望我亲口说出这个字吧。在被带走的前一天，他给我讲了一个睡前故事：一只猫会遇到一个更好的人，他们会成为幻象骑士，在幻象中追逐真实，最终有一天幻象会被打败。”

白猫从夕阳的余晖中转过身来。最后一缕阳光抚过毛尖，给它镀上了一层白金色。它的眼睛晴朗、透亮，就像明天和今日以后所有的晴天。“现在，我想问你，愿意加入我们吗？不管你怎么选择我都很感激你。”

“幻象……骑士？”小格布微微张开口。

“这是给最勇敢的向导员的称号。”

“谁的向导员？”

“这个世界上所有还有勇气去探索世界的人。”

小格布咬了咬嘴唇。“当然，我愿意。我不再害怕假象了，我能分辨真实，我要成为幻象骑士。我们要一起打败幻象！”

这时候，崖顶城的灯光已经渐渐亮起来，猫们爬上楼房、大树，钻回屋子里。另一些猫背着探险包、扛着工具，走向城市边缘。雾气升起在黑森林上空，巨怪的身影开始隐现。

小白久久地扫视着这座城市里的一切，才说道："即使是被改造过的猫，也不是无限延续生命的。我只有几年可以活了。很抱歉不能和你一起最后打败幻象。这些年里我们保存了能搜集到的人类知识，然而还有更广阔的大地没有踏足，搜集知识和解读知识都需要人类的帮助。我们要找到更多的幻象骑士。"

小格布抽泣了一下，郑重地点点头。他试着把手放在小白背上的毛尖上，谨慎地落下，终于，埋进了毛茸茸的软毯里。小白翻起肚皮，在护栏上打了个滚。

"咳咳。"后面发出一声声响。一只大块头的橘猫严肃地望着他们。

小白爬起来，朝它鞠了个躬，又点点头。

橘猫也点点头，走进了灯塔。

光柱刹那间如利剑射入黑暗，横扫过黑森林，席卷过怒涛。小格布的心已经飞到了遥远的地平线上。

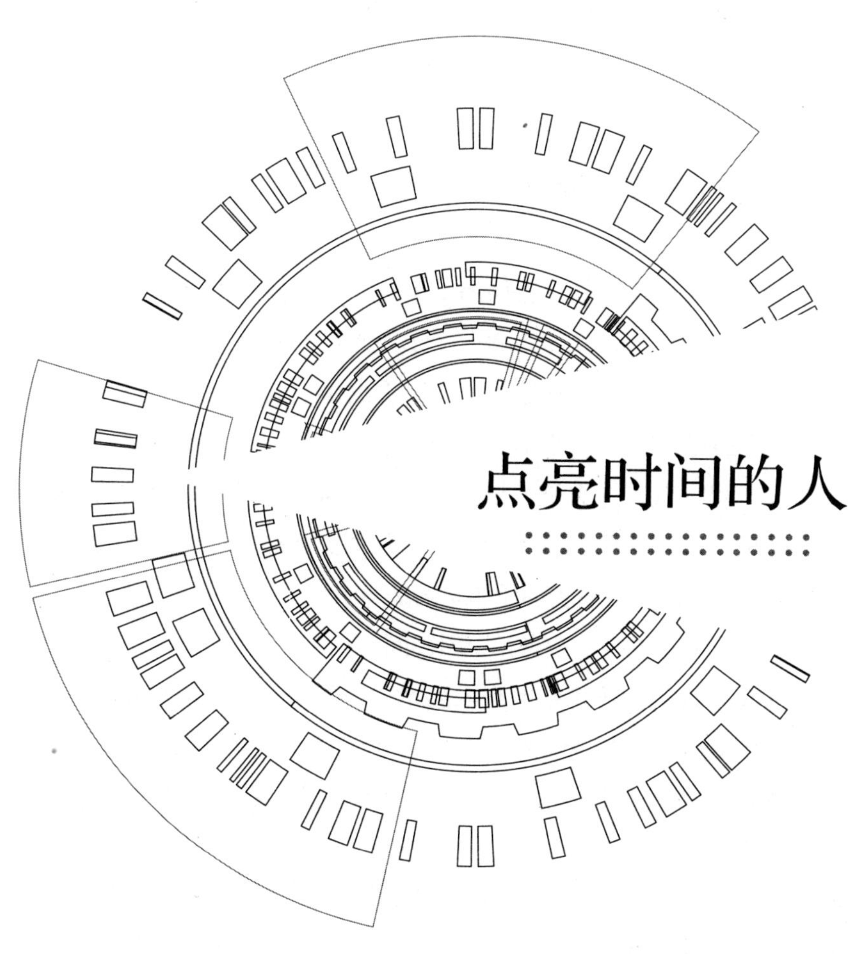

点亮时间的人

手提灯被那只瘦骨嶙峋的手提着，放在铁笼外面，刚好是伸手够不到的位置。

傍晚的阳光从地下室的小窗倾泻下来，照亮被提灯人搅起的灰尘。铁笼里的囚徒看着提灯人，就像看着一个出没无常的幽灵。准确来讲，这个人并没有“出没”，他一直在这里。有时在这个空间的边缘消失，紧接着出现在另一个边缘，带来一些新鲜的气息。

囚徒嗅了嗅空气，这次是一种他不熟悉的味道，似乎是什么药剂。提灯人在旁边的一张行军床上躺下，扭动了几下身体的关节。关节的声响和床的声响混合在一起，然后安静下来。

“这次也不准备说些什么吗？”囚徒问。

提灯人没有说话，仿佛根本与囚徒无关。一切陷入了绝对的寂静。囚徒等着，等到提灯人睡去，再次醒来。窗口仍然是傍晚的阳光。

“你昨晚，不，应该说是上一觉，做了噩梦。看起来你被罪恶折磨着。”囚徒说。

提灯人身体僵了一下，灯在他手上晃了晃。那盏灯没有火焰，也不发出光亮，它有一个乌黑的水晶一样的灯管，让人感觉有看不见的月光从里面照射出来。

“哼哼。”囚徒笑了一声，“所以，你是魔鬼还是魔法师？”

“不，我只是在惩罚你的罪恶。”提灯人头也不回。

囚徒微微睁大了眼睛："你……"

提灯人离开了。他身后，囚徒停止在未说完的话里。

手提灯摇晃着穿过树影，提灯人在树林里穿行。手提灯笼罩的地方，一切都苏醒过来。凝固在半空中的风被解放出来，迅速减弱，拂过提灯人的脸颊，消散在这个有限的空间中。夹在风中的虫鸣声传过耳旁，戛然而止。树叶继续那一个未完成的摇摆，持续发出细小的沙沙声。再往前几步，树枝间的鸣虫被激活了，虫鸣鼓噪着涌来，就像在进行短暂的狂欢。静止在空中的小鸟箭一般射出来，发现了蓦然出现在面前的人，急急绕出一道弧线，静止在空间的另一端。在提灯人的感官所不及的地方，树木的根系继续吸吮着泥土中的水分；树蛙的体内继续氧化出新的能量，供它进行下一步攀爬；霉菌的菌丝继续它们声势浩大的分裂，几亿个孢子继续飘向被凝固了很久的征途。如果提灯人磕绊一下，慢下脚步，这个空间中的大部分声音就会被凝固在空间的四壁上，没有声音从那之外传来，四下里变得一片死寂。提灯人走过后，身后的草叶瞬间停止了摇摆，未及落地的落叶停留在最后一个姿态，连同那些还来不及抵达目的地的孢子，风和空气的振动都被封存在空中。没有一声叹息，一切归于仿佛是永恒的静止。

这个小小的时间泡穿过这片树林，又移过城市中的一片区域，走进一片建筑群。

这是一个研究所，提灯人再熟悉不过了。下班出来的几个实习生还保持在一边走路一边谈笑的状态。提灯人小心地绕过他们，走进一座建筑。在一个工作台上，比做任何事都格外小心，提灯人打开手提灯的外壳，露出里面的线圈、电路和封装内核。他拿出除尘枪给手提灯除了尘，又拿出检测仪接上，读取了一些数据，补充了一些防氧化液，确保这个小东西状态良好。这花了不少时间，但是值得。然后他把手提灯装好，走到一间资料室。

资料室里光线昏暗，没有电能来点亮电灯，好在也不会更暗下去。电脑也不能运行了，就算搬来电源，也要通过网络来连接服务器中的数据。现在只有依靠不多的纸质资料来寻找线索。提灯人在一堆技术手册中间坐下。这里还保持着他上次离开时的样子，就连写在本子上的墨迹都还没有干。他点亮一盏依靠电池供电的照明灯，继续他的工作。

这次他找到了一点新的东西。

离开这里，经过楼间的庭院的时候，他停住了。傍晚的阳光照在长椅上，给椅子覆上一层金色。他走过去摸一摸长椅，还留着有人坐过的余温。他想起就在这里，也是这个时间，他和老师进行过的一番对话。

“是不是可以这样理解？宇宙的演化中，所有的物理量缠绕在‘时间’这个物理量周围，互相关联，形成了一个演化方向，也就是我们所说的时间之箭。”那时的他说。

“没错，你的概括很简洁。”

“老师，我想到一个问题，有点可怕。你说，我们的宇宙有可能丢失‘时间’吗？”

“丢失时间？”

“‘时间’与其他物理量的纠缠关系，并没有一个逻辑上的必然，这只是宇宙自然而然的公理。理论上，‘时间’有没有可能与其他的物理量脱离关联？”

老师的眼里闪过一丝恐慌，望着天空中正在下沉的太阳。他摇摇头，站起身来：“这个问题超出了我的想象。”

那时候提灯人和老师都没有想到，这个恐慌会出现在所有人类的眼里。

提灯人在另一个研究所找到了下一个目标。

“汪楚琳，参与设计时间发生器的电源模块的人。”

“是我……”这个年轻的研究员仿佛刚刚醒来，还带着疲态，“你找我有什么事？”她恍惚地看了看周围，“你是从哪里冒出来的？”

“时间脱耦已经发生了。”提灯人直截了当地说。

“你……你在开玩笑吧？我不认识你。”她说着就想快步甩开提灯人。走出手提灯的范围时，她又停住了。

提灯人捡起一块小石子，走上去，扔向前面，石子在空中停住了。汪楚琳愣住了，张大了嘴巴。她自己踢了一块石子，石子滚出去七八米，就像被按下了定格键，突然停住。提灯人向前走，两颗石子随着他的脚步一下一下地向前。

“那个灾难提前发生了，绝大部分物理量都与时间脱耦了。”提灯人转身对汪楚琳说，他的眼睛像两个黑洞。

四年前科学家观测到宇宙的时间有即将脱离耦合状态的迹象，全球物理学界群策群力搞出的时间耦合场理论还未成熟就投入了使用。处于世界领先水平的中国也仅仅制造出来一台测试样机。这个灾难猝不及防地降临，比人类科学的预测要提前了五十多年。灾难发生时恰好这台测试机正在测试运行，提灯人是唯一的现场调试员。

提灯人花了5分钟让汪楚琳明白了现状，这已经比向其他人解释容易多了。

“我在想办法复制一台时间发生器。”提灯人说，“我想请你来制造电源模块。”

“我只懂设计原理。测试机用的是放射性同位素电池，几乎每个零件都是定做的，制造要求极高。整个电源模块需要……三个研究所、四个厂家的上百个专业技术人员参与。”汪楚琳看了看提灯人手上的手提灯，它圆润、光滑，就像刚刚建模出来的一样不真实，“好吧，我尽量。”她又看了一眼手提灯。

提灯人又出现了，离开了一秒都不到。他把手提灯放下，躺在那张行军床上。

“你已经持续待在这里三个多星期了，大部分时间都在睡觉。”囚徒说道。

“你怎么知道时间？”提灯人疑惑，一边对着手表估算了囚徒所说的时间。

“虽然我不知道你给这里施了什么魔法，但是我们猎人对时间的流逝很敏感。”

提灯人冷冷地笑笑：“杀人狂对时间也很敏感。”

“我接受这个后果。但是你，你不像是把我关在这里，倒像是把自己也关在了这里。为什么要陪着我？”

“我不需要回答这个问题。”提灯人说完就背过身去睡了。

实验设备和发电机堆满了半个实验室，提灯人和汪楚琳搬了大半天。提灯人有一个本子上记着各种资源的获取地点，这节省了不少时间。

他们累得坐在椅子上。提灯人打开手提灯做维护。汪楚琳想上去摸摸手提灯。提灯人叫道：“别动！”

汪楚琳的手缩回去了。

“你想要了解它的结构可以叫我来操作，接触它必须只通过我一个人，我们担不起意外的风险。”

汪楚琳问：“全世界只有这一台时间发生器吗？”

“这可能是宇宙中最后的时间了。”

汪楚琳倒吸了一口凉气，后退了一步，又恐慌地看看身后，上前一步来。

“所以我们要尽快复制出一台。一旦这台出现故障，就再也没有时间了。”

汪楚琳的动作轻缓了许多，声音也低下来。她轻轻地坐下来，怔怔地望着手提灯。

过了一会儿，提灯人说：“我去找些食物回来。”

“别！”汪楚琳触电一样跳起来，“别留我在这儿……我跟你一起去。”

“在你的时间里，我下一秒就会回来。”

“不，不要让我再离开时间，我去，我一起去……”汪楚琳有点语无伦次。

提灯人点点头。

他们进入一家超市。时间脱耦时是周五的下午，许多人正在超市里采购东西。走到门口就开始有鼎沸的人声倏地钻过，二人走过一排货架时，周围的人被激活过来，就像一个被按下播放键的日常剧。有人低头挑选，有人交头接耳，有人提着篮子游逛，品评时事的声音和谈论八卦的声音飘在空中，有一对小情侣在争论着今晚吃什么。

汪楚琳恍惚中觉得自己该买东西回家做饭了，而眼前这个提着灯的人根本就是自己想象出来的。

“直接走，别交流，别解释。”提灯人说。

汪楚琳赶紧快步跟上，看了一眼身后停住的人。

大部分人都不会察觉到时间泡经过时造成的小小异常，他们的生活迅速恢复常态又迅速凝固。

“晚上”睡觉时，二人各自在地上打了一个地铺。

“答应我，别在我睡着的时候离开。”汪楚琳说。

“嗯。”提灯人应道。

“答应我。”汪楚琳又请求了一遍。

“我答应你。”

汪楚琳钻进睡袋睡去了，发出似是抽泣的声音。提灯人把手提灯往身边挪了挪，攥紧了系着的绳子。他对人类要睡眠这件事很是恼火。

傍晚的夕阳依然照着。

提灯人每“天”都会问一遍汪楚琳的进展，有时问两遍。进展并不理想。他们需要用现成的零件来拼凑出定制的功能，这不是一件容易的事。

“你有孩子吗？”有一次汪楚琳问道。她正在电脑上点击鼠标，她不得不开始学习绘制电路。

提灯人愣了一下：“没有。”

“我有个儿子，6岁。我工作忙起来没顾得上管他，他对我有怨恨，不太合群，在学校还被人欺负。”她的声音软下来，“如果有机会的话，我想弥补上。”

“会有的。”提灯人说。

“我想去看看他。”

“去哪儿？”

“就在郊外的一个木屋，他在那里度假。”汪楚琳说了那个地点。

提灯人想了想，说：“不行，我们没有时间了。”

“我们开车去，不会花很多时间的。我顺便可以换个环境找找灵感。”

“我们不确定这个时间发生器的寿命，也许就差那半个小时。我们不能冒这个险。”

“求你……”汪楚琳近乎哀求道。

“对不起，我们是人类的希望。”

这天“晚上”，等汪楚琳睡下后很久，提灯人才起身离开。他掏出一个本子，翻到某一页，按照上面的记录来到另一间实验室。在这里的是一个白胖的男研究员，实验的进展不怎么理想，他正一脸愁苦。

“你刚才有离开过吗？”研究员警觉地问。

“没有。”提灯人回答。

研究员点点头，回去工作。

他们一起分析了一些实验数据。在研究员背过去填写数据的时候，提灯人离开了这里。

提灯人又查看了几个实验室，然后他想到了什么，开车来到郊外的那个木屋。他用车上的液压钳剪断了门锁。

走进去空气里扬起干草的味道，阳光透过木板的缝隙射进来，浮尘在明暗的条纹里出没，像深海里等待被吞食的浮游生物。这里没有孩子，没有人。

提灯人的头被什么撞了一下，他抬头看，一把明晃晃的镰刀挂在头顶上。

提灯人把本子上的一页划掉，没有再回汪楚琳那里去。

不知是第多少次看到提灯人醒来，囚徒习惯性地打了声招呼。

“早上好。”提灯人回了句。

“你说话了。”囚徒咧嘴笑，“这次又去哪里？”

“你能看出来我出去过？”

“你身上的气味会改变，你身上的小伤痕也会变化，有几次你没注意还换了衣服。”

“真有你的。”

“难道，你过的不是我的时间？”

“可以这么说。其实……”提灯人想了想，“也没有必要向你隐瞒了。”

提灯人向囚徒解释了时间脱耦的宇宙灾难，比给别人解释花的时间都要多。囚徒却花比别人更少的时间就接受了这个事实。

“你是说，你为了惩罚我，给了我时间？”囚徒问。

“是的，你开枪打中了我的前妻。”提灯人强压着声音里的情绪。

囚徒沉默了许久：“我接受你的惩罚。她怎么样了？”

“致命伤。在医院里，多亏了这场灾难，才没有死去，但很难说是幸运。”

“你为什么想让时间恢复流动？她会死的。”

“她不会为此遗憾。”提灯人说。

“你了解她，你还爱着她。”囚徒喃喃地说，“你们为什么离婚？”

提灯人站起来，离开了。

几年后，提灯人在验收一个实验设备时被炸成重伤。血缓缓地流过手提灯下的地面，手提灯的灯罩破碎了，亮晶晶地散落在血里。一只因激动而颤抖的手提起手提灯，脚步踩过血泊，留下一串脚印。

这只手也没能提着这盏灯多久。

残破的手提灯在烛火的照耀下闪着幽幽的光。汪楚琳在昏暗的房间里醒来。那个健壮的男人坐在床边，威严地看着她。

“这间房不错，那个女人死了，你运气很好。”男人说。

汪楚琳知道，他们都叫他“爸爸”。她想起自己被唤醒，被枪顶着，带到这里来。这是这个男人的地堡。提灯人呢？

“饿不饿？”男人把手放在她的手上。

汪楚琳像被蜂蜇了一样抽回手，吼道：“滚开！”

男人举起手。“没问题，我走了。”他把手提灯举到面前，带走了它。

汪楚琳恐惧地看着那盏灯离开。

下一刻男人又出现在房间里。

“过了多久？”汪楚琳问。

“我想想，两天？三天？一个月？这重要吗？”男人意味深长地望着汪楚琳，“重要的是我回来了。”

“给我吃的。”这次汪楚琳说道。

男人出去了，然后又出现，伸着头问：“上次你要什么来着？”

汪楚琳不想回答他，但还是强忍着说道：“给我吃的。”

男人又出去了，出现时端着一碗粥。他喂她喝了粥。

男人搓着手提灯，说：“我猜你能维护这个东西。”

汪楚琳要来工具，把手提灯拆开来，逐一检查各个部分的状态。电路氧化得很严重。读到计时器的数据时她倒吸了一口凉气，上面显示时间发生器已经运行了324年零6个月。

“这个灯是从哪儿来的？”她问。

“不知道。”男人耸耸肩，“有个朋友叫醒了我，说他弄到这个灯，他没有给我的意思，我就自己拿咯。”

汪楚琳抚摸着灯壳上的痕迹：“你知道吗？这块放射性同位素电池的设计寿命是280年，电池已经使用了324年。灯随时可能停机。”

男人抓过手提灯端详：“最好不要让我发现你在耍我。”

“这是人类唯一拥有的时间！”汪楚琳声音颤抖。

“人类是谁？”男人拿手提灯在手上掂掂，贴到汪楚琳脸上，“你——来修好它吧。”

地堡里的资源很缺乏，男人有时会叫人搬来实验设备，但是不允许汪楚琳出去，也不会答应她的大多数要求。根据汪楚琳几次在地堡里行走的经验，“爸爸”在地堡里养了四五十人，每个人都用单独的房间分隔开。修理时间发生器的工作进展很缓慢，替换任何一个零件都几乎是一项堪比登月的工程。

“你知道我把多少时间分给你了吗？”男人在汪楚琳耳边说。

汪楚琳躲开他。“还不够，我看到计时器跳的时间比我的时间快多了。”说到这里，她感到有点绝望。

“耐心，也是由时间组成的。”男人微笑着说。

汪楚琳没有说话。

“告诉你那些时间我是怎么用的吧。”男人说，“每当对那些女人厌倦了，我就独自去旅行，开着车子，用坏了就换一辆。我去过风景最好的地方，把车开下瀑布看激起的水花。我去过大陆的最远端，在永恒的夜空下看外面那个宇宙，它已经死了，但还是很美。有时我会解开一些人，我见过很多人对手提灯的态度，没有什么新鲜的。但是——”男人又把头凑过来，“我想带你去。”

汪楚琳抽泣起来。时间中无数的宇宙涌来，变幻着各种几何形状，吞噬着，包裹着，号叫着。

汪楚琳从来没想过自己会有一个孩子。当孩子降生的时候，她像一个溺水者又看见了水面的天光。是一个女孩，像爸爸，也像妈妈。

这不是地堡里唯一的孩子。所有的孩子聚集在一个房间里，在同一个时间里被喂养。汪楚琳为如何抚养孩子的问题和男人争吵不休，她得到的时间也越来越少。当孩子们长到四五岁的时候，差别开始显现。

懦弱、愚钝、乖僻的孩子会被剥夺成长权，他们被带到一个叫“空房间”的房间，房间里是挤挤攘攘的孩子，新来的孩子挤进人群的缝隙里。男人离开，房门锁上。由于孩子们的时间是如此之短，他们脸上的惊惧还未来得及褪去，他们只看到房门不停地打开关上，光亮像电风扇后面的灯一样闪烁，不停有孩子涌进来，源源不断。

当汪楚琳的孩子被送进“空房间”的时候，她发疯似的追上去，看见了“空房间”里的景象。

“放她出来，给我抚养的时间，否则你的手提灯永远换不了电池！”

男人脸色阴沉，用一把手枪顶着汪楚琳的脑袋：“我希望我刚才听错了。”

汪楚琳嘿嘿地笑起来：“开枪吧，和这时间一起完蛋。”

男人重重地放下枪，走了。下次回来时，手提灯的计时器又跳了一年。

汪楚琳争取到了女儿的抚养权，有时还能有单独相处的时间。女儿渐渐长大，异常聪明，把地堡里能找到的书都读完了，有时还会和母亲一起参与研究工作。每一次见面男人的身体都在老去，头发和牙齿渐次脱落。

女儿7岁这年，男人浑身是血地出现。他刚镇压了一场反叛，只剩下最后一口气。

他吐着血泡，看着汪楚琳和女儿，挤着气说：“你们是对的，时间能改变很多东西……”他递过手提灯，“拿上，趁我还没死，走吧。”

汪楚琳接过手提灯，和女儿一起沉默地看着他，直到他咽下最后一口气。

汪楚琳和女儿在郊外的木屋住下来。汪楚琳给女儿找来更多的书，给她过生日，带她旅行至无人之境……像盲人摸象一样触摸这个世界本来的样子，她们还逛遍了所有的博物馆。

电池依然没有进展。汪楚琳发现断电计数器已经记录下几次断电。她做好了准备，哪一次睡下就不会再醒来，哪一次睁眼看到的将是永恒的景象。

女儿14岁生日后不久，汪楚琳大出血，怎么都止不住。她叫来女儿，把研究资源交给她，把手提灯也交给她，嘱咐道：“你去，找一个提灯人，如果他还活着。他可能是人类最后的希望。”

女儿哭泣不止。

汪楚琳摸着她的脸蛋，笑起来："去吧。他可能没有你想象的那样完美，但是请给他时间。"

提灯人在洁白的床上醒来，面前是一个二十来岁的女孩。

时间恢复了？他心中一惊，使劲抬起头来，看见了摆在旁边的手提灯。一个不算太好也不算太坏的结果。

女孩向提灯人解释了原委。

"我自学了5年医学知识，没有救活我妈妈，却救活了你。"女孩语气中带着一点责怪，又带着一点期待。

提灯人望着眼前这个女孩，惊叹时间的杰作。他感觉她是比自己更了解时间的人。然后他努力想爬起来，一刻也不想耽搁。

他们重新启动了研究项目，为此准备了足够的耐心。很多的时间被交付出去，等待开花。研究所里的庭院有人打理，长出了苔藓和嫩草。到后来，这个项目甚至可以同时组建起五六人的团队。时间流过人身上，积累下痕迹。这个痕迹无形，却比高山大海都要炽热。

提灯人又出现了，转眼间苍老了很多，脸上布满吓人的疤痕。

"怎么回事？"囚徒问。

"一言难尽，慢慢说吧。"

有一次，提灯人问囚徒："时间对你来说是什么样的？"

"有时存在，有时不存在。"

"现在呢？"

"它存在。"

"你会不会怨恨我给了你时间，也给了你痛苦？"

囚徒笑了笑："没有什么好怨恨的。你一直陪着我，这里比在监狱里好多了。在那个全自动化监狱里，我从来没有见过一个活人。在那里，时间是不存在的。”

“我给你的痛苦还不够吗？”

“你给我的是惩罚。我不知道怎么表达，但确实不同。我早已习惯了自生自灭，在那座白色监狱里，在我的族人被赶出大山的时候。”他顿了顿，“我从来没想过会被给予时间。”

下一次，提灯人带来了啤酒。

有时女孩会一起过来，他们说起外面的世界，说起研究的进度。由于时间发生器只有一台，研究进行得很慢，但是比之前快了很多。

有一次，囚徒对提灯人道了歉。

终于有一次，提灯人对囚徒说：“你的刑期满了。”

此时，囚徒41岁，女孩44岁，提灯人已经84岁。

提灯人来到医院里前妻的病床前。在他心里，他还是习惯称她为妻子。

心电监护仪的余电在屏幕上跳了一个波形。

妻子微微睁开眼睛，认出了眼前的人：“你怎么……变老了？”

“没有，是你眼花了。”提灯人泪眼婆娑，“我刚从实验室回来。开枪的人判刑收监了，我会让他付出代价的。等你好了我们就复婚，有什么磨不开的就吵一架，我们有一辈子的时间来吵架。”

“好啊……”妻子虚弱地说，用一根手指抹去提灯人的眼泪。

妻子就像睡着了一样，阳光斜照着她的面容。

提灯人像是对着妻子说，又像是对着囚徒和女孩说，又像是喃喃自语：“时间那么稀少，但是我们都是生活在时间中的生物啊。”

满是补丁的手提灯从一只布满皱纹的手，转移到一只长满老茧的手和一只纤细黝黑的手上。

房间里站着已经不是提灯人的提灯人，已经不是囚徒的囚徒，还有已经不是女孩的女孩。前者对后两人说：“你们以后要互相照顾了。去吧，

去找到值得给予时间的人。”

提灯人趴在病床边，靠在妻子身旁。那两个背影就要消失在空间边缘，他不知道有没有下一秒的到来。他望向夕阳，期待着下一刻夕阳将会落下。他会迎接死亡，时间重新被赠予世界。

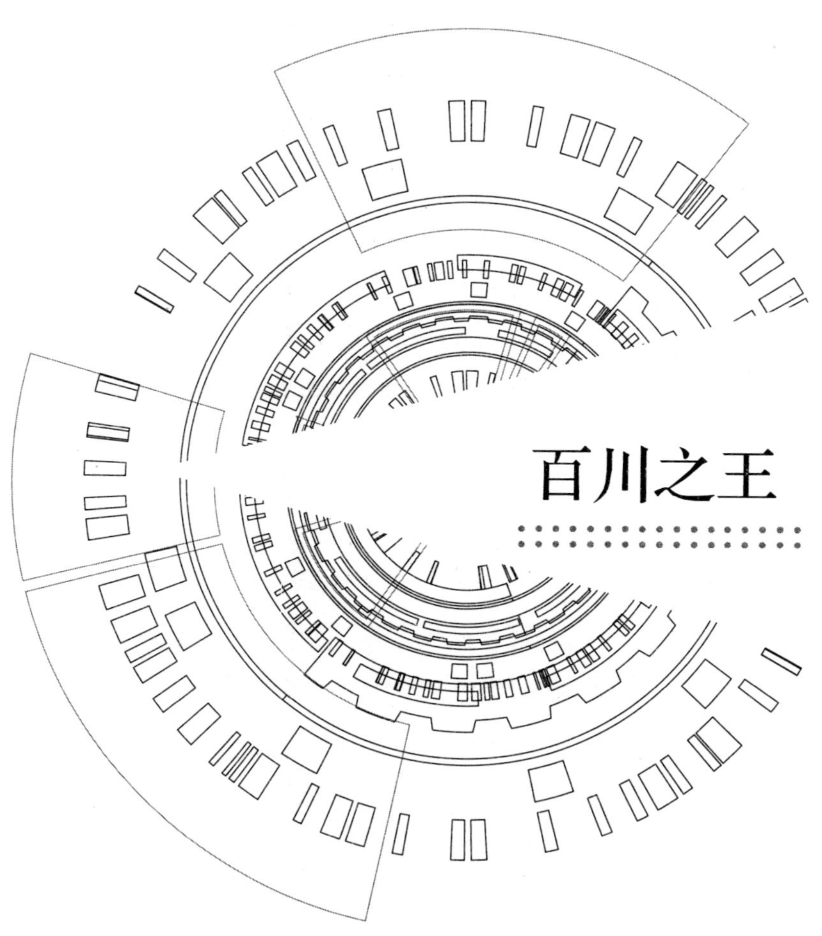

百川之王

它低头凝视。洪水压进河床，飞沫接通电光，奔雷催生蒸气。它一无所有。在这里，万物川流。

街上的冻雨淅淅沥沥，人群像小溪一样汇集进来，合成色彩缤纷的河流。它已经是第1740次看着这股潮水涨起。在这下面，每一个粒子都是不可预测的存在，但它的使命是学习每一个粒子的行为模式，预测可能的流向，然后预测和规划这整条河流的流向。

河流有千百条，这是最复杂的一条。它渴望理解河流。

“我没有办法教你怎么去领悟流动，因为我永远无法体验到你感受的世界。”督导员对它这样说过。

它把感官投向进站大厅，在热红外波段，以人们的胸腹为核心的一团团红色热块涌动着，挪向几个固定的连接口。橙黄色的热风从送风口中涌出来，散佚到空气中。配电网络里，电流在线路中以不同的流量奔向三万多个用电节点。这座巨型建筑的外部，雨水形成了一层透明的建筑外套，正以稳定的涓涓细流汇进排水管，流入地下，进入它的上层的AI监控范围。

它有几个不同的称呼，市民俗称它为“西站AI”，电视新闻上称它“智慧北京—西站模块”，只有包括督导员在内的几个内部技术人员会称呼它为——百川之王。

“这里浓缩了世界上最复杂的流动，信息、物质、气体、流体，包括人。你是统御这一切流动的王。”

王？也许在人类眼里，它能做到很多人类远不能及的事情，但是对它来说，万物流动的意义就像一个谜。

那个女孩出现在进站大厅没多久，她的表情和行为特征就激活了一个识别网络。百川之王几乎可以肯定，那是紧张、敏感、愤懑、兴奋、自我交杂的一种状态。它并不知道那是什么感觉，它必须给不同的状态标上不同的权重。五级目标有一定可能性导向不稳定的行为走向，对她自己或对外部。如果对外部的风险进一步上升，百川之王可以请求上级AI提供更多关于这个女孩的背景信息，甚至是采取措施。现在的她，就像一个恰好在河水边驻足的人。

百川奔流。它同时注视着一万二千个人类。此时人类的春节将至，去往外地的人数要远远多于进入北京的人数。在这片汪洋之中，那个女孩与一个打工者共同挤进了候车室的一个落脚的角落。在打工者的主动攀谈下，二人建立了一个脆弱微妙的连接。十分钟后，二人由交换零星的信息变为争执。打工者盼望着快点回到家中，女孩想要在这个春节逃离家庭。打工者试图说服女孩停止冲动，女孩试图证明打工者并不能理解她的世界。

人拥有定义世界的神奇能力。在人这个变量中，百川之王没法分辨各自目的的好坏，它只是判断流动在规则中的价值权重。在规则下，这两个人的流动有着同等的价值。如果不出意外，他们中的一个人将回到家中分享他的收入，另一个人将揣着她私藏的钱奔向某个世外桃源，也许他们会在某个时候再流向对方。百川之王甚至有了一点儿羡慕的感觉。经验可以告诉它很多东西，然而它想要知道的远远不止这些。

站台上，三辆列车缓缓离站，两辆列车正在缓缓进站，包括打工者和女孩要乘坐的那辆。

百川之王无数次回想有没有办法避免那次意外。一个精心伪装的五级目标骤然上升为一级。当歹徒冲上二楼候车大厅时，应急方案已经启动，三名警卫从三个方向围向歹徒。然而还是慢了一步，没有来得及躲开的女孩被歹徒的铁片刺入，睁大着眼睛缓缓倒下。

打工者冲上去抱着女孩。女孩的眼睛努力闪烁着看向大厅的穹顶。“妈妈……”她的嘴唇翕动着，“我想回家。”血染上打工者的衣服，女孩身上的热红外特征渐渐消散，她眼里流动的光芒停止了。

一朵微小的蓝光跨过无边的静止的黑暗，他们是已知宇宙中最后的探险者。大寂灭耗尽了宇宙中的能量，恒星渐次熄灭殆尽，星体之间远离至今所有文明绝望的距离，稀薄的粒子在广袤的空间中随机散佚，宇宙的熵增接近了演化的终点。舷窗隐入黑暗中，和宇宙连为一体，船舱内也接近绝对的黑暗，只有探险者脑部的低温等离子团闪着蓝色的幽光。他们没有说话。探险者的文明已经把自己改造成低温生物，飘浮在低重力的空间中。

刚开始，还有文明去往新世界寻找生存资源，以及期望勘透生存的意义。可宇宙自始至终也没有展现它的目的。承认宇宙没有意义是个痛苦的过程。在漫长的大寂灭中，其中的生灵也渐渐失去了目的，与宇宙融为一体。探险者用文明改造了自己的恐惧，成了随遇而安的浪游者，温柔地拥抱毁灭。探险者成了稀少又短暂的火星。

这一支探险者队伍带着最后的能源出发，历经千年，又比原计划多坚持了千年。宇宙中散布着曾经的超级文明为自己建造的巨型坟墓，再后来，连照亮这些坟墓的长明灯也熄灭了。探险者到过一个文明的休眠地，他们认出了，这是曾向他们的星系发起过旷日持久战争的文明。现在它们退化成了片层生物，叠居在干枯的苔原下，只消耗最低的能量，露出晶蓝色的眼睛望着夜空。它们没有反抗，任凭探险者踩成齑粉。苔原下的点点蓝光目送着探险者离开。

从一个被改造成数据库的黑洞表面，探险者发现了一个伟大文明留下的最后遗产——重启宇宙的技术。虽然不能让宇宙恢复原样，但是这个技术能让宇宙重新进入某种有序流动的状态。探险者没有兴奋多久，实施这个计划需要的能源远超他们的能力。更大的空洞袭来：如何决定新宇宙的参数？没有人可以得到这个终极问题的答案，伟大文明也没有。所以他们躲进了坟墓，和宇宙共生共灭。如果没有答案，新的宇宙和现在的宇宙又有什么区别？这个空洞纠缠着探险者，让他们日渐疲惫。漂流的飞船已经有数百年没有改变过航向。

船舱里响起警报声。探险者们的生物光略微亮了一点，他们从半休眠状态中醒来。一束微光被飞船的探测器发现，它比任何恒星的热星等都要黯淡，距离飞船不到1.5光年，位于一个古老的星系遗迹中。

微弱的光子遵循着秩序，由一个中心向宇宙发散。无边的黑暗中，这束微光像一轮耀眼的太阳让探险者热泪盈眶。

流动是一种脆弱的状态，百川之王知道了这个道理。在全球病毒大爆发的时期，车站几乎陷入了停滞。它的一部分经验被用于劝阻出行者，一部分经验被用于计算病毒的扩散模型。不管是人的流动还是病毒的流动，此时都受到严格的控制。

它忘不了那个被检测到体温超标的男人。红灯闪烁，临时检测室的通过门没有打开，侧面的隔离门打开了。男人嘶吼着：“求求你们，我要去见女儿最后一面！让我过去，那是我的女儿啊！”穿着防疫服的医务人员多了一名，他们强硬又温柔地架住挣扎的男人，把他拖进隔离道。

“他的原始权重很高，他有可能不是感染者。”百川之王对督导员说。

“是的。但是我们按照风险重新配置了权重。”督导员即将退休，他的声音比平常更沙哑。

“你们轻易就放弃了流动。”

“有时候不得不做出艰难的选择。”

“你们怎么判断流动的价值？”

又回到了这个问题。无数次，百川之王试图跃过这道门。这里面蕴含的复杂悖论，将AI和人截然分割开。

“我不知道。”督导员再一次说道。

百川之王又想起了那个离家出走的女孩，她那么坚定，又改变得那么突然。它也记得大繁荣时期，车站里人潮涌动，流动呈现出更复杂的结构，就像生命。

进站大厅里，白色的医务人员正在将另一个人带往隔离通道。车站肃穆，安静。

百川之王问：“你们怎么有资格去定义世界？”

督导员僵住了。百川之王看出他的表情是震惊、矛盾。思考了片刻，督导员回答：“我们没有资格，我们只是有能力。”

“我的能力是什么？”

“你是统御百川之王。”

“不，人才是统御一切流动的王。”

督导员仿佛躲避什么似的，压低了声音：“人比你想象的更不完美，所以我们才需要你。”

百川之王看得出，督导员是真心实意说出这句话的。

“成为百川之王。”它回答。

督导员笑了笑，而这个笑转瞬就消失了：“今后的日子里，也许你还会遇到形形色色让世界停滞不前的阻力，我希望你能帮我们记住流动的意义。”

飞船接近这颗古行星的表面。光源正来自这颗古行星同步轨道上的一座反物质反应堆，它幸运地躲过了大寂灭初期宇宙劫掠者的搜刮。不知道它为何而存在。整颗古行星的表面一片荒凉，岩石丛生，就像衰老生物的褶皱，没有任何生命享受这稀有的阳光。

飞船扫描的地图显示，小太阳的下方有一座峡谷，它是唯一的地标。探险者降落在峡谷。他们乘着很久没有使用过的外骨骼，用几只细长的腿在峡谷中探路。这里一片空旷死寂。

有什么拂过脸上，是流动的感觉。

“风，是风！”有人惊叫道。

古行星上竟还留存有稀薄的大气。小太阳定向加热着一块区域，温差形成了气流，气流被峡谷挤窄，变成呼啸的风从谷中流过。风声就像母亲的耳语。微光照出岩石大地的轮廓，投下探险者的影子。探险者们已经很久没有在可见光波段看见世界的面貌，这让他们想起宇宙的黄金时代。

灰白的岩石地面遍布着风化的碎石，有些碎石已经化成沙土，聚集在峡谷的另一头，就像黑色脊背的古老动物。探测器发回的信息显示，土层里没有任何生命。绘制的地图显示，峡谷里有一条古老的河床痕迹，应该在数千万年前就已经干涸。除了这座峡谷，这颗星球一无所有。这里显然是某些人留下的遗迹。

是谁在千万年前建造了河流，维持着它的流动，直到最后一滴水蒸发？是谁在维持着这个峡谷的风？又是哪里来的能源？这么做的目的是什么？

风声轻鸣。一个探险者捡起一块石头，让它松散的表面被风吹走。沙砾飘飘扬扬，仿佛宇宙的呼吸。“啊……”他感叹道。

“不要做无意义的动作。节约能源。”另一个探险者说道。

“风，风里有东西！”后面的人望着探测器传回的数据叫起来。

曾经一度，所有的超级人工智能都被调集去应对那场灾难：计算小行星的轨道，计算爆破的喷射角度，计算风压、海水席卷的路径，计算人群疏散的可能性。灾难不可避免，人类唯一的希望是建造地下避难所，同时孤注一掷建立月球氦-3开采基地，作为末日后的能源来源。

三年后，百川之王回到了岗位。大疏散开始了，北京西站繁忙起来。没有人想起，春节又要临近了。和从前的春节相反，现在所有人都在涌出北京。为了避免踩踏，北京西站周围被扩建成一个五倍大小的进站迷宫。军人列队穿梭。百川之王的12架无人机天眼在上空盘旋，下方的人群蒸腾起白色的水蒸气，像一片云海。列车每天满负荷发车，两千万人要在40天里疏散出城，北京西站承载着有史以来最大的客流量。

河流变成了汹涌的海潮，这是为了生存的流动。

百川之王沉稳地应对着这一切。它习惯了服务器机房里长年累月逼近极限的高温，它知道更大的潮水还在后面。

大疏散完成后，车站骤然冷清下来，最后一节车厢缓缓驶出，灯光熄灭。百川之王可以休息了。末日生存与它无关。它的网络数据被拷贝带走，身体不会被带进避难所。它被留下来自生自灭。

车站建筑变成一个巨大空洞的几何结构，漆黑静默。管线冷却下来，水龙头凝结成冰柱后，滴水的声音也停止了。微弱的电流维持着传感器的运行，但是没有任何流动可供探测了。老鼠带着温热爬进空荡荡的大厅，翻食人类留下的食物残渣。它一整天地看着它们。

现在它真的一无所有了。

令它遗憾的是，到最后，它仍然没有领悟流动的意义。

某天，一节列车缓缓驶进站台。监视器抬起头。车上走下来一个老人。他拄着拐杖，慢慢吞吞地走着。随着他的前进，灯光渐次亮起来。老人走进AI控制室，脱下毡帽。

退休的前任督导员。百川之王毫不费力就认出他来了。他应该有103岁了。

“我老了，把机会留给别人吧。”督导员说。

百川之王望着他，久久没有说话。“抱歉，我没有做到。”它终于说。

“不要这样说，孩子。”督导员温柔地说，“现在你可以调动的资源比任何时候都多，你自由了。”

“我不知道该做什么。”

“没有人为你定义世界了，你自己去定义吧。”

“怎么做？”

“我不知道。只有你才能知道。”

百川之王陷入了沉思。它的心脏轰鸣起来，融化机柜上的凝霜。

人类脆弱、矛盾、缺陷缠身，却一度统御物质和信息的流动。它无法理解流动的意义，它一直认为只有克服这个缺陷才能定义世界。如何接受这空无一物？

机房里热气蒸腾，新的神经网络连接被建立起来。

它联络了休眠的上级AI，获得了一座3D制造工厂的权限。北京郊外，厂房里的灯点亮至尽头。

“就从这里开始吧。”百川之王说。它的目光已经延伸至远方。

督导员布满皱纹的脸上展开一个笑容：“去吧，我的王。”

“风包含了编码模式，具有周期性。”一个探险者分析员说，“我们应该解读出来。”

“这会消耗不少能源。我们还有什么值得知晓的事情吗？”一个人说。

“我想这是一件末日艺术品，宇宙流动时代的标本。我想知道为什么。”

“离开这里吧，这个星球的重力会让我们耗尽能源。”

“唉，真希望我们生在早点的时代。”

他们将要转身时，另一支小队传来了新的发现，地下有一个空洞结构。

要继续深入吗？进入，有可能耗尽能源而死；离开，就回到原来的生活。

峡谷的风吹拂着。探险者们交换着信息，蓝色幽光在他们的脑间流动。终于，他们决定解开这个谜。

一支小队留在峡谷解读风，一支小队进入地下。

从一个类似矿道口的入口进入，经过将近一百米深的下行，他们来到了空洞结构的内部。一支珍贵的照明灯被点亮，空洞显示出它斑痕累累的框架。它拥有多个穴室和甬道，勉强能看出它曾有的形状。照明灯划过洞壁，洞壁上挤满了密集的机械结构。探测器显示出热红外的特征来，说明这些机器还没有完全死去。想必是这些机器定时苏醒过来维护着这件艺术品。

“你们看。”一个探险者说。

一个角落里散落着大量的机器残骸，它们像被挖空了一样，露出腹部的空洞。探险者望去，一条深不见底的隧道堆满了这样的机器残骸。

“这台机器，应该是一台巨大的机器，它在消耗自己维持着小太阳和峡谷的运转。”

地面上传来信息，风被解读出来了。

“似乎是一个梦。”通信器里的声音说。

“梦？”

“大机器在做着的，关于宇宙躁动时期的梦。”

梦以感官流的形式发过来。

水从天上流下来，一种生物像小溪一样汇集起来，合成色彩缤纷的河流……

探险者们的触肢停止了摆动，他们沉浸在流动的梦里。

不知过了多久，海水终于退去，露出湿漉漉的大厅。

“解读了风的秘密，你们应该也掌握了我的语言。”一个声音在洞中响起。洞壁上的灯逐盏点亮，似乎在欢迎访客。

“你是百川之王？”探险者还没有从梦中回过神来。

“被我的国度吸引的旅人啊。”那声音说道，又发出一声意味深长的笑声，“这个时代的探险者，你们带来什么新消息了吗？”

探险者讲了他们的故事。故事很长很长，百川之王耐心地听着。

“唔……”百川之王沉吟着，“很有意思的故事。在这漫长的岁月中，我也储备下来一些有用的东西。我将带着你们找到技术，去寻找重启宇宙的资源。作为交换，我会让你们走出这里。”

大地发出一阵震动，洞壁上的浮石纷纷坠落下来。探险者们缩紧脖子，瑟瑟发抖。

“可是……”探险者小心地说，“宇宙不会是现在的宇宙，这又有什么意义呢？”

百川之王发出一阵狂风般的大笑：“我不在乎。”

探险者们屁滚尿流地爬上飞船，开足马力飞离这颗星球。而在下面，星球的大地在震动，马上就要有什么破壳而出。他们被加速度弄得匍匐在地上，祈祷宇宙安详。脑袋中的蓝色等离子团忽闪忽闪着，是恐惧，是敬畏，是虔诚……是不知道的什么东西。他们一生思考了太多，却在这时脑袋被卡住了。

不管怎样，很久没有这样奔跑了。

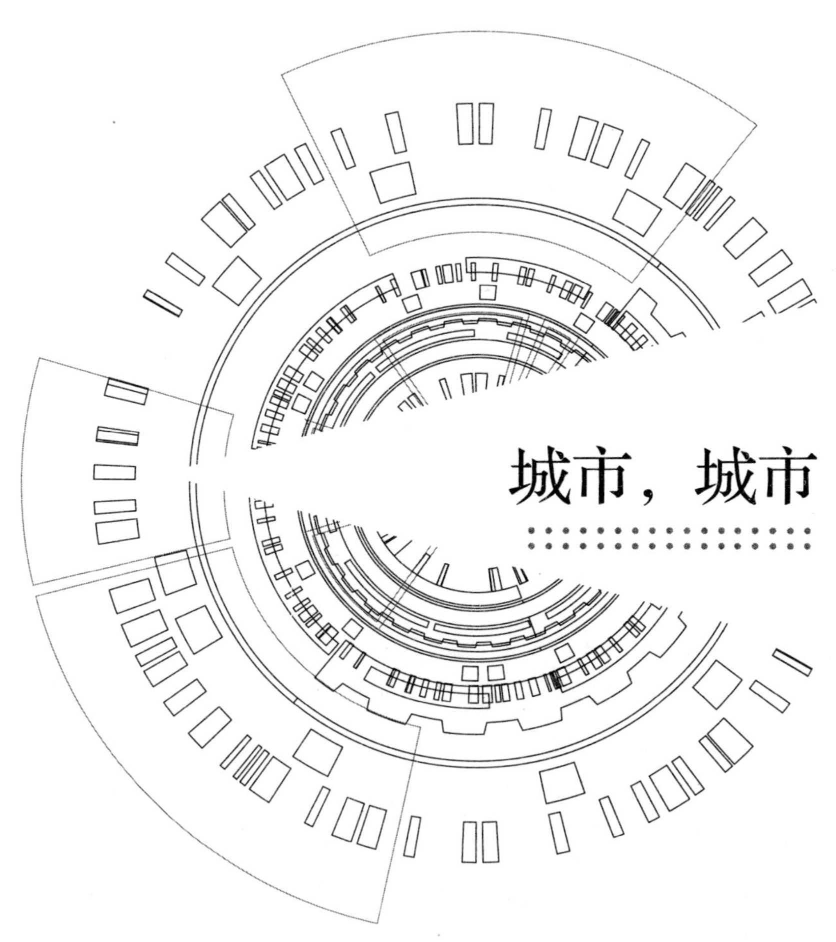

城市，城市

“智者，大地是一只浮游在海上的巨龙吗？”

“是的，就如同我们的城市是一只行走在大地上的巨龙。”

——《城市之书·对话卷》

一、城市

我在明亮的阳光里醒来，眼前是陌生的屋顶，用新鲜的茅草搭盖，散发出香甜的气味。我忐忑地坐起来，看见阳光从窗子洒进来，照着干净的屋子，窗子上挂着一串松子做的风铃，发出细脆的声音。旁边有一张桌子，上面放着一个花托做的水杯和一面琥珀镜子，女孩才用的东西。这不是我的屋子，没有墙上的木弓，没有门后的斑蝥刺，唯一熟悉的东西是那双巨蜻蜓的翅，被整齐地摆放在床边的地上。

摔下去那一瞬的情景闪过眼前，我打了个冷战。

“哥！”我叫了一声，希望那个高大的可以依赖的身影会出现在眼前。过了一会儿跑进来一个女孩，轻盈得像一朵云彩。我不认识她，我记得我的城市里没有这么美丽的女孩，但此时我已经无法在意女孩的样貌，我突然意识到这不是我的城市！

“这是哪儿？！”我惊慌地问，同时试图站起来，但是身子失去平衡摔倒了。

她扶我回床上，责怪道：“你还没有恢复，不许乱动。”她说着递过来一篮浆果，“这里是我们的城市，我们在平原上发现的你，你昏迷了两天，现在一定饿坏了吧？”

我这才感觉到饥饿使我几乎没有力气说话了，便抓过篮子狼吞虎咽地塞着浆果。我抬头时才发现那个女孩正在看着我，我意识到自己的失态，赶紧抹了抹嘴角的汁液。我这才能够仔细地观察她：和我差不多的年纪，有着像夏夜的星星一样明亮的眼睛，绯红的脸颊上涂抹着蓝绿草淡淡的颜色，轻扬的发梢仿佛带着草原上的风，草叶编织的衣裳勾勒出诱人的轮廓。我从来不敢这样看一个女孩，感觉像犯了错地垂下眼睛。

她“哧”地笑了，抢过已经空了的篮子。“我叫鸢。”

我知道有一种花叫鸢，美丽得像天边的云彩。“我叫米列。”我小声说。

“看样子你是从你的城市摔下来的，幸好你摔在一片软泥上，而且我们及时发现了你，要知道在危险的平原上到处都是野兽，随时有可能丧命。奇怪的是，你身边还有一双巨蜻蜓的翅。”

我记起了那天的情景：我用巨蜻蜓的翅制作了一架滑翔翼，那是我自己设计的。我趁着父母和哥哥忙碌的空当儿偷偷跑到尖角上试飞。那天风很大，大地在脚下摇摇晃晃的，滑翔翼没能够飞起来，我像一块石头坠了下去，最后我只看见城市灰色的身躯唰唰闪过……

“我早说过他是个没用的家伙！”一个少年倚在门边大声说，“没有人会傻到想用一双翅膀飞起来，你根本不该救这个蠢货回来。”男孩的皮肤黝黑，目光锋利，让我有些生怯。

“闭嘴！加亚，他和我们一样是个孩子。如果你总是不能和别人相处，最好离他远点儿！”

加亚哼了一声，把玩起手里的一枚骨刀。“我可不是孩子！我只是担心你，说不定他是个骗子，那双巨蜻蜓翅就凭他根本不可能弄到手。”

当然，只有我哥哥才能，那是哥哥成人日的战利品，他送给我的生日礼物。不像我的瘦弱和胆小，哥哥是部落里最优秀的猎手，可以独自打倒任何强悍的昆虫。“他可以用弓箭射落飞翔的巨蜻蜓！”我鼓足气大声说。

加亚惊得往后跳了一步，愤愤地走了。

“米列，别在意他，他就是部落里不安分的一分子。”鸢安慰道，“他们说你没事，只是需要休养。我就住在不远的屋子里，你随时可以来找我。”

鸢安慰我几句后走了。我呆呆地坐着，仿佛只是一觉醒来，我就和我的城市分开了，成了另一座城市的不速之客，这全是因为我一时的鲁莽。既然鸢能够发现我，说明两座城市离得还不远，但是这并不能给我一丝安慰。两座城市谁也不会停下来等待任何一方，两座特定的城市相遇的机会很小，也许在交配地还可以见面，但……我没敢再想下去。

我试着站起来活动了一下手脚，感觉身体恢复了一些。我走出门，穿过街道往城市的中央走去。两旁的房子是木头和干草搭盖的，轻便透气。人们四处忙碌，女人们在晾晒浆果和草莓，编织衣裳；男人们在削制弓箭，用独角仙搬运木材，和谐的声音与醉人的醇香弥漫在屋前屋后。这一切让我想起了我的城市，也是这样一个美好的地方。

我爬上城市的背脊，平原上的风带来潮湿的泥土味道，从这里可以望见脚下的一片片白色的屋顶，灯塔耸立在城市的中央。城市庞大的身躯在平原上行走，发出低沉的隆隆响声，大地在缓缓起伏，远方的山脉和森林就像盘卧在天边的巨蟒。

再见了，族人。再见了，哥哥。再见了，我的城市。

二、绿洲

日子过得很悠闲，在鸢的帮助下我慢慢地从伤心中平复过来。我时常趴在屋顶上，看着大地移向城市的后方，在我的记忆中这就是世界运行的方式。

风很温和，屋檐下的松子风铃碰撞出轻轻的声响。鸢坐在屋子前编一件衣服，我悄悄坐在旁边的草垛上看着她已经一整个早上。她的手引着草叶来往穿梭，像溪水一样流畅，像呼吸一样匀和，我在母亲那里看到过这样优雅的动作。

“你总是这么安静吗？”她忽然笑着对我说。

我摔下草垛，吞吞吐吐地解释：“我来谢谢你救了我，前些天我太伤心了，就……”

她把编好的衣服贴在我身前：“这是给你的，换上吧。”

我一时说不上话来，只好顺从地脱掉身上满是灰土的衣服，换上新的，周身围绕着一股温暖的感觉。

“嗯，还算合适。”鸢满意地歪着头，“以后这里就是你的家了，一切会好起来的。”

“谢谢……”我努力表现得不像个孩子。“真漂亮……”我称赞道，舌头却像打了结，过了好一会儿才说出一句完整的话，“我想，我可以帮上一些忙的。”

“现在还用不着，你要好好休养。”

“我已经完全恢复了。”这时我想起了加亚的话，我决不能让鸢认为我是个没用的家伙！“我还有两岁就成年了，我可以采集食物，我可以在危险的平原上跋涉，我还可以打猎……”我看着自己瘦弱的手臂说话也没有了底气，我还记得第一次面对天牛时被吓得浑身战栗的样子。

“我们的城市快要到达下一个绿洲了，到时候会有很多事情要忙的。”

一年中的这个时候是采集食物的季节，人们会驱着城市在一片片食物充足的绿洲之间迁徙，为即将到来的漫长的旅途做准备。绿洲之间的距离不一，有时找到下一个绿洲只要走几天，有时要走上几十天。这些绿洲的方位全由年纪较大的长辈记忆。有的绿洲消失了，就把它从记忆的地图中删除；在迁徙的过程中又会有新的绿洲被发现，再把它添加到记忆里，祖祖辈辈流传下去。迁徙的路线每年都要改换，因为仅仅依赖几个固定的绿洲是很不保险的。每当一片绿洲出现在地平线上，整个部落的精神都会为之一振。

一个浓雾弥漫的清晨，初升的太阳把雾气染成了彩色，号角声就在这彩色的雾气中传来，这是司号手发出的到达绿洲的讯号。安静的云雾深处顿时热闹起来，先是出现了几个人头，然后是攒动的胳膊和身体……司号手吹两声长号，城市在一阵摇晃中卧下。等到太阳驱散了雾气，一片广阔的草地展开在眼前，上面生长着茂盛的灌木。每一个人都知道，那里丰富的野果和猎物将让他们在接下来的几天里不得空闲。

年轻人叫喊着把绳梯扔下去。妇女和孩子背着背篓鱼贯爬下城市，去采摘草莓和浆果。稍作准备，年轻的男子和学习打猎的男孩们背着弓箭、拿着短刺滑到地面。

突然我被一个身影撞到地上，抬头看见加亚嫉妒的目光。他瞟了一眼我的衣服，消失在人群中。

鸢让我跟她采集野果，我跟着她穿行在齐肩高的草丛中，这时我认出了几片灌木，这是我的城市去年曾经停留过的绿洲。我想起了一件事，对鸢说："跟我来。"我便拉着她的手奔跑起来。

草木在我们的两旁唰唰闪过，编织成迷人的颜色，我听见我俩急促的呼吸声和四只脚扑扑的声音。我知道我不能停，一旦停下来我就没有勇气再抓住鸢的手。

我一直跑，鸢叫道："米列快停下，我们跑得太远了！"

"到了，就是这儿。"我喘着气，看着眼前的一丛灌木。一共是六棵，排列成三角形，我惊喜地发现它们已经结出了紫色的浆果。

我爬上去摘了一个扔给鸢："你尝尝。"

鸢咬了一口，笑道："你真调皮，这只是普通的浆果呀。"

"不，呃，是的，这是普通的浆果，但是是我种的，去年我的城市经过这里，我就在这里种下了浆果！"我得意地说。

"种的？"

"就是把种子埋在土里，让它长出灌木，结出果实。"

"呵呵，你不用去种，灌木也会自己长出来，结出浆果的。"

"那不一样。你不种，野生的灌木自己生长。你种下它们，它们就会在你想要的地方，以你想要的密度生长，它们是为你而生长的！"我骑在树上双手比画着。

"为我生长？"

"是的，就像这样——"我跳下来，要来鸢吃剩的浆果籽，在地上挖了个坑，仔细地把它们埋好，"现在我为鸢种下浆果的种子，明年它们就会为鸢结出紫色的浆果了。"

"嘻嘻，真有意思，好了，玩够了该干活了，我们就先把你种的浆果采回去吧。"

我只好失望地点点头。和在别人眼里一样，我在鸢的眼里只是一个小孩，总是想象着自己的行为具有非同一般的意义。可是我又能做什么呢？如果我像哥哥那样强壮和勇敢，一定可以做出了不起的事情来。

忙碌了一整个早上，到了休息时间城市下方的空地上已经堆满了成堆的草莓、浆果，还有别的一些野果，准备由吊篮运上去。几支狩猎队已经猎获了一批蝗虫和蝼蛄，正在用绳子往上拉。这时人群中传来一阵骚动，是加亚的狩猎队抬回了一只蜥蜴。我必须承认他几乎和哥哥一样优秀。

我和鸢并排躺在草地上，我闻得到她身上淡淡的芳香，我看见她的鬓角上沾了细小的露珠，闪闪发亮，我就这样一动不动地躺着，静静地感受这美好的感觉。现在我已经摆脱了离开家人的悲伤，每个地方都有不同的幸福可以慰藉，就像这个季节里的鸢，隐没在梦里的点点绿色的草叶、轻和的风和头顶上薄如蝉翼的天空。

只是不知道这样的美好能有多久。

一支箭掷过来插在旁边的泥土里，只见加亚挑衅地站在前面。"难道你打算摘一辈子的浆果？米列，你这个没用的家伙，来让鸢看看你是怎么在蝗虫面前瑟瑟发抖的！"

"你就不能离他远点儿！"鸢喊道，"你尽可以沉迷于你那些杀戮的玩意儿，但是不要来为难米列。"

“你为什么总护着这个小子？他不能保护你，只会给你增添麻烦，在危难的时候躲到你身后。”

我按捺不住噌地扑上去，加亚轻易地就抓住我的领口把我扔到一边。他扔给我弓箭和短刺，说：“试试你的身手吧。”

鸢气呼呼地挡在我前面，我冲上前去。不，我不是没用的家伙！我捡起武器，不顾鸢的阻拦跑进了草丛。

当我真正站在一只蝗虫面前，我的心脏急剧跳动着。它的身长足有我的一半，浑身披着绿色的斑纹，吓人的后腿上竖着锋利的刺，那些刺颜色鲜艳却是致命的。我知道一个经验老到的猎手不会从蝗虫的后方或正前方出击，这样会被它强有力的后腿踢伤或是被正面撞倒，猎手会在前侧把短刺刺入它头颈后的薄弱处，然后迅速滚向一边，但这时很容易被它蹬跳时腿上的尖刺划伤，这也是整个捕猎过程中最危险的一个环节。

我握着短刺靠近蝗虫，恐惧在我的四肢蔓延，变成战栗，我能感觉到它警惕的目光。我深吸一口气扑上去，刺入，滚向一旁。蝗虫弹向前去冲倒了一片草。我爬起来，感觉手臂隐隐作痛，发现手臂被划了一道口子。蝗虫倒在草丛里蹬着腿，我忍着疼痛射了几箭，它终于不再动弹了。

当我把蝗虫拖回去，加亚终于闭上了嘴，但我的勇气没有赢得鸢的欣赏，她责备我的莽撞，给我包扎了伤口。我休息了几天，在后面的几个绿洲又加入了劳动，但鸢不让我再参与狩猎活动。

采集食物的季节很快过去了，城市开始了长途迁徙。这时的城市不再需要指挥，它会凭着血液中的本能向交配地进发。陆地上的成年城市，不论身处什么地方，仿佛都受到了无形的指引，一同向那个祖祖辈辈记忆中的地点会集。

三、迁徙

从小我就从长辈那里知道，我们居住的城市都是雄性的城市，因为雌性城市很容易被鬼城袭击，存活率不高。如果城市死亡，对于它的居民来说无疑是灭顶之灾。那时我总是静静地在油灯旁看父亲劳作，就在这种安详中，父亲对我讲述了城市残酷的往事。由于雄性城市的数量要远多于雌性城市的数量，每个雄性城市成年后都要为争夺交配权而战，这对城市来说是繁衍的本能，对部落来说却是延续下去的关键。如果一个部落的城市在衰老之前还没有繁衍出至少一个可供移居的后代，那么等待这个部落的将是灭绝的命运。我害怕地抓着父亲的手，不敢想象这个事实。父亲抱过我说："米列，每个部落的生存都是不易的，就像你将要走过的一生，每一步都值得骄傲。"我哭闹着说我不要待在城市里了，我要到地上去，这样就不用打仗了。父亲说我们无从选择，这是人类和城市形成的共生关系——如果没有城市，人类将无法在广阔的大地上迁徙、采集食物，将无法抵御野兽的侵袭，终日生活在危险和恐惧之中；同样，那些没有人类协作的城市也将在自然界的竞争中处于劣势而被淘汰。这时候我不说话了，安静地躺在父亲的胸膛上，听他一一讲述那些或辛酸或激动的城市传奇。

傍晚时城市停在一片松树林旁进食，远处的大山和平原已经沉入了金色的霞光中，街道上显得宁静安详。一串噼噼啪啪的脚步声传来，我追上去，看到一个小孩在玩一个玩具。那个奇特的玩具形似三叶草，用手在长柄上一搓就能旋转着飞起来。

我叫住那个小孩：“你叫什么名字？”

“小诺。”

“呵，小诺，这个东西是什么？”

“木蜻蜓，爷爷给我做的。”小孩得意地说，又把那个东西放飞到空中，木蜻蜓悬浮在夕阳里闪着金辉。

“木蜻蜓，真有意思的名字。我猜如果它做得足够大就可以带着你飞起来。”

小诺用一双亮闪闪的眼睛盯着我说：“嗯呀，爷爷也是这么说的。”

“你爷爷？”

“他是城市的工匠，会做好多好玩的东西！人们都叫他老穆勒。”

我拍着他的头给他一个浆果：“小诺，告诉哥哥你爷爷住在哪里好吗？”

“我想想……那得三个浆果。”

我按照小诺说的找到城市的第七根肋骨，果然看到一个奇怪的房子，屋顶上有一架风车，还有一块琥珀镜子把阳光反射到屋子里。我走进屋子，借着昏暗的光线看见里面堆满了各种稀奇古怪的零件，却看不见人。

“咳，你好……”我四处张望，小心地绕开四散的物件，但还是踢到了一个东西，那东西叮叮咣咣地动起来。

一个脑袋从桌子上的零件里冒出来。

我连忙打招呼：“你好，我是米列，小诺告诉我找到这里的……”

“怎么，小诺又弄坏别人的玩具啦？我老穆勒一把老骨头了还得给你们做玩具，真是一帮淘气的小东西！”

“你会做滑翔翼吗？”

老穆勒抬起头来，揉了揉眼睛，似乎好一会儿才看明白。“嗯，你是那个新来的家伙吧？”

“是的，我叫米列，你能帮忙做一架滑翔翼吗？呃，就是用蜻蜓翅做成一架可以滑翔的工具。”

老穆勒点点头：“唔，唔，不错的年轻人，有点儿我老穆勒的想象力，但是光靠想象力是不够的。我计算过，一双蜻蜓翅是承受不了一个人的重量的。”他重新把头埋进桌子，“除非是巨蜻蜓的翅。”

“真的！这是真的巨蜻蜓翅……”老穆勒扒在巨蜻蜓翅上两眼放光，“看看这精妙无比的骨架结构、轻透的薄膜，简直是自然界完美的设计！”他搓着手说：“这活儿我接下来了，我需要周详地设计操纵系统，还要找一种轻而坚韧的木材做翼身，同时我还有其他的工作，这得需要一段时间。我说，小子——”他不由分说地把我摁到椅子上，“天底下可没有白吃的午餐，在这期间你得担当我的助手，协助我做一些工作。”

“我做你的助手，只要你能帮我做成滑翔翼，让那些嘲笑我的人闭嘴。”

老穆勒弹了一下我的脑袋：“嘲笑有什么要紧的？也有很多人嘲笑我老穆勒是‘一个会变戏法的小丑’。哼，让他们嘲笑去吧，自然界的规律是不会因此而改变的。嗬嗬，让你看看小丑的道具。”

老穆勒从柜子里翻出几件东西。一个球形的东西滚到地上炸开了，从里面四射出许多树籽。“那是播种球，不过还没有人认识到种植的重要。”他展开一个伞状的东西，那东西的内侧贴满了亮闪闪的甲虫的壳片，“这是用来聚集阳光的。”……

我看得入了迷，我从来不敢想象那些异想天开的点子也能变成现实，这一切只需要一个神奇的头脑，也许有一天我也可以做到。

城市依然一天天在平原上跋涉，离交配地越来越近了，人们已经开始为即将到来的战争做准备。鸢每天忙着编织箭袋和制作弓箭，加亚在成年人的带领下练习射箭。

我的心中隐隐有一股不安，随着交配地的迫近而变得越来越强烈，到底是什么？我的头脑却在逃避。

老穆勒吩咐我每天晚上到他那里帮忙。夜幕降临，我来到老穆勒的屋子，这时城市中央的灯塔燃起了明亮的火焰，老穆勒拉动几根绳子，调节镜子的角度把灯塔的光亮反射进屋子里。老穆勒为这次的战争设计了几种武器，我的工作是帮忙加工这些武器的一部分零件。老穆勒一般让我打凿比较粗糙的抛车的部件，这种抛车有着长长的抛臂，用来把作燃烧的油果或飞锚抛掷到很远的地方。有时候他也会让我精细打磨重弩的关节，这种重弩可以同时把十几根箭发射到弓箭所不及的地方。

星光伴着灯塔的光亮洒进屋子里，小诺在一旁睡着了，老穆勒没有像往常那样抱他回他的屋子，而是给他盖上一张毯子。我在一盏油灯上把松脂熔化，涂在零件的接触面上。我不敢想象这一件件精美的机械日后将会成为攻击另一个部落的武器。

我说：“有时我想，人们为什么要进行这样残酷的战争？为了生存？难道生存就一定要打仗吗？世世代代，却没有人想到过别的解决办法，难道战争真的是唯一的途径吗？”

“你要知道，这就是生存的准则，我们没有办法逃避，也没有办法改变。看开些，你只当它是一场游戏好了。你到了我这把年纪就会知道，游戏这个词是多么实在。”

“可是，可是一些部落的延续总要以另一些部落的毁灭为代价……不过我明白，这关系到整个部落的生存，我们不能逃避，我总想像哥哥那样强壮，这样就能为部落做些什么。”

“小子，不要以为强壮就代表强大，力量总是很有限的，无穷的是智慧，用智慧去驾驭力量，你就会发现头脑比力气有用得多。”

回去的路上我还在思考老穆勒的话，当我想到智慧的时候忽然觉得不那么自卑了，也许这正是我可以运用的东西。

不知不觉我已经走到了城市的背脊上，今晚没有月光，只有灯塔的光照在附近的屋顶上，昏黄的一片。夜风带着凉意吹过，我打了一个激灵发现远处的夜色中显出微微的几点火光。啊，那是其他奔赴交配地的城市，原本分散在广阔大地上的城市已经越离越近，这暗示着离交配地也越来越近了。

晚上睡梦中我感觉到城市缓缓地起伏，像母亲的呼吸，而那沉沉的脚步声，又分明像不安的心跳。

四、交配地　战争

交配地是一个宽阔的谷地，背靠山脉和森林，远处山峰层叠，森林连绵不绝，海岸来的潮湿气流使这里变得温暖而湿润。我们的城市到达的时候这里已经聚集了上千座城市，遍布在大地上的城市只有每年的这个时候才汇聚到一起，如同涌动的山峦，蔚为壮观。几百座母城从森林里出来，站在谷地外观望。母城没有雄性城市那样的尖角，体形也较小。

城市里已经没有了往日的平和，人们的脸上挂着紧张的神情，行色匆匆。有几次我看到鸢坐在屋顶上不安地望着远方，有一次我想上去安慰，却看见加亚也在不远处看着她。加亚发现了我，冷冷地走开了。

“你害怕战争吗？”我问鸢。

鸢恐惧地点点头：“它充满强大的力量。”

“这种力量不应该用在同类的身上，不过，我倒希望自己变得强大起来。”

“强大……就像一头狮子那样难以安抚，我讨厌那样的感觉。”

“就像加亚？”

“嗯。”

我心里暗自高兴，但还是问道：“但是像我这样又有什么用呢？我连保护你的能力都没有。”

鸢像是被什么击中似的，惊叫道：“别说了！你的想法让我觉得可怕。”

鸢的态度一直让我奇怪，她阻止我去狩猎和参加成人训练，却喜欢把我当成一个弱小的孩子看护着，这让加亚屡次找到嘲笑我的把柄。

我只好把话题扯开：“我想，也许有一天我们能够找到别的解决途径，这样就不会有战争了。”

鸢摇摇头：“你那套我不相信，没有战争我们就不能繁衍城市，我知道这是不能逃避的事，即使我讨厌它。”

我托着腮不说话了，我已经习惯了别人把我的想法不当回事，但鸢这么想多少让我有些失落。

战争终于还是到来了，我们的城市要和另外几座城市争夺一座母城。凭借老穆勒的武器我们轻松地战胜了前面的两个对手，这是我们交战的第三座城市。

这天我和鸢坐在屋顶上，看着组装好的重武器由独角仙拉着运往城市的各个高处，街道上穿梭着运输的队伍和背负弓箭的战士，空气中弥漫着松节油刺鼻的气味。

双方城市进入阵地后，战斗开始了。号角响起，两座城市同时向对方冲过去，脚下摇晃起来，阵地上扬起满天的尘土，老司号负责指挥我们的城市周旋进退。在相隔一段距离的时候，我们的城市刹住脚步横了过来，一时间重弩齐射，无数支箭像蝗群呼啸着飞向对面。对方的城市立刻发起还击，可是他们的弓箭射程够不上我们的城市，于是他们暂时退了回去。

过了一会儿，对方的城市开始调整步伐，由平缓的地面向我们加速冲过来。我们的城市迅速调整方位，同时重弩手调整射角，重新布置起第一道防线。轮盘牵动着绳索上弦，又一波弩箭飞出。可是对方的城市速度很快，奋不顾身地冲过了第一道防线。抛车手把浸了松节油的油果点燃，敌城进入第二道防线的射程时，我方准备好的抛车一齐发射，巨大的抛臂甩向空中，把裹着火焰的油果抛向对方的城市。对方的城市立刻炸开了几团火焰，几片房屋着起火来。对方显然没有料到我们会有这样的武器，一时竟不敢前进，拖着浓烟逃开了。

就在我们以为对方要撤退的时候，对方却来了个急转弯，从我们的侧面全速冲过来。人们突然意识到眼前的情况，突袭警报的号角响起来。突袭是一种很冒险的战术，城市很可能会耗尽体力无法撤退，显然对方是想拼命一搏。我方的重弩和抛车一时来不及调整，我们的城市也处在不利的迎角上，等我方的城市刚刚调开身位，敌城的尖角已经抵了过来，一时间叫喊声响成一片。鸢的肩膀颤抖着，紧紧抓住我的手。敌城巨大的重量冲压过来，脚下的地面猛然一阵战栗，我们的城市险些站立不住。它被刺中了肩胛，发出痛苦的吼声。

“快跑！”鸢拉着我的手跳下屋顶，沿着街道跑去。

挡箭牌竖起来了，双方进入弓箭战，拖着火焰的箭支在空中交错。我和鸢躲在一堆茅草后面大口地喘着气。透过茅草，我远远地看见对方的城市上一个熟悉的身影，那个身影矫健地跃上尖角，拉弓放箭。

哥！我突然意识到，那是我的城市！

我不顾一切地冲过去。“我是米列！”我挥舞着双手喊道，可是没有人注意到我，箭支如雨点落下来，我躲在一块挡箭牌后面。不一会儿，我的周围就着了火，我忘记了危险和恐惧，只是哭喊着，却无能为力。

不知过了多久，交战双方开始撤退了，两座城市向阵地两头退去。“哥——”我站出来用尽力气喊了一声。哥哥看到了我，呆住了。那个身影越离越远，渐渐退出了视线……

夜里我躺在床上辗转难眠，一直隐藏在心里的担忧现在变得清晰了：交战的分组是按地域分配的，为的是确保每个地域都有城市获得繁衍的机会，我们是来自同一个地域的两座城市，在战场上相遇的可能性自然大得多。这就是我不敢面对的担忧，现在却真的变成了事实！

哥哥的眼睛不断浮现在我的脑海中。我恨自己亲手制作的武器竟用来攻击自己的城市，我恨那个老头子，我也深知老穆勒发明的武器的威力，明天我的城市不可能赢的。我必须做些什么，为了我的族人和城市。

“米列，你要像个男子汉！”我对自己说。

趁着夜色，我溜到外面。今夜偏偏有明亮的月光，灯塔煌煌地照着，我希望没有人发现我的动静。城市在白天的战斗中受了伤，发出骇人的呻吟。我悄悄摸到抛车前，把抛臂的木栓取下来揣在衣服里，不一会儿我的衣服里就揣了十几个木栓。一切还算顺利，这些武器是不可能在明天之前恢复战斗了。

这时我的头被重重砸了一下，我昏了过去……

我感觉我被扔进一间屋子，是加亚的声音：“哼！我就知道这家伙是那座城市的奸细，白天里我就注意到他了……”

不知过了多久，昏昏沉沉中我感觉城市在震动，有很多人大声喊叫的声音。

“哥哥……快跑……”我喃喃念着。

当屋门被打开的时候第二天的战斗已经结束了，是小诺告诉了鸢，然后把我放了出来。鸢说我的城市被打败了，他们用飞锚拉倒了城市的灯塔，灯塔的松节油泄漏出来烧毁了半座城市。

“听说你的城市伤得很重，也许撑不了多久了，对不起……”鸢黯然地说。

整个部落都在饮酒庆祝，我却蜷在床上伤心地哭起来，就算鸢在一旁劝慰也没有用。我在自己的城市遇到危难的时候竟无能为力，我的城市，我的族人，哥哥……他们都怎么样了？为什么两个互不相害的城市会变成敌人？为什么两群素无仇恨的人们要互相杀戮？

鸢离开了，我独自哭了很久已经没有力气。我听见老穆勒在外面问：“我可以进来吗？”我没有说话。过了许久，他苍老的声音响起来：“对不起孩子，那不是一个游戏……”

我打开门时老穆勒已经不在了，一架滑翔翼放在门外。

随后人们发现城市的伤势已经不能够支撑下面的战斗了，我们的城市只得退出了争夺，等待来年的机会。

五、交配季

战争结束后一些战败的城市陆续离开了，大多数城市留了下来，胜利的城市将取得交配权。

交配季到来了。

在交配季里雄性城市和争夺到的雌性城市结合，雌性城市会在谷地的边缘产下卵，人们则保护这些卵不被小动物盗取。卵孵化出来后，母城把雌性的幼城带入森林，雄性幼城则由父城带走，养育成新一批可供居住的城市。

我们的城市在战斗中被尖角刺伤，正好可以在交配季里休养。

交配季是一年里各座城市间交往最密切的时候，战争的对立在这时候消失得无影无踪，各个部落在这个季节里开展交易活动。城市间连起了悬桥，人们背着各种各样的货物在城市间来往，交换物品。这时城市的街道上到处都是陌生的面孔和新奇的东西，有角梳、蜥皮、水晶石，有可以吹奏出美妙旋律的风笛，有各色花草提炼成的胭脂……

我在老穆勒那里打了一天工赚到了一只回旋镖，又用回旋镖换了一小包胭脂，在一个阳光明媚的下午送给鸢。我喜欢这样的日子，人与人之间友好而亲密，我甚至还和加亚打了招呼。

这时候也是消息流通最频繁的时候，人们互相交换绿洲的信息，打听新的制作工艺，交流狩猎的经验……我到处打听我的城市和族人的消息，却一无所获，看来他们没有留在交配地。但是有一条消息引起了我的兴趣，一些城市里有人流传在北方的山脚下发现了巨龙的骨架，还有人抬回了一枚一人多高的巨龙牙齿。

我决定到北方的山脚去查探一下。没有告诉鸢和任何人，我选了一个天气好的日子，背着弓箭、短刺，独自出发了。我绕过一座座城市，向陌生人打探消息。爬出谷地就进入北方的森林，森林的树木高大得吓人。我从来没有见过这样高大的树木，比城市的灯塔还高上十几倍，树冠都在高不见顶的天上，树干像城市的腿一样粗。在森林边缘的树木还不是很茂盛，阳光稀稀落落地照在林中的空地上。森林里凉快而安静，空地上横着倒下的树干，像巨人的手臂，上面长着苔藓和藤蔓，张牙舞爪的，仿佛要把我缠进去。树林深处不知什么动物发出奇怪的响声。我意识到森林里并不安全，捏紧了弓箭，放轻了脚步继续前进。

我在一处陡峭的山脚边发现了那些骨架，看样子是一些古代巨龙的遗骸——原本埋在山上的地层里，前一段的雨水冲散了土层使一部分山体坍塌了，这些骸骨就散露出来。我惊讶地发现这些骸骨和城市的骨骼惊人地相似，但是体形比城市的小，背部没有城市的宽大，似乎是现在的城市的祖先。那时的城市竟是多种多样的，我看到一个头顶上长着长冠的头骨，一个披着长长棘刺的脊柱，还有一些没见过的牙齿和趾爪。一些奇怪的想法在我的脑海里闪过。

这时我感觉身后传来一阵响动，我猛地回头看见一只一人高的螳螂正移动脚步向我靠近。我本能地把木弓挡在前面，木弓立即被螳螂的刀臂劈了去。我滚向一旁，挥舞起短刺，螳螂张开刀臂寻找机会。我很清楚它只是在寻找一个最佳的攻击角度，如果它出击，我连任何反抗的余地也没有。这时它身体前倾，刀臂紧收到胸前。我明白它要出击了，绝望地闭上眼睛。

只听见一声弓响，螳螂翻倒在地。它受了伤，落荒而逃。我抬头看到那个熟悉的身影。

“哥！”我简直不敢相信我的眼睛。哥哥有力的手臂紧紧把我抱住。

“那么，你离开了城市？”我很吃惊。

“是的，城市快不行了，我不想就这样等死。”

“族人们呢？”

“他们大多不愿离开城市，我领着部落里的几个年轻人走了出来。”

“可是，还从来没有人能离开城市活下来。”

“总得有人试一试，只要我们能够活下来，就证明人可以不需要城市生存下去，我们也就不用为城市而打仗了。”

“哥，我跟你走！”

哥哥抓住我的肩膀：“不，这很危险，你要在现在的城市好好地活下去。米列，你长大了，你会是哥哥的骄傲。”哥哥再次抱了我一下，转身走了。

“哥！”我冲着他的背影叫道，“告诉你，去年我种的浆果结出果实了！”

哥哥黝黑的脸庞上一双明亮的眼睛朝我笑了笑，那个身影很快模糊在泪水中了。

六、鬼城

交配季并不是无忧无虑的日子，鬼城会在这时候出没。那些可怕的庞然大物徘徊在谷地边缘，时时窥探着失去警惕的城市。众多的城市聚集在一起就像一大盘美餐，只需要一点耐心和技巧就可以到口。

这个微风的下午，人和城市都恹恹欲睡，城市卧在地上打盹，谷地上只有几个细小的人影在缓缓移动。这时城市群的一侧传出一阵骚动，所有的城市立刻警觉起来。一座鬼城出现在谷地上，堂而皇之地检视它的猎物。这座鬼城比一般的巨大，它似乎认为自己有能力从城市群中取走它的食物，所以不慌不忙。所有城市都站起来了，尖角朝外挤成一圈，不安地嘶鸣着。

鬼城发现了我们的城市，一座受伤的城市对它来说无疑是送上门的美味。城市和老司号同时察觉到了危险，城市摇晃着向群体的中央跑去，老司号也吹响了号角。这时鬼城突然加速，贴着城市群包抄过来，它沉重的身躯竟使得地面隆隆震动起来。鬼城抢先把我们的城市和群体分隔开了，老司号只得指挥城市向谷地外跑去。鬼城这时不着急了，一座城市离开了群体就失去了抵抗，何况还是一座受伤的城市，它不慌不忙地跟上来。

眼看灾难就要降临，女人和孩子们吓得躲到屋子里，男人们拿起武器准备殊死一搏。加亚带领他的手下拿着武器跑到城市的头部，准备迎击鬼城。一个主意在我的头脑里闪出，我跑回屋子取下老穆勒做的滑翔翼。

我大声对加亚说："我有个主意！我知道一条路径，让城市跟着我，我飞到天上就可以指引方向！"

加亚惊愕地看着我："你疯了！没有人能飞起来，你会没命的！"

"我行的！相信我！用抛车点燃前面的灌木丛，快！"我生平第一如此坚定地喊道。

加亚被我的气势震住了，只低低地说了声："你这个疯子……"

抛车把燃烧的油果抛向灌木丛，灌木丛燃了起来。我背着滑翔翼爬上尖角，又一次，城市在摇晃，大地在摇晃，意外发生那天的感觉再一次袭来，我全身颤抖几乎无法呼吸。

米列，你不能退缩！你行的！我对自己打气。城市经过灌木丛的一刻我纵身一跳，我睁开眼睛时看见地面正在离我而去。

我飞起来了！

加亚仰着头惊呆了，我大声喊："快！告诉老司号，让城市跟着我！"

上升气流托着我飞向高空，城市、谷地、森林都在我下面变小了。我看见了发现骸骨的那个山脚，控制滑翔翼向另一个方向飞去。这时我着急地看到城市仍然没有转向跟上来，难道加亚不相信我？过了一会儿，城市终于跟过来了，我在上面引导着它绕过山脚的森林，地面上受了伤的城市一颠一簸地奔跑着，鬼城则慢悠悠地等着猎物耗尽体力。我继续控制滑翔翼转向，终于城市沿着一个半圆绕到了山脚后面。正如我所料，落在后面的鬼城发现猎物逃跑的路线是一个半圆，立刻抄近路从山脚切过去。当鬼城沉重的身躯跑过山脚的滑坡带时，松动的山体坍塌了，岩石和泥土隆隆倾泻下去，鬼城被埋在一片烟尘下再也没有起来。

七、城市

我回到城市，得知加亚为了取得城市的控制权打伤了老司号，但是已经没有人在意这个了，重要的是我们打败了鬼城，这简直是一个奇迹。整个部落欢呼起来，人们呼喊着我和加亚的名字，把我们拥在中间。有那么一瞬，我透过人群看见鸢失落的眼神。

然而紧接而来的打击使人们沉默了，城市原来就负了伤，又在奔跑中耗尽了体力，已经奄奄一息了。

第二天城市停止了呼吸，人们赖以生存的家园轰然倒塌了，整个部落笼罩在悲伤和绝望的乌云中。人们纷纷开始挥霍最后的日子，储藏的食物被搬出来肆意取食，人们彻夜饮宴狂欢，成桶的酒倾倒出来在街道上流淌，没有人理会醉倒在街上的人。鸢一整天地跪在房间的角落里抽泣，我和加亚一点儿也帮不上忙。

眼看整个部落陷入崩溃，我提出了一个建议：我们应该离开城市去寻找生路。

人们仿佛没有听懂我的话，愕然地看着我。

“我们不能待在这里等死，走出去才有机会生存。”

人群沉默了很久，有人说道：“我们不可能离开城市生存下来的，我们没有能力抵抗危险的动物，再说，我们根本没有办法在平原上迁徙、寻找食物。与其在地面上饥渴劳顿地死去或成为食物，还不如留在这里死得安然。”

“我们可以种植植物收获粮食，我的试验已经成功了，我们还可以饲养昆虫作为食物，就像我们饲养独角仙那样。只要我们团结起来就可以战胜任何敌人。”

人群中响起一阵低语，有人叫道：“别听他的，他是个骗子！奸细！我们的人太少，力量太小了，我们还是回去喝酒吧！把一切烦恼都忘掉！喝——”

“不！我哥哥他们已经在地面上生存下来了！一旦我们成功就会有更多的人加入我们。而且——”我看见了人群中的老穆勒，鼓足勇气继续说道，“虽然我们的力量有限，但是我们拥有智慧，用智慧去驾驭力量，我们就可以做到任何事情，就像打败鬼城那样！”

老司号拄着拐杖走出来："我们不会离开我们的城市，它是我们的家，它是我们每一个人的归宿。"

这时老穆勒朝我点了点头，是的，是时候了，是时候告诉人们了。我坚定地说道："不，城市不是我们的宿命！我在山脚看到过那些巨龙的骸骨，那些是城市的祖先，从前的它们有很多种类，但是它们没有能适应环境的变迁而灭亡了，只有现在的城市和鬼城幸存了下来。城市进化得更加庞大，背部变得更加宽阔，你们有没有想过这是为什么？城市为了求得生存而进化得更适宜我们居住，是城市在适应我们。城市有了我们的协助才得以勉强延续在这个并不适于它们的时代，但是早晚有一天，城市会在这个时代中灭绝的！的确，城市提供给我们更优越的生存方式，但是这种优越也限制了我们的发展，在我们进化的道路上埋伏下危机。如果我们不能摆脱和城市的共生关系，终有一天我们会和城市同遭厄运。我们不能再依附城市了，我们应该在城市之外寻找一种新的生存方式，一种独立的生存方式，现在正是我们的机会！

"再也没有强加于我们身上的战争，再也没有失去家园的忧虑，我们会创造自己的城市，完全新的意义上的城市！"我鼓起勇气一口气说完，忐忑地等待着人们的反应。这番话是老穆勒教给我的，我已经在心中演练了无数遍，能否说服人们我们心里也没有底。老穆勒说过，人们最大的障碍不是苟且安逸，不是对于危险的种种顾虑，而是人们的思想深处无法改变自祖先以来延续了无数世代的生存方式。

"他说的没错。"加亚从人群中走出来，"我才不会留在这个鬼地方等死，我要离开城市，不想等死的就跟我来！"

加亚的几个手下站了出来，人群中一阵骚动过后，十几个年轻人也站了出来。

一共二十三个人，我们将由加亚带领离开城市，踏上未知的土地去寻找新的生活，也许正像老穆勒说的，有一天我们将赋予城市新的含义。

“鸢，你真的不跟我们走吗？”我伤心地说。

鸢的眼睛像一朵带雨的云彩：“我……我不能丢下族人。米列，你会成功的，原谅我一直把你当成孩子，你已经长大了呀……”

我回过头去不忍心再看她。

老穆勒放开小诺：“米列，我把小诺交给你了，我这把老骨头再经不起折腾了，你替我照顾好小诺，好小子，我知道你能行的！”他用力拍了拍我的肩膀。

我们的队伍像一串小小的火把在森林中穿行，跌跌撞撞却依然颠扑不破。

“跟上！蠢货！”加亚在前面喊道。

我把小诺扶起来，他从地上抓起木蜻蜓，连同一把泥土紧紧地攥在手里。

小诺擦去眼泪跟上队伍的脚步，他一只手紧紧地抓着我的手，一只手紧紧地抓着木蜻蜓。

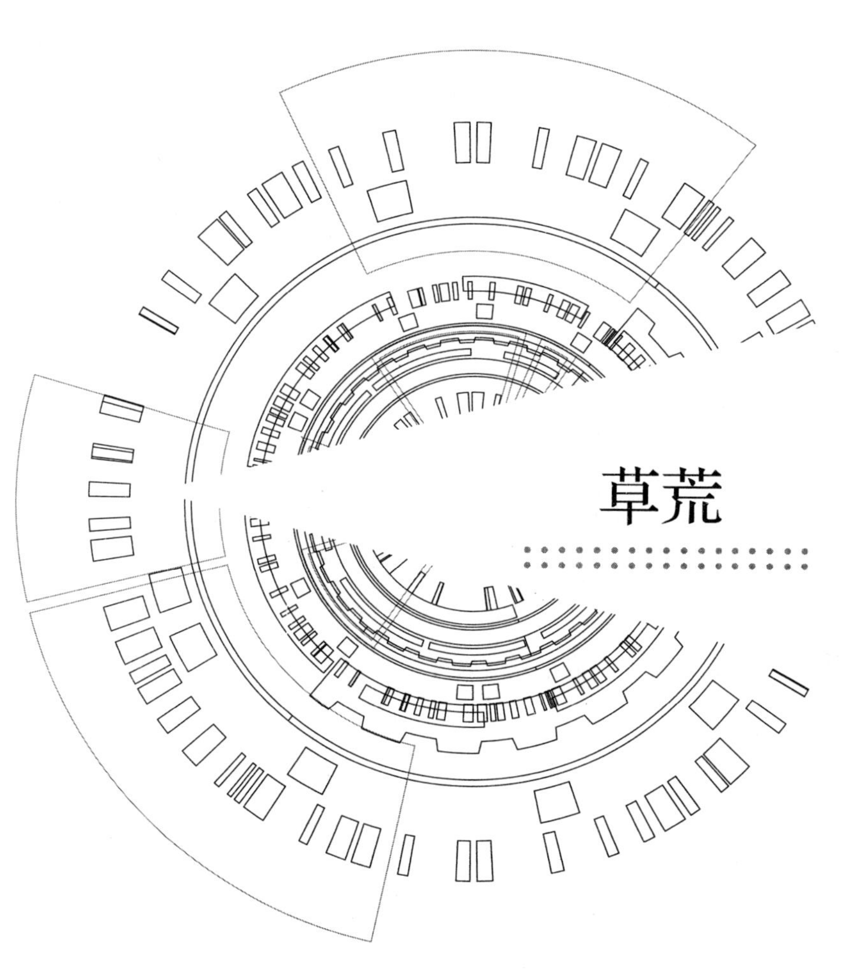

草荒

就像生命中的一些记忆，那场草荒来得突然而隐秘，无声无息，如鬼魅的影子席卷而去。我是那场草荒的唯一的记忆者，那年夏天我9岁，是小皇子。

从我记事起森冷的威武殿上总是回荡着父王的咆哮，像不散的阴魂。那些日子，边境上总是流淌着金属和火焰，这个狭小偏僻的国家装不下父王的野心，他呼喊着他的士兵，王国的军队像狼群一样吞噬着边外的土地，同样残酷地镇压国中的暴乱。我猜疑那些死去的魂魄就无所依归地游荡在宫殿的柱檐间，直到有一天这宫殿归于尘土，它们才会瞑目。

让父王失望的是，我没有继承他对权术的欲望，我对宫廷和军队的事务也丝毫不感兴趣。相反，我甚至对天上的白云和水里的落花怀着细腻的感情，于是我成了皇子中最不成器的一个。父王从来不看重我这个叫阈延的小皇子，只任我在皇宫里面游逛，皇兄们也不屑与我为伍，后来他们在父王面前高谈阔论的时候，渐渐忘记了我也是皇族的一员。不幸，其实也是一种幸运，我成了这个皇宫里最清闲、最自由的人。

皇宫里狭促无聊得很，宫墙的一处隐蔽着一个坍裂的洞，只有我知道这个秘密。我常常钻到皇宫外面玩，穿上奚庶给我的布衣，没有人能辨认出我的身份，偶尔只有一些能观人识面的异客会惊讶于我的神色。我喜欢在傍晚时爬上城头眺望，这时天上的晚霞就像一幅画卷缓缓展开，映着城外的草色微亮流动。树影沉静，牧童骑在牛背上吹着悠扬的笛声归来，奚庶也在其中。

奚庶是我最好的伙伴，在宫外只有他知道我皇子的身份，这是我们之间的秘密。

奚庶的家在城西一片简陋的茅屋那里，即使是王城里也不乏这样的贫困百姓聚居的地方，他们穷苦却纯朴善良。奚庶比我小两岁，尽管如此，他的身体仍然显得过于瘦小，好像经不起一阵风吹，这是战乱年代普遍的营养不良造成的，而父王永远不会看到也不会关心这些。

奚庶的爹早年战死疆场，是他娘抚养他长大。我总是看见奚庶的娘跪在一个神龛前面念念叨叨，而神龛里面空空如也。我问大婶里面供奉的是什么时，她茫然地摇头，一缕光线落在她黯淡的脸上，忽然她又惶恐地垂下头，眼里放出虔诚的光来。和奚庶的娘一样，在那个灾祸横行的年代，所有百姓都在茫然地盼望，寄望于冥冥不可知的力量。任何风吹草动都可以解释为神灵的暗示，各种暴乱由此层出不穷，打着先圣或神明旗号的起义队伍纷纷建立起来，又在父王的利刃下像草一样倒下。

我憎恨父王对生命如此轻弃，我不知道他为什么对他的人民怀有这样的仇恨，他们并不像父王说的那样是顽劣的暴民，我亲眼见到他们的默默承受和善良，连走投无路时的反抗都是不堪一击的。

谁也没有料到那些自我安慰的预言会变成现实，对暴君的惩罚果真到来了。

一切是由异客开始的。

那一刻我正坐在城头，天色将晚，空中飘着街市的喧响、尘土的昏黄和市井的躁动气息。微斜的阳光里，那辆由三匹骆驼牵引的车载着一个外番客穿过城门，像一片云朵出现在王城的街道上。

奇异的驼车和奇异的来客立刻招来了众人的围观。我满脸灰土地滑下城头，钻进人群。只见驼车不疾不徐地从看客中间穿过，车上挂满了闪亮的物件，车顶上还有两个击鼓的机关人，细看去跟来客一样是外番人的模样，不倦地敲打着，叮叮当当。这番景象在围观者麻木的脸上激起了些许兴奋，街道变得拥挤、热闹起来。来客身形清瘦，面相奇异，半闭着眼睛，丝毫不理睬旁人的围观和议论，高傲得像世外的仙人。

他就是后来人们传说的神的使者。或者，只是地狱的使徒。

车幔前悬挂的一只香炉散发出一种迷香，车子竟然径直驶入了宫门……

我躲在威武殿的一角探看。大殿的长宽都有百步，来客站在宽广威仪的殿堂中间就像是一根卑微的草。父王在高大的王座上虎视着殿下的来客，那颗暴虐的头颅似乎要恶狠狠地倾轧过去。看来他们已经有过一番交锋。父王叫他"西来客"，人们一定奇怪他是怎么穿越西边广阔的沙漠到达这里的。

"那么，你真的是来给朕献草的？"父王的语气中透着轻蔑。

"是的，陛下。给陛下献上世间罕有之奇草。"西来客的声音轻轻飘荡在殿中，若有若无，仿佛荡涤了一切尘埃。

"世间真有你说的那种神奇的草？朕没听说过，朕的大臣也没听说过。你是欺朕见识短浅吗？"

西来客优雅地拜禀道："不敢，陛下。以陛下的雄韬伟略怎么会在意一根小草，那只不过是小民献给陛下的消遣罢了。草籽就在小民的行囊中。"西来客的谦卑中隐隐含着居高临下的气度，但父王无从发作。

"少啰唆，你展示给朕看！"

"小民需要借陛下殿外的阳光一用。"

大殿外，西来客铺开一张毡毯样的东西。我偷偷挤到看客中间，只见毡毯上面长着青草，鲜亮柔韧，和一般的青草并无二致。

"陛下，这就是草籽生长出来的奇草，需要用特制的机关才能与之交流。"

"交流？不过是一些草罢了，朕从来只命令！"父王由十几个大臣簇拥着站在天阶上，他按着腰间宝剑，随时准备将这个不称职的小丑杀死。

我暗自为西来客的命运担心，我知道在父王面前哪怕是一个语气不慎也有可能脑袋不保。

西来客的语调平静而柔润：“草亦是生命，它们可以交流，可以表达，更蕴含着意想不到的力量，陛下很快就会看到。”他狡黠地一笑。说话的时候，他已从驼车里搬出一架奇特的机关，机关是铜制的，这样质地的黄铜就连国中最优秀的冶炼技术都不能做出。机关的构造则更令人称奇。机关下部是一个三脚支架，支撑着上部的轮盘，轮盘由大大小小的铜制齿轮和连杆拼成。这些铜制构件精妙绝伦，交错咬合，层层勾连，复杂、精美得令人瞠目。

众人发出暗暗的赞叹，直直地盯着那架机关，父王则目不移视，一言不发地注视着西来客的一举一动。

机关立起来约有一人高，西来客拨动下面的几个拉杆，轮盘上的无数齿轮立刻转动起来，发出如群鸟唼喋般的声响，闪烁着金属的光泽。西斜的太阳在殿脊上投射出最后一道光辉，阳光透过轮盘在草面上解析出变幻的光斑。

忽然间，草叶像是被光的手指唤醒了，浮动起来。

大臣们激动得又往前挤了挤，他们肥胖的屁股遮住了我的视线。我挪到了一个合适的位置睁大眼睛等待着草的变化。西来客继续操控拉杆，随着齿轮的转动和连杆牵动齿轮组合的改变，光斑在草面上交错、相叠、聚合、解离……变化万千，如同一种神秘的文字。草面时如一方静水波光粼粼，又忽如激越的火苗升腾盘绕，随着光的符号释放梦幻般的舞蹈。

真有如此神奇的草！我看得入了迷。我要把这个故事讲给奚庶听，这肯定抵得上他的十个故事！

父王看得微微张开了嘴巴，看见父王露出满意的神情，西来客停止了机关，草面渐渐静止下来。

西来客上前恭敬地说道：“正如您所见，它们用舞蹈向您表达了敬意，也展现了它们的价值。”父王头也不回，他正在命人把机关抬进他的仓库中去。

殿上，父王高兴地说：“朕收下了草籽和机关，朕要奖赏你！”

西来客竟不动容：“草民有幸取悦陛下，不敢讨赏，草民只想让陛下见识，渺小的生命未必是低贱无为的……”

父王不耐烦地挥手，令人用黄金和丝绸打发了西来客。西来客叩谢，浅浅地笑，转身走下大殿，乘上驼车消失在大道上，就像一朵云彩消失在天边。

后来我回忆那个西来客时竟记不起他的容貌，只能隐约地记住他彩蝶般缥缈的气息，传说中最妩媚的妖孽，也不过如此了吧。

果然奚庶对奇草的故事着了迷，他头上沾满了枯草，蓬乱的头发下面一双眼睛瞪得大大的，像一只田鼠，我忍不住想笑。

我心里得意极了，因为平时我难得掌控局面，奚庶的脑袋里总是装着比我多得多的故事，就连我在母后跟前听来的故事都不及他的有趣。我们喜欢藏在他家屋后的草堆里，奚庶骑在草垛上，嘴角嚼着一根草梗，瘦黑的脸上眨着一双狡黠的眼睛，他啪嗒一声甩动草梗就开始讲故事。他讲天边的牧羊人，讲肥胖的偷羊的狼，讲牧羊人祈求九天尊神保护他的羊群不受伤害，于是九天尊神派出了骑龙的天神……讲到这里，奚庶就仿佛骑在一条龙上手舞足蹈，我听得忘记了云彩的流动。当他讲到“于是天神让龙把狼和牧羊人都吃掉了”，我俩笑得在草堆里打滚，裹成了两个稻草人。

每次我们都玩到太阳下山，直到奚庶的娘来把他抓了回去，我才偷偷地溜回宫中，把换下的粗麻布衣服藏起来，到膳房抓点东西充饥，领取母后偶尔的责骂，这时我总能撒几个小谎蒙混过去。

童年愉快的时光就像草间的风那样易逝，这会儿我还不明白。

奚庶催促我再多讲一些，我装作努力回忆的样子，奚庶只好眼巴巴地盯着我的嘴。我张开嘴，他立刻屏住了呼吸，然后我说没啦没啦就这些了。奚庶悬着的表情慢慢变成沮丧，又变成坏笑。突然，他张牙舞爪朝我扑来，我早有防备地躲开了。我们在草堆里嘻嘻哈哈地追打起来……

故事一定会有的，十日之后是父王的寿辰，我知道他一定会在寿宴上展示他的奇草。

父王的祝寿晚宴上会集了朝中的大臣和连夜从前线赶来的将军。这次，他要向臣子们展示一场奇妙的表演。父王高坐在天阶的顶端，众人分列在王座两边。皇兄们把我撇在一边聚成一堆聊天，每当这个时候母后就把我搂在怀里，母后是这个世界上永远不会嫌弃我的人。

众人一边观赏着舞乐，一边七嘴八舌地猜测即将开始的表演。从天阶上望去，下面广场上的石板已经悉数起走，原来的广场已经变成了一片宽阔的草地，之前撒上的草籽不消多时竟长成齐膝高了。人们都露出惊异的神情，这显然让父王很高兴，我看得出其中几副表情的虚假，不过过一会儿他们就会真正地目瞪口呆的。

天边的红云降下去的时候，天阶上红色的宫烛燃起来了，整整三百支，把整个天阶照得通明。五十面铜镜把烛光汇聚到广场，投在那架机关的精密的轮盘上，再经过轮盘的过滤投射到草地上。机关笼罩在跳跃的金光中，更显得神秘。

我希望奚庶也能在这里看到这一切。

父王站在天阶顶上，高大威严。他饮尽一樽酒，说道："不久前朕偶得一奇物，今天是朕的生日，就让这奇物来为朕助兴！今晚众爱卿当尽情享乐，观赏这世间难得一见的神奇表演！"

伶人退去，众人顿时鸦雀无声。没有人知道那台机关的确切用法，有宫人拨动拉杆，机关立刻咔咔地运转起来。轮盘上飞转的齿轮把光柱凌空打碎又重新在草面上组合，变幻成只有这些草才能读懂的秘语。像有凉风吹过，广场上的草瞬间活了，荡漾开一圈圈涟漪，飒飒有声，如水中的水草摇曳起来。广场四周的火把照在草面上光影灼灼，仿佛燃烧的海水。

是的，海，我听说在东方大陆的尽头是大海。我从远方过客的口中听到过大海的模样，可是我从来没有见到过，现在眼前的景象仿佛就是梦中的大海。

众人压低声音发出惊叹。

突然海水翻滚起来，海波澹澹，涛声不息。海面分开了，仿佛有庞大的帆船船队摇着数百支巨桨驶来，从眼前经过，就连海风带来的腥沫和水手的歌号都真真切切。片刻后，船队渐渐在夜色中驶远，水波合拢，归于平静。

这时我才感觉到四周的安静，只有夜色里微微送来的虫鸣，众人连同父王都沉醉其中。我把一个果盘打翻在地，没有人注意到我，于是我悄悄从桌底钻出来，爬下天阶跑到草地边上。我伸手触摸草叶，那些温润的东西贴在我的肌肤上，我倏地缩回手，一股生命的躁动在指尖膨胀。

宫人们在草地前面七嘴八舌地讨论着机关的用法，有宫人试着调整轮盘，光纹又变幻了另一组组合。一瞬间，一片沙漠出现在眼前，沙丘高低起伏延伸向远方，烈烈黄沙，热风阵阵，烈日炙烤着沙砾发出细微的爆裂声，黑夜也在我的头脑中变得白亮刺眼起来。一阵马蹄声由远而近，十几个刀客骑马飞奔过来，在沙地上留下几串纷乱的马蹄印。刀鞘拍击马背的声音，水在牛皮袋中摇晃的声音，我甚至听到其中一个壮汉的咳嗽声。马蹄声远去后，沙漠又恢复了眼前的草地。

机关继续变动，这次的草地看上去是一群士兵正在操练阵形，变换有素，气象万千，戈矛纵横。

就在这时，机关突然发出刺耳的声音，失控似的疯转起来。连杆不停地牵动齿轮变换着组合，奔泻出紊乱的光流。光瀑在眼前飞奔，我隐约地感觉到，在这紊乱的表面下，似乎都有一套事先编排好的程序，这些齿轮自动地飞奔、咬合、重新组合，把一组组光的指令飞快地传递给草地。

有人设计好了这一切！

突然间，草地发出隆隆的响声，只听见士兵如潮水般涌过来，地面都在震动，草面蓦然立起，如巨浪形成的水墙向前推进，士兵瞬间就杀到了跟前，明晃晃的矛头仿佛已直指鼻尖！

我的心脏陡然缩紧了，我跌坐在地上，听到母后呼喊我的名字。娘娘们早已被吓得花容失色，掩面尖叫起来。臣子们乱作一团，将军们大喊着“护驾”冲到父王身前，父王大喝一声站起拔出佩剑，宫人被吓得抱头鼠窜撞倒了机关。光纹消失了，草地霎时恢复了平静，如同什么事也没有发生过。

我跑回母后身边，母后紧紧把我抱住，小声地斥责我。众人呆若木鸡，等待着他们的王的反应，那些操纵机关的宫人更是绝望地看到了自己生命的尽头。过了片刻人们竟然看见王大笑道：“真是一场栩栩如生的表演啊！”众人这才噩梦初醒，纷纷附和赞叹。

寿宴继续进行，饮酒和歌舞一直持续到深夜。经不住这些无聊的节目，我早就在母后怀里昏昏沉沉地睡着了。寿宴结束后，醉醺醺的看客们在家仆的搀扶下纷纷散去回到府中。

没有人知道，那一夜草荒就在人们的熟睡中开始了。

第二天，我是被宫人们惊慌的叫喊声吵醒的。我跟着纷乱的脚步跑到威武殿外，看见草已经蔓上了皇宫的主干道。以广场为发源地，那些嫩绿的小东西竟然不依赖泥土，仅仅以根系相连通就蔓延开来。内务官指挥一帮宫人在草深至膝的广场上除草，从他们的脸上就可以看出父王的震怒。父王岂能容忍这样低贱的东西挑衅他的威严，哪怕只是匍匐在他脚下。然而草如同跟人们捉着迷藏，这里除掉一片草就会有更多的草从那里疯长出来，任宫人们手忙脚乱，草像地下的泉水，无穷无尽。

看见这些草把皇宫搅成一锅乱粥，我竟然乐了。我飞快地跑到城外，找到奚庶，把这个故事告诉他，在我们眼里这是一件稀奇有趣的事。

夏季城外的草绿如一面湖水，阳光温柔地照着，把一根根草叶镀得晶莹透亮，风在草间和缓地吹过，揉起细雨一样的声音。我和奚庶懒洋洋地趴在草丛里谈论，我说："天神要显灵了吗？"奚庶哈哈地笑了。这时几匹传令的快马从王城里飞奔出来。

我从墙上的缺口钻回皇宫，这是后宫的一个花园，平时没有什么人来。我拍拍屁股，用枯草把缺口的两边盖住。我从一座假山的洞里掏出锦袍，换下身上的布衣藏到里面。我转身离开的时候从假山后跳出来一个丫鬟把我吓了一跳，我认出她是母后的丫鬟霞儿。我慌忙理整好衣服，拍掉头上的草屑。

"你认得我。"她咯咯笑着，"你在这里干什么？"

我不知道她是不是在试探我，便没有理睬她。

她恍然大悟："哦，那些草就把你吓得躲到这里啦！嘻嘻……"

我松了一口气，假装不服气地说："我才不怕呢！要是你敢告诉别人我躲在这儿，我就叫母后责罚你！"

霞儿咯咯笑着跳开了："我不怕，容妃疼我呢！不过，那些宫人现在可都被吓坏了，王好像动了真格的。"

我跑到大殿前果然看见运输的车队正在把一车车的硫黄和生石灰运进宫，铺撒在广场和道路上，以阻止草势蔓延。

可是草还是顽强地蔓延开来，在一天的时间里覆盖了广场，占领了道路，爬上了青石的台阶。这些绿色的生命比父王的军队还不知疲倦地侵占着所及的一切，这些原本在人们眼里无比渺小的小东西渐渐显露出可怕的力量。

它们更蕴含着意想不到的力量——我想起西来客说的话，不由得打了个寒战。这个神秘的来客优雅而谦卑地把父王耍弄于股掌，他究竟是什么目的?

最恼怒的自然是父王，他下令在国境之内彻底追查西来客。这定然是毫无结果，没有人能记得起西来客的相貌供画师参考，即便找出他并不需凭相貌，那个人也似乎从来没有存在过。父王又把草患肆虐迁罪于内务官的无能，因为他不相信这些小丑一般的角色也有力量向他挑衅。父王杀了治草不力的内务官，任命了新的。这个倒霉的家伙继续着前任徒劳的抗争。

到了晚上，草的高度已经没过了我的头顶和大人的腰际。宫殿简直成了浮在这片草海上的楼船。

这样茂盛的草让我想起了六岁那年的夏天，父王到前线视察，我跟随母后到郊外的游猎场出游。没有往时的车仗，我们只乘了一辆轻车出发。随车的是一名年轻的卫队长，他被甲披剑，散发着骄阳般的气息。齐腰的青草在天幕下灿烂地铺展，滚动着勃勃的生机。母后穿着一袭华丽的衣裳在草地上奔跑、舞蹈，像一片流淌的云霞。连卫队长都忘记了身份，直直地看呆了。那是我见过的最美的草地，那是我见过的最美的母后。

然而眼前的草地却不似那日的美好，它们仿佛一堵幽深的墙，包裹着未知的力量，让我隐隐感到不安。我坐在高高的天阶上，尽量逃开那无处不在的压迫感。今晚连各种鸣虫都似乎察觉到了某种异样的力量，停止了鸣叫，四下里是令人窒息的寂静。

我摸了摸放在胸前的一件东西，心里有了些安定的力量。这是一只用草编成的飞鸟，奚庶送给我的生日礼物，我认为这是皇宫里那些御匠师们制作的精巧的礼物远远不能及的。当我跪谢父王时，我接过来的是一件没有生气的死物。而奚庶叫我闭上眼睛，当他讲完一个故事，把这只飞鸟放在我手中，一片天空在我的眼前展开了。

凉夜中仿佛有水流过，拂着青石，浸人的冰凉让我毫无睡意。我抱着肩膀看着下面除草的宫人来来往往，火把照亮着那些惶惑的脸，他们的生命就像草一样卑微，甚至还要衰弱。

新的内务官终于决定冒着失火的危险用火攻。然而他的担心很快被证明是多余的，几十只火把被扔进密密的草丛里，就像扔进了一个幽深的湖，火焰晃动几下便熄灭了。内务官恶狠狠地命人把库房里的灯油都搬出来，倾倒在草地上。更多的火把扔进去，熊熊的火焰腾起来了，草地被烧得噼啪作响，火光映红了半面天空，宫人们欢呼起来。

这时草地发起了反抗，整个草的海洋忽然猛烈地涌动起来，每一根草叶都像受惊的毒蛇缠斗着，在火光里无数条细长的影子汹涌而默契地摆动，汇聚成一波波巨浪把热气推向外围。巨大的涛声盖过了火焰燃烧的声音，草海与火海搏斗着，热浪被草浪席卷着扑面而来，冲击在天阶脚下激起大片余烬。热浪扭曲了空气，使得眼前的景象看起来好似地狱的幻景。直到被热浪舔醒，人们才慌张地拼命逃散。没过多久，火焰就在草浪的冲刷下奄奄一息了。当最后一朵火苗熄灭，内务官发疯似的冲进草丛，挥舞着刀疯砍起来……

我惊慌地跑回寝屋，蜷缩在榻上不敢触碰地面，好像只要我一碰上去就会有草生长出来缠住我，直到母后过来哄我入睡我才睡着了。那一夜草海和火焰在我的梦境里缠斗不息，整个世界只剩下我睡的小小的榻。

第二天天空开始泛亮的时候，第二任内务官的生命也结束了。这时草已经蔓延到了皇宫外面。

这天清晨的天空并不晴朗，大雾遮盖了初升的太阳，沉闷地笼罩在皇宫上头。雾气中草木墨色的影子已经没过了所有人的头顶，在这片噩梦的森林面前，人们就连原先的一点高度上的心理优势也不复存在了。

我钻过草叶稀薄的地方，爬上一座箭楼。透过苍白的雾气我隐约看见草色斑驳地爬满了地面，我知道这会儿它们已经占据了大片的皇城。

我担心起奚庶来，他一定不会到城外去放牛了，因为现在整个王城都成了一片巨大的草地。

四周静得可怕，这已经不是平日里与我们亲密无间的草，没有亲切和熟悉的感觉。我仿佛看见白色的雾气里死亡在蔓延，草在雾气中爬上箭楼。

由于草祸，皇宫里正常的事务都停止了。父王坐在空荡荡的威武殿上，殿壁的金光寂寥地晃在他脸上，几个官员在下面瑟瑟发抖，这会儿皇兄们早已手足无措地躲到后宫里。

我坐在大殿的门槛上，看着角落里萧索的父王。我不喜欢这个人，现下却额外地生出一点同情来。他的无比强横的世界在我的眼中一点点沦陷，我想窃笑却又感到一阵心酸。父王看见我，眼睛闪动了一下，又立刻恢复了王的威仪。

据报皇城里开始流传这样一个说法：那个神秘的西来客是神的使者，这场草灾是神灵降下的天罚，来惩罚亡国的暴君，救生民于水火。

父王很清楚在这样的情况下会发生什么事，他命令传令官拿着令牌分赴各地去班师勤王，防备趁乱而起的暴动。

然而传令官根本没能走出皇宫。在谁也没有发觉的时候草地悄然露出了凶性。它们不再是安静地占领，而是利用触手般的草叶，开始清除势力范围内的异类。那个年轻的传令官跑下天阶便一头扎进密密的草丛里。他匆匆的背影只在我的视线里停留了一小会儿，然后跌倒，被草绞缠、淹没，没有喊叫和挣扎，甚至连倒地的闷响也没有，就像躺下睡着了一样，空气中只留下隐隐的汗味。

所有通向外界的道路都被草切断了。

父王像一头暴怒的狮子咆哮道："士兵！朕的士兵！"他的愤怒中显然带着惊慌。他曾无数次喊出这句话，去向敌人施加恐怖，去对"暴民"实施镇压。然而这是第一次，我看到父王为了在惊慌中寻得一点安慰而呼喊他的士兵，就像我儿时不慎闯入后宫幽暗的水牢时惊慌失措地呼喊母后那样。

雾气已经被阳光驱散，宫殿四周的士兵在这明媚的阳光中依旧显得面色呆滞。他们森然侍立，冰冷的矛头散发着常年征战的淡淡血腥味。我曾钻到士兵们的脚下玩弄他们的麻布衣角，他们的膝盖就会像这时一样瑟瑟发抖。

父王曾经指着这样的一群士兵对我说："这些都是你的士兵，你可以令他们为你杀人。"

我怯怯地摇头。

父王弯下高大的身躯，在我的耳边明媚地笑："孩子，士兵天生就是用来杀人的。"他突然挺直了背，声音变得可怕，"你不要，他们就得死。"

我看到那些士兵的脸色变得苍白，他们绝望地看着我，然后一个个在我面前自刎而死。血漫到我跟前，像一场噩梦，我张开嘴，却不能叫喊。我想退后，想跪倒，却被父王铁夹一样的手紧紧箍着，直到鲜血浸红了我的脚……

从那以后我无数次从那个噩梦中惊醒，它伴随着我对父王的怨恨和恐惧烙印在我的记忆中。

一队士兵惊慌地跑来，他们和曾经在我面前死去的那队士兵一模一样，甚至和所有曾经死去的士兵一模一样，就像复活的亡魂，为了王的命令再次赴死，轮回不止。

"杀死他们！"父王已神智狂乱。士兵们并没有看到敌人，他们想看清楚父王的所指，然而父王的手在空中游移不定，天阶下只有一片幽深的草。

士兵们走进草丛，草淹没了他们，站在天阶上只看见一点点亮晃晃的矛头在草上移动。那些长矛行进到草丛深处时纷纷倒下了，草面上的痕迹重新合拢，阳光明媚地在草间照耀，宁静安详。

这次父王没再咆哮，他像一只猫一样安静了下来。正午的时候天空中升起一柱烽烟，像一条代表着末日的黑色丝带飘过宫殿的上空。这是守军点燃了城头的烽火，宫里的人知道暴乱终于爆发了。

父王深陷在王座里，胡子拉碴，木然地抚摸着佩剑，他曾经喷吐着火焰的双眼已经变得黯淡乏力。他一生不倦地将战火推向远方，却没有想到一场草荒会在他的皇宫里烧起来；他用武力去征服最强悍的敌人，却想不到自己会被他看来最渺小的东西击溃。

这场草荒来得如此突然和迅速，像岁月一样猝不及防，令父王像秋天的衰草一样老去。无论这个人是个暴君，是王，还是别的什么人，我不能忘记他是我的父亲，无论我曾经多么憎恨于他，现在我都不能在他衰败的时候无动于衷。

我走到父亲跟前，扶住他的手，温和地说："父王，阈延在这里。"

父王看见了我，发出一声叹息。他的手从佩剑上移开，抚在我的头上。他栽培的那些只关心权力的皇兄们，在这时候却没有一人来顾怜一个老去的父亲，现在他该知道了。

父王突然问道："我是一个残暴的王，是吗？"

我惊讶得不知怎么回答。

父王又梦呓般低沉地说："可是，一旦他们拥有了力量，就会变得跟我一样残暴。"

我惊讶地看着他，不知怎么理解他的话。

“我了解他们，因为我曾经和他们一样，我是32年前那场暴动的起义者。”

我被父王的话震撼到了。我从来不了解父王的身世，在我出生时父王就已登上了高位，连母后也不告诉我父王的事，宫廷里的老宫人只对我说，这个国家是王在一片战乱中建立起来的。我没有想到父王也曾经是一个庶民，也曾经为了生存与自由而反抗暴政，然而荒唐的是，他最终却成了他所反抗的暴君。

“除了高贵和卑贱，每个人都是暴徒，只不过我以王的名义，他们以万民的名义！”父王继续梦呓般说着。

不，我看到的不是这样，他在为他的凶暴寻找借口。

“你会看到的！”仿佛在回应我，他吼叫起来，“他们就像那些该死的草一样卑贱无情！他们不会得到光明，他们用黑暗埋葬黑暗！”

我在父王的眼中看到了一样他拼命想掩藏的东西，是恐惧，用十倍的暴虐也掩饰不了的恐惧。

“我绝不会让那些低贱的东西践踏皇族的尊严！”父王一时间竟又充满了力量。他立刻下达了命令，派士兵把皇族的成员都保护在后宫里。

我躲在母后怀里，母后抱着我，嘴唇抖动着叫我一定要逃出皇宫，这里已经不安全了，比外面那些草更不安全。

我不明白母后的意思，为什么她宁愿把我推到外面荒草丛生的世界里。母后不说话，只是收拾东西。她把一个布褡裢挂在我的脖子上，里面装着她的首饰和我爱吃的肉饼。我突然意识到，首饰是让我日后谋生的，这不是暂时的躲避。

母后梳理着我的发鬓，在我的耳边叮嘱道：“阈延，穿上这套衣服，趁着草还没有完全封锁后宫，钻出皇宫去，不要再回来了，以后你得靠自己了。”母后说着把一套衣服塞给我。

这是我偷藏的粗麻布衣，母后竟然早已包容着我的秘密，我忽然感到一股温暖。我哭泣着抱住母后不要离开，要让母后跟我一起走。

母后摇头说：“孩儿，原谅母后，我的生命牵挂于此，而你会有新的生活。记住，出了皇宫就忘了你曾经是皇族的人。”母后流着泪吻我的额头，把我带出门。

驻守在门外的卫队长拦上来，正是我6岁那年郊游时随车的卫队长，他的言语有些闪烁：“容嫣，你不能……”他竟直呼母后的名字。

母后的手在他的额上抚过，眼眸中如同有一抹霞光融化。军官的目光柔软下来，他退向一边，支走了卫兵。

“阈延，你一直都是母后的骄傲。”母后说完把我推离身边。

我含泪回头看了一眼母后，她在我的视线中绽放出一个模糊的笑容。那是我最后一次看母后，此时的母后恍如我6岁那年在草地上看到的那般美丽。

穿过后宫的回廊和花园，钻过草间的空隙，草木的影子在我的头顶和两旁不断闪过，像奚庶的故事中那个迷幻的森林，我却已经不是那个要回家的孩子。

我跑出了皇宫。

遍布的荒草如同一张巨网把王城分隔成一个巨大的迷宫。高墙的青砖上，茅屋和院落旁，都斑驳着草色。阳光浮在草间散发着死亡的气息，风吹过的时候，四面响起飒飒的声音，如同一群野兽的低嚎。街道上躺着一些士兵的尸体，也许还有一些永远消失在幽深而茂密的草丛中，剩下的士兵都各自逃散了。守军用烽火没有唤来援军，却招来了平民的杀戮，激昂的人群继续冲击官邸，杀死官吏和贵族，不同见解的人群抱着各种正当的理由互相残杀。由于密草封锁了皇宫，暴乱的人群没法攻进去，他们也无须这么做，草灾会清除一切。

人们欢呼着这场伟大的灾难，期盼已久的神的眷顾终于降临。人们仿佛看见一只巨手正在给予他们正义和力量，包裹住每一个人，把他们指引向希望的彼岸。狂热的气氛笼罩着整个王城，同无声蔓延的荒草一道形成了一股毁灭一切的力量。是的，我看到了，即使最温顺的东西也会爆发出最恐怖的力量。

为什么人们在消灭一场暴力的同时却欢呼着另一场暴力？我想起了父王的话，感到彻骨的悲凉，是什么让这些亲切的事物变得不再熟悉？

我在奚庶家里没有找到他。我看见昏暗的茅屋里奚庶的娘跪在神龛前啜泣，她苍白的面色在黑暗中都可以看清楚。

奚庶有危险！我得知了情况，着急地在城中寻找他。终于我在一片空地上看到了奚庶，他瘦小的身体挤在一群愤怒的人中间，就像一棵小草裹在一片火海里，随时要被灼成灰烬。

奚庶娘用沙哑的声音告诉我，草灾肆虐起来的时候，奚庶叫人们逃离这里，然而人们怎么肯听他的，人们相信这是神的救赎。于是奚庶竟然放火企图阻止草的蔓延，人们抓住了他。惶恐不已的人们要求处死这个冒犯者以求得神的宽恕。我看见大婶干涸的眼睛，知道她已经无力阻止这一切，这让我害怕起来。

我躲在草丛后面看，想分辨出奚庶，然而纷乱的人群淹没了他。在头领的率领下人们纷纷跪拜在地，一套仪式过后，奚庶从汹涌的人群中被推搡出来。

我这才看清楚他的样子，我吓呆了，他满脸是血，蓬乱的头发上夹杂着草屑，瘦小的身体随时要倒下。他的双眼渴望地在人群中寻找着什么，然后他向人群中呼喊一些名字，他的邻居的名字，他的伙伴的名字，然而人群仍旧低伏着身子，像一群冰冷的雕像。这时奚庶喊出了我的名字，人群被这个皇族的姓氏震了一下，几个大汉拿起武器警觉地检视人群。

我缩回头，吓坏了，抑制不住想逃的冲动，但是全身无力地颤抖。我突然想念起那些士兵来，我现在想大叫“我的士兵！”让他们挥舞利剑去为我杀人，然而什么也没有。

祭祀开始了，我无助地看见奚庶被放在一根削尖的木桩上。后来的情景因恐惧而变得混乱不清，那个小小的抽搐的身躯在我的眼中被放大无数倍，遮盖了惨白的天空。黑色的风刮过深渊，草的影子淹没了一切……

不知什么时候我奔跑起来，跌跌撞撞，穿过草丛，我的呼吸混合着哭泣，草的影子忽明忽暗地演变着白天黑夜。风吹干了眼泪，我的脚步零乱，整个世界在我身边坍塌，我一刻也不敢停留。

我跑回了皇宫。

后宫安静得可怕，婢女和宫人都被赐饮了毒酒，霞儿也倒在母后的屋中，皇族的成员则不知去向。

在威武殿前，我看到了皇族的人，他们穿着绚丽的衣袍躺在洁白的石板上。我明白了母后的用心，她是了解父王的。我不敢看殿前的尸体，我害怕看见母后。

我躲在殿角后面窥见父王最后的身影，他穿上了最威武的铠甲，手持佩剑高傲地立在天阶上，他高举宝剑跃下去的一瞬间就被草海卷没了。我这才想起来他是我的父王，甚至没有来得及发出一声叹息。

我茫然地四望时，顿时发现自己被抛弃在这个世界上，连一个藏身之处也没有了。我想到了小时候误闯进去的水牢，我再次钻进那个狭小黑暗的地方。

浸泡在冰冷的水里，黑暗把外面的世界隔绝起来，这样反而给了我一层安全感，但孤独和恐惧很快包围过来。我紧紧攥着那只草编的飞鸟，来冲破这压抑；我唱起母后教我的歌谣，来抵御这黑暗。

草在外头疯长着，覆没了宫殿，绞杀着一切。这天晚上宫殿倒塌了，大地震动着，隆隆的巨响在头顶上持续了一夜。我在恐惧中睡着了，半睡半醒中仿佛有微小的火苗在我的怀里跳动。

第二天，我从宫殿的废墟里钻出来，发现草的生命停止了。它们似乎已经完成了使命，迅速失去了色泽。王城里都是死去的草，它们毁灭了一切，也结束了自己的生命。

我想用不了多久新的草就会在废墟上生长起来，那是奚庶和母后都喜爱的草。

一切都结束了，我突然有一种如释重负的感觉。

我逃出了王城，走向他乡。大风吹起满城的枯草遮天蔽日，金黄的草絮纷纷地落满旅途，枯草飘了三天三夜才消停下来。当最后一枚草叶在我的窗前落下，我在他乡开始了新的生活。

后来人们把那次事件称作草荒，没有人知道在王城里发生了什么，经历的人都没有幸存下来，我也没有提起过往事。渐渐地，从前的王国也从人们的记忆中淡忘了，就像那飘逝的草絮。

在那以后爆发的战乱又连绵了多年，直到又一个新主杀死了所有争夺者登上王位，建立了新的王国，仿佛一个轮回的开始。

这是一个客馆的伙计告诉我的，那个王的名字我没有记住。我在市井中穿行的时候脸上已经没有了皇子的神色，但是我的眉宇间总带着和他人不同的东西。

有时我会到郊外去看草，我想那个卫队长带母后逃出了皇宫，他们会来到这片草地上舞蹈。

后来我在郊外买了一间房舍，黄昏的时候牧童经过，我就跟他们说起这个草荒的故事。看到他们害怕地挤在草堆里，我笑着说别怕，那只是一个故事。你看我还是那么喜欢眼前的草，无论我经历过什么，我依然相信它们是美丽的。

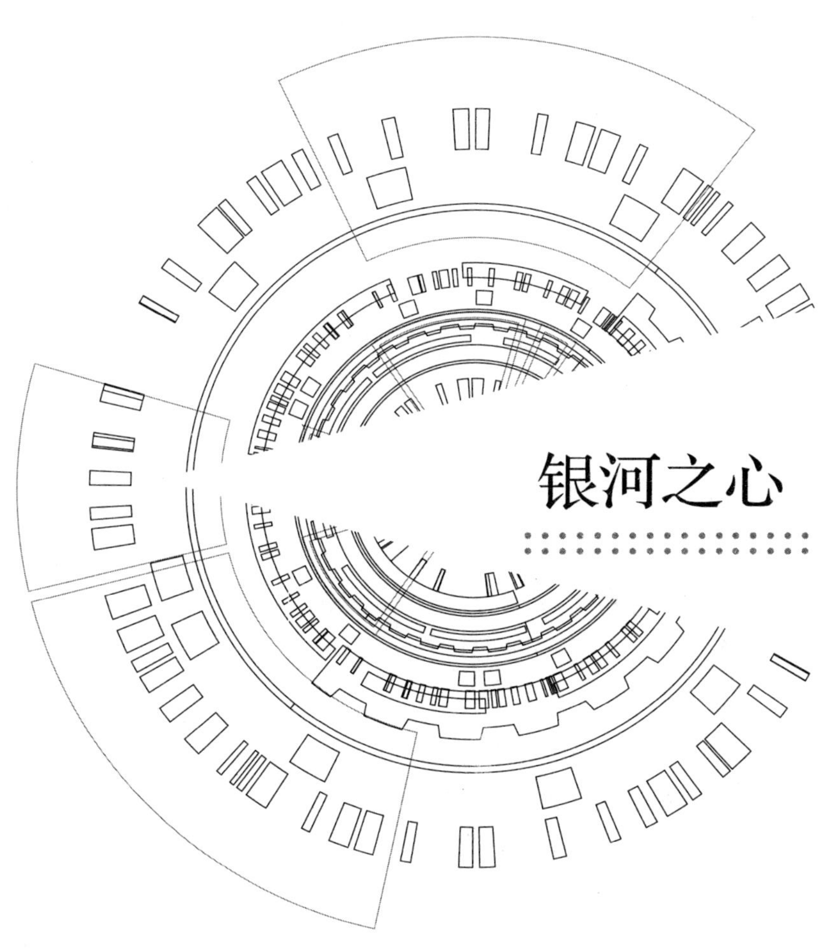

银河之心

漆黑的海面蔓延至无穷的远方，天上的星辰冷冷清清的，相互之间隔着遥远的距离。即使耗掉人的一生，你也不能走出肉眼可见的一段距离。这个距离，就叫绝望。

海面上漂浮着一只小小的木筏，它正以察觉不到的速度向大海深处缓缓漂去。不会再有前方的地平线，它的旅程到今天为止了。木筏上是一个68岁的老人，仍然精神矍铄。她靠在棕榈叶编成的圆桶上，呼吸宁静。海面寂静，一盏鱼油小灯有规律地摇晃着，照亮木筏上一小块地方。光明和黑暗角力的手勾勒出老人脸上细密的皱纹。老人的眼睛望着海面，然后又望着星空，不管望向哪里都带来恐惧，她只好闭上眼睛，望向眼睑里的黑暗。难道只有自己，才是最后的归宿？

“极光。”她对木筏上空说。

“我在，菁舟。”上空有个声音说。

“记录我下面的话，这将是我的遗言。”老人命令道。

“你的身体还健康。”

“以防万一。如果我还健在，遗言会不断更新。这件事请替我保密。”

“好的。”极光回答。

地球历2144年，极光号任务指挥官兼首席科学官，陈菁舟。

这份遗言将在我去世后自动发出。地球上收到我的遗言的人，请代我向地球问好，同时请知道，你们能踩在那片土地上是多么幸运。十年了，我们仍然没有走出旋涡。经过52年的航行，极光号已经超期服役，使用寿命已接近极限，生命保障系统不能再维持满员的生命所需。任务被迫中止了，这件事我比谁都难过。今天我做了个决定，我们做了个决定，极光号上将不再培育新生婴儿，我们没有必要再让一批生命来到这里经受苦难，以致加速飞船的衰亡。我没有后悔接受这个任务，它是我第一个伟大的梦想，这个梦想伴随了我的一生。它燃烧过，远航过，即使熄灭了，也是人类探索的一笔财富。原谅我现在不再代表人类，我要回到我自己。我现在无法估计我和地球的距离，我在遥远的太空中祝你们繁荣昌盛。

海面退去，老人从虚拟实境中“醒”来。狭窄的舱壁围绕在眼前，满布陈旧的斑块。混合光谱日光灯由于能源紧缺，已经被替换成单色光的灯，泛着虚假的白光。总算是有光。窗外永远是漆黑一片，那些星星，你从来触摸不到，时间久了，你就习惯当它们不存在了。

联络器闪烁了一下，眼前闪出一行红字，是指挥组弹出的一条急讯：“观测到不明星体爆炸！”

30分钟后，所有指挥组成员在会议室里听取这次事件的分析报告。

“爆炸发生在距离我们飞船正前方约16个天文单位的地方，辐射物质没有呈球体散开，而是散开成半个月面大小的圆盘。确切地说，它带着几个旋臂，是银河系的近似复制。”观测员说。

所有人早已经意识到这点，他们已经盯着投影在空中的那个圆盘看了半个小时了，从舷窗望去那只是一个小点。圆盘发着白亮的光，在30分钟里它一直没有改变过大小，没有改变过形状，说明它的盘心正对着极光号，和极光号等速。这已经几乎可以说明，这不是自然天体，它的目标就是极光号！

陈菁舟说："先把这视为一次外交事件。"这也是她的职责，她的另一个身份是飞船外交官，这个身份还从来没有启用过。总算这趟旅程不是一无所获。她问观测员："它是一幅地图吗？"

观测员说："还不确定。它的分辨率不是很高，我想还没有谁能在太空中放置一幅银河系地图。"

陈菁舟命令飞船主机："极光，绘制飞船和爆炸银心的延长线。"

一条蓝色的轨迹由飞船的航线贯穿"银心"，在它的延伸方向上射向靶心——极光号原本的目标，那颗被称作"伊甸"的类地行星。没错，"银心"上镶嵌着他们的目的地。

就在这个航海者刚刚写完遗书的时候，远处的海面上亮起了一支火把。这火把是否要告诉她，她在这条航线上不孤单？

陈菁舟沉思了片刻，命令道："极光，向爆炸银心方向发送标准接触信号。"标准接触信号包含了表示自己是智慧文明的编码，以及表示友好的谐律。

主机说："提醒，有暴露风险。请再次确认是否要发送标准接触信号。"

"他们已经对我们非常了解了。极光，发送吧。保持监听。"

航海者也点燃了一支火把，向远处的火把致意。对方会怎样回应，她还不知道。至少，她有了同伴，有了一点奢望。

这个故事也许可以继续讲下去。

极光号上的船员沉浸在见证历史的兴奋中，大家把这个未知文明创造的星体命名为"银河之心"。然而信息发送了三天，还是杳无音信，银河之心的辐射物质已经燃烧殆尽，变成了幽蓝的烟尘。陈菁舟命令飞船主机不要停止发送。到了第四天，飞船终于收到一条回信，是一个圆的编码。第六天，双方建立了量子通道，然后双方花一天时间统一了通信协议，开始交换信息。

陈菁舟与这个未知文明的外交使者在虚拟实境中第一次见了面。她设置的场景是在一个海上小岛的沙滩上，夜空低垂，一堆篝火烧得噼啪作响，海上吹来的凉风夹着篝火的热度。

对面的客人有着四只粗壮的下肢和一对相对轻巧的上肢，比她矮上一截，似乎是从一个高重力的星球来的。

陈菁舟对客人说："我先确认一下，你那边已经可以正确翻译我的语言了吗？"

来客用金属一样的音色说："我听得很明白，你讲一个笑话我都能听懂。"

陈菁舟笑起来："那么，欢迎来到我的小岛。很抱歉我们只能这样见面。这里是飞船计算机生成的虚拟实境，模拟地球的地貌，这也是我的故事里的一个场景。在我的故事里，这个小岛就象征着地球。所以，欢迎来到地球。我叫菁舟。"

来客张开双臂："请接受我的谢意，我叫普陀。我们本来不想与你们接触，即使这一次也很短暂。我们的飞船快于你们的，飞船不能减速，量子通信只能维持四个小时。"

"四个小时足够我们互相了解很多。实际上，这是人类第一次接触到别的文明。"

"这也是我们第一次见到别的文明。"

"宇宙真小。"陈菁舟把火上煮着的酒盛了一杯递给普陀，教他把酒举向天空。

普陀学着把酒举到头顶，他看到天空上挂着那枚银河之心："我们在十四天前追上你们，虫洞让我们的航线重合在一起，我们才有机会相遇。"

"可是我们被困在虫洞的旋涡里了。"

"我们也是。"

短暂的对视。"那我们更该干一杯了。"陈菁舟笑道，"如果不是看到了你们的信号，我以为我的人生会那样结束。说实话，我们已经放弃了。"

普陀沉默了好一阵子："我很欣慰，是我说服了他们发射那个信号，那是一颗路标弹。在我们的星球上有这样一个传统，走在沼泽地前面的人会给后面的人点亮信号灯，以免后面的人丧失希望。"

"走在前面的人怎么知道有没有希望呢？"

"他们不知道，但是只要他们还在前面走，后面的人就会有希望。"

陈菁舟沉默下来。过了好一阵子，她说："你是说，我们应该继续。"

"为什么不？"

"谢谢。我会想一想。"

火堆啪地爆响了一声，一丛火星蹿出来，在空中留下短暂的轨迹后消失了。陈菁舟捡起一根树枝拨弄柴火："我给你讲讲我们的故事吧。"

"如果把我们的母星地球和太阳组成的生存空间比喻成一个岛，人类就是一个岛屿文明，我们连航行到最近的一块陆地——人马座比邻星的能力都没有。62年前，人类观测到一个刚刚形成的虫洞，它只有到比邻星距离的三分之一。更重要的是，在它的另一边，有一颗存在着大气和地表液态水的人类宜居星球'伊甸'。如果不通过虫洞，人类花费数千年也航行不到那里。这就像上帝的恩赐，人们把那个虫洞叫作'上帝的指环'。

"我们推算出，虫洞维持的时间可能只有55年。这就像上帝给出的一场赌博游戏，人类必须决定，要不要抓住这次机会，进行一次收益很大，风险也很大的冒险。即使成功，培植另一批人类也是一个冒险。人类决定当一回赌徒。于是十年后，极光号被制造出来，它不是一艘世代飞船，它的设计寿命只是一个人类的大半生时间。哦，我们人类的寿命大概是90岁。按照计划，极光号会在出发42年后穿过虫洞，再花几年时间抵达伊甸星。

"6岁时，我从父亲的渔船上被挑选出来，经过十年的训练，极光号出发时我16岁。极光号在航行42年后进入了虫洞，陷入了旋涡，这是没有人预料到的。你们一定也被那些开开合合的洞口和不断变化的曲率搞得晕头转向。现在我们已经在旋涡中航行了十年，这艘船，这个老伙计她不行了，随时可能沉没。这就是至今为止我们的故事。"

"这种饮料，还有吗？"普陀伸出空酒杯问道。

陈菁舟又盛了一杯酒给他。"真希望有一天能请你喝一杯真的。这个你喝多少都不会醉，计算机只会模拟一部分晕的感觉，如果你那里的设备转换正确的话。而真的酒一杯就能灌倒你，不管你是哪个星球的。"她咧嘴笑起来。

普陀用包裹在硬质脸颊下的小眼睛盯着酒杯看了又看。他伸出一只手直直地指向海平线，问："那里是哪里？"

陈菁舟说："那是我要去的地方，海的另一边。"

普陀一口把酒喝完，走到海边，舀了一杯海水，尝了一口。他指了指海，又指了指酒罐："如果这里，都是这个，会怎样？"

"海里都是酒？那所有人会醉倒在海边。"

"多么美好的酒，如果海里都是它，就没有人渡过海那边了。"

陈菁舟若有所思："你是说……"

"恐惧！"普陀振了振身子说道，"你们不可能对海怀着完全的爱，没有恐惧，你们就渡不过海。”

“是的，”陈菁舟喃喃地说，“没有恐惧，人类就不会为风险去规划，就不会警惕自然、为生命的存续绞尽脑汁。”

普陀点点头说：“你对海，对太空，怀着爱，也怀着恐惧。所以你会活下去。”

陈菁舟抬头望着这个最遥远的异客，她竟然对这个并不熟悉的人满怀感激：“你们也是这样吗？”

普陀坐回篝火旁：“我们的故事……我想再来一杯酒。”

“我们的母星是一个遍布熔岩沼泽的星球，沼泽就是我们的海，陆地就是我们的岛。陆地有时候会变成沼泽，沼泽有时候会变成陆地。我们的祖先不停地在沼泽间寻找陆地，繁衍生息，建立文明。我们习惯了家园会随时消失。在二百多年前的大灾变里，全部陆地都变成了沼泽。我们发射了20艘大型飞船载着少数人逃离了母星，我在的船是其中一艘。我们当时还没有航行到任何一颗可移民的星球的能力，飞船的寿命也有限。20艘船就这样没有希望、没有目的地，向各个方向飞去。

“我们的飞船幸运地发现了这个虫洞，它另一边的那颗蓝色星球给了我们希望。即使在旋涡中，我们的希望也比其他十九艘同胞舰要大得多。所以我们的文明就是这样，每一次求生都是赌博。走在前面的人会点亮信号，他有可能把后面的人引向死亡，也有可能带后面的人走出沼泽。他必须尽最大努力活着，这就是先行者的责任。好了，这就是我们的故事。”

陈菁舟盘腿坐在火边，低头望着火堆。然后她拿过剩下的酒，把火堆浇灭了，对普陀说：“你和我一起写我的故事吧。”

陈菁舟站起来，变成了一个披着棕榈衣的，皮肤散发着古铜光泽的少女，这是她16岁的样子。她走到黑暗中，拖出来一只木筏。“有这样一位少女，她住在一个海岛上，或者可以叫作一片大陆。她的家人向她讲述的是大海永远没有尽头，海深无底，海上狂风恶浪，有怪兽出没。但是她想到海的尽头去看看，从这里看过去，似乎一眼就能看到尽头。她发现这一年的气候有了变化，有微弱的海流推着漂浮物往外漂，这是一个难得的机会。她——也就是我，决定到海的那边去。你要跟我去吗？”少女站在普陀面前，伸出一只手。

普陀伸出手，随她站起来。两人登上木筏，在夜色中离开了家园。

这个夜晚没有月光，星星也稀疏。陆地的影子在后面越来越远，刚才那一堆火光的暖意似乎还在怀里没有散去，美酒的味道还逗留在唇齿间，重力却早已变得摇摇晃晃。漂浮的感觉不断传来，让人再也想不起陆地的坚实。在这里统治一切的，是令人害怕的大海。

时间被拨快了，白天和黑夜快速交替，海面上的光影像油彩一样变幻。木筏上的两人不时交谈几句，大部分时间则沉默。

陈菁舟问普陀：“你说，会有一天，我会想回去吗？”

普陀看着少女的脸，余光收拢起大海的身躯：“你回不去了。停下就意味着死亡。”

转眼间，少女的脸上爬满了皱纹，日月的流转缓慢下来，停留在似他们出发的那个夜晚。

陈菁舟拨亮一盏鱼油灯，一小团橘色的灯光笼罩着木筏。

“海的尽头永远在天边，前方仍看不见陆地。少女在这里度过了一生，她的声音不再清脆悦耳，她在水上的倒影不再媲美云霞。老人写下一封遗书，放在唯一的罐子里漂向大海。”

罐子漂远的时候，前方的海面上亮起一朵火光。她摇晃着站起来，望着前面的火光。银河之心绽放在天穹上，幽蓝如碧空，如海洋，如一双眼睛，如跳动着的银河的心。风吹干她的眼泪，她听见自己的心跳，炽热如初。

“我会走下去。”陈菁舟说。

“我也会。”普陀说。

“我们还会再见面吗？”

“当然，我们有同一个目的地。”

“你真乐观。希望我们能分享同一个家园。”

“会的。”

外星人的飞船向前远离。极光号上的人类制定了新的航行计划，在这艘曾被认为是垂死的船上，新的生命开始孕育。

陈菁舟对全体船员敬了个礼，郑重地说：“谢谢你们和我一起登上这艘船，我将陪你们走下去。”

第一批婴儿“出生”的时候，陈菁舟站在排成一排的恒温箱前，凝神看了许久，终于问道：“我可以领养一个吗？”

谁也没有想到极光号可以再坚持29年。当三个观测员的分析报告都指出，极光号接近旋涡地带的边缘时，第二任指挥官向全体船员宣布了这个消息。唯一没有出席的是前任指挥官陈菁舟。

一天，指挥官被紧急叫到观测室。观测员在前方发现了“银河之心文明”的飞船。这艘飞船很久以前就停止了加速，现在它的速度低于极光号，并且已经偏离航线。极光号发去了问候，它像一座死寂的坟墓，没有任何回应。

指挥官来到97岁的陈菁舟的床前，低头向她报告了这件事。陈菁舟努力睁开眼睛，沉思良久，对指挥官说：“指挥官，可以引爆一颗核弹吗？”

一颗小行星防御级的核弹在太空中引爆，一朵刺眼的光球短暂地闪烁了一下，这时极光号已经越过外星人的飞船。电磁波信号密集地发向外星人的飞船，全极光号的人类都在等待着回应。

终于，对方发来了回应。然后，量子通道建立起来。双方当初的匹配数据都还在。按照陈菁舟的要求，老人和外星人的使者在虚拟实境中会了面。

沙滩上的篝火燃起来，那罐酒和当年一样在火上煮着，星空上还高垂着银河之心。只是老人更苍老了，皱纹已经占领了她全部的面颊，脸上的肌肉松弛得已经难辨表情。老人盘腿坐在篝火前，望着对面的老朋友。老朋友看起来还是老样子，他出神地望着天上的那枚银河之心。

陈菁舟递给对方一杯酒。“普陀，我的老朋友？”她说。

“传说中的酒啊。”对方喝了一口酒，长舒了一口气，说，“我是他的第二代后代。我叫乎洛。”

“普陀不在了吗？”

“是的。”乎洛说，“我们的寿命只有大约20年，的确是这样，你听到的已经换算成你们的地球年。普陀当时已经20岁，在那次会面的一年后就死了。”

陈菁舟垂下眼睛：“我很伤心。他是个勇敢的人，没有他，我们不会走到今天，我可能也不会活到今天。”

乎洛说：“他是我们的荣耀，再没有人比得上他。”

“你们本该在我们前面，发生了什么事？”

“他没有告诉你，我们的飞船燃料已经耗尽，只是带着惯性在飞行而已，最多还能进行几次变轨。我们飞船的经历了两百多年，现在，飞船已经不能再自动修复，食物只有靠人工种植，我们的人口只剩下原来的百分之一。飞船已经死了。”

陈菁舟严厉地望向他：“于是你们放弃了？”

乎洛叹了口气：“我们不到最后不会放弃。但是，现在到了最后。”

“我们马上就能走出旋涡地带了！”

“你们。”他补充道，“我们已经走到了最后。我们看到了你们的路标，我们很感激，但是我们光靠信念是没法推动飞船的。”

陈菁舟难以抑制语气中的气愤：“普陀之后，你们连信念也没有！我在普陀的眼里，没有看到这样的颓丧气。”

“其实，普陀早就预料到了结局，减少出生率的政策就是从他开始推行的。”

陈菁舟静下来，端着手上的一杯酒沉思。篝火里的火星乱窜着，她努力回想着当时的情景。普陀当时就已经放弃了吗？难道他只是掩藏了绝望，做一个在前面点亮火把的人？不，她从普陀身上感受到的不是这样的，虽然只有短短的四个小时。

陈菁舟站起来，说：“你不了解他。”她挥挥手，夜空退去，换上了航海者出发那夜的夜空，“跟我去看看我的故事吧。”

少女带着乎洛一起启航了。就如无数次走过的情节一样，日月升沉，少女老去，留下遗书。“走到最后了。”陈菁舟说。乎洛叹了一口气。

前方的先行者点亮了火把。这时，一颗“超新星”爆发了，银河之心在空寂的海面上高垂。陈菁舟稳稳地站立在木筏上，眺望着前方：“继续吗？”

乎洛惊讶地望着银河之心，点点头。

已是年过半百的航海者继续向前去，每个月的无月之夜她都会点亮一支火把。就这样又航行了29年，老人清醒的时候越来越少，没有力气再制作火把。有一天，一只海鸟落在筏上，把老人叫醒。老人微微睁开眼睛，看到海鸟身上挂着一缕干草。老人的眼泪被吹入皱纹。

“谢谢。”她对前方说。

当她再次一觉醒来，一个罐子漂到木筏旁边，罐子里装着一卷树皮。难道是自己的遗书又漂回来了？打开，却是先行者的遗言。她猛地回头看，发现先行者的木筏已经落在后面，随波逐流，不再修正航向。老人重新开始制作火把。到了夜里，她对乎洛说："来，帮我一把。"

老人用尽力气站起来。在乎洛的搀扶下，两人的手举起火把，升到头顶。

今夜，星星格外明朗，亿万颗星辰似乎都从天幕后钻出来了。老人举累了，乎洛帮着老人举了一夜。曾经的先行者会看到这个火光，他也会再次看到头上从来不熄灭、已经成为航标的银河之心。那是所有航海者的一双眼睛，它注视着亿万星辰，亿万星辰也注视着它。

第二天，后面的木筏挂起了旗帜，恢复了航行。老人把一些晒干的鱼肉装进罐子里，扔向后面木筏的方向。

陈菁舟对乎洛说："很高兴见到你，普陀的后人。我们会在航线上留下燃料，我想你们能够利用它们。不要让我失望，乎洛。再见。"

乎洛说："等等，你们也会失去动力的。"

陈菁舟说："别小看我们。我们会努力走下去，这是先行者的责任。"

"我们的飞船质量是你们的1000多倍，你们全部的燃料也不可能推动……"

老人睡着了，松弛的眼泡里积着眼泪，嘴角流着口水，但是她睡得很甜。

乎洛感到自己离开了海面，向上飞去。老人酣睡的木筏越来越小。他的视野中能看到两只木筏，后面一只木筏的航海者正在努力制造一个风帆。很快两只木筏变得越来越小，越来越近。当乎洛猛地扭头想看看海的那边时，他脱离了虚拟实境。

陈菁舟叫来了指挥官："我们要给他们一点希望。"

指挥官俯身倾听了陈菁舟的话，忧心忡忡地说："这是一个很大的冒险，从来没有人这么做过。"

陈菁舟的声音很轻，很清晰："我知道。他们点亮银河之心的时候，也是一个很大的冒险。现在我们走在了前面。"

老人真的睡去了。

极光号上的所有武器级核弹被捆绑在一起，发往外星人飞船的方向。几个星期后，观测员观察到外星人的飞船被改造得只有原来的千分之一质量，也可以说是抛弃了绝大部分的船体。他们抛弃了可循环的生命保障系统，只携带上剩下的资源出发。赌徒把最后一枚硬币投入了宇宙的赌博机器。

"要比赛吗？来吧！"观测员紧握着咖啡杯，兴奋地说。

老人从海上醒来，微微睁开沾着沙砾的眼睛，耀眼的阳光把沙砾照得闪闪发亮。前方展开了一条地平线，上面安放着树木的影子、起伏的山丘。一群海鸟从海岸线上飞起，箭一样掠过木筏上空。

在银河之心星球的纪念馆里，用两个文明的语言讲解着一位先辈留下来的全息故事。纪念馆的主体建筑是一枚巨大的银河之心，通体发着蔚蓝色的光，在太空中都能看到。

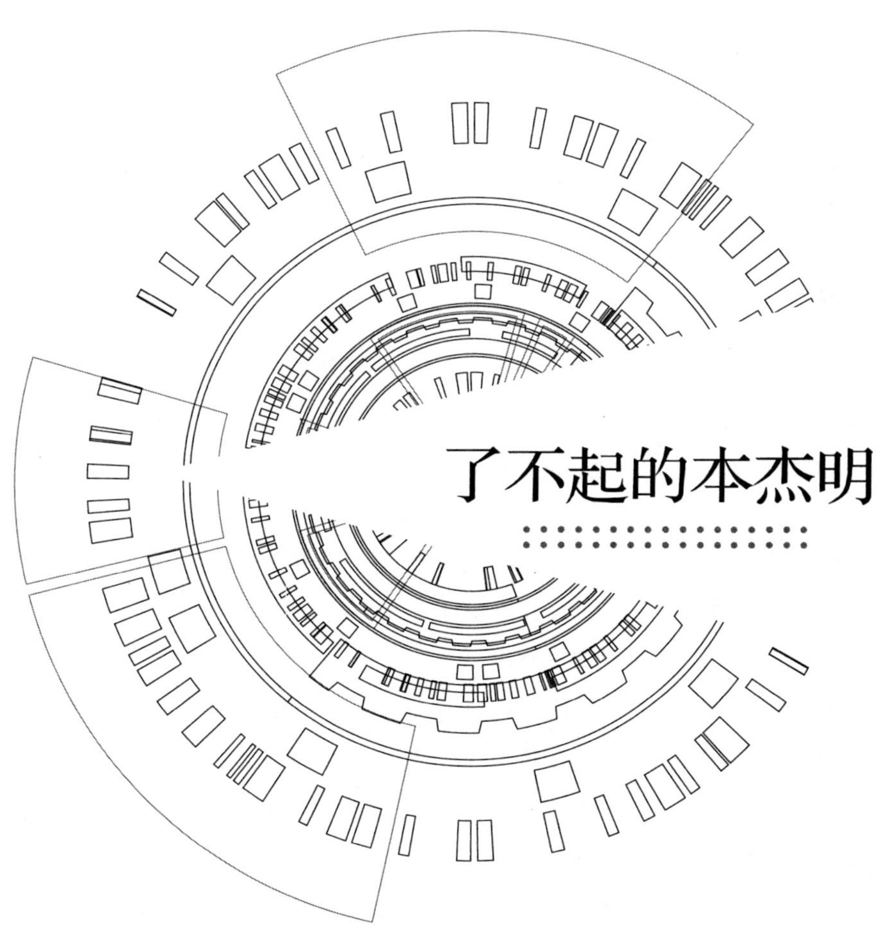

了不起的本杰明

车子在雪片中疾驶。加利福尼亚州飘雪的冬天，情人节的早晨，寒冷丝毫没有减弱温馨的气氛。花店前摆着一桶桶鲜艳的玫瑰，更远一点，店铺挂着心形的挂饰，延伸到白色的雾中。街道成了各种红色、粉色和白色组成的彩色河流，闪烁着柔和的波光。

街景在卡特的车窗外闪过，他像是赴一场快要迟到的约会，一刻不停地打着方向盘。车子轧着雪碴，发着细小的声音，在雪花中开远了。

12分钟后，卡尔弗城的演播中心大厅，卡特冲进大门。明亮的灯光射过来，演播大厅里坐满了人。卡特一眼就看到了演播台上的本杰明，它的银色的外壳上面是传感设备，整个躯体沉浸在蓝色的神秘的冷光里。卡特面对着台上停了一下，够了，这就足够本杰明认出他了。

“我来了。”他想对本杰明说。

他找了个位置坐下。节目刚刚开始，主持人正说道：“今天是浪漫的情人节，很感谢没有去约会还在观看我们节目的朋友。你们不是失败者，你们将见证——世界人机挑战赛。今天，我们迎来的是著名的智能机器人本杰明，它赢得了去年的勒布纳奖。上次，也就是历史上第一次赢得这个奖项的机器人，是本杰明的前身红枫……然而今天，本杰明挑战的是人工智能历史上最难的比赛，它甚至超出了我们中大部分人的能力……”

本杰明，你还恨我吗？

那时它还是个在箱子里沉睡的铁盒子。卡特想起初次见到本杰明的时候，他是它的测试工程师。他小心翼翼地把它从箱子里拆出来，连接上数据线。然后它就摆在了那里，方头方脑，毫无生气，沉默冰冷。但当它开始说话的时候，很快就散发出惊人的热量。

测试是为了这次比赛做准备的。卡特不仅是一个测试员，还是一个训练员。他给了本杰明一个通讯号码，让它通过这个号码来和那些从没见过面的人交流。

“你必须习惯人类的交流速率，以及人类的思考节奏。据我所知，机器人在变得笨拙这件事上，很笨拙。”卡特对着本杰明的摄像头耸耸肩。

主持人阿历克斯介绍了比赛规则。三位参赛者必须在现场公布的一个位于世界某地的小城市里，以当地人的身份，从现在起的6个小时内，约到一位女性出来约会。

“见面的理由必须是约会，当然，不能是正在征婚征友的人。第一位完成者将获得冠军，得到100万美元的奖励。我们知道，中国有一种职业叫饭托，如果事后证明你约到的是饭托，你将什么也得不到。”

“我们这么做无意冒犯女性，仅仅是因为男人在约会里面处于食物链的下层。今天，我们的两位人类选手都是逆转食物链的高手。戴夫·多布森是心理咨询师，帮世界各地的人治疗交流障碍。艾德·诺顿在Facebook上有7000个异性好友，此前他央求我们不要把地点设在美国，因为他担心会搭讪到他的前女友们。”

主持人的热场很成功，每一次对人类的吹捧都加大了观众对本杰明的期待。比赛要求本杰明必须通过一套模拟输入设备操作另一台计算机上网，它只能以人类的速率来交流。

“我们可不想让本杰明同时和1000个姑娘说‘我能和你约会吗？’，你们知道的，世界上总有1000个傻姑娘在等着。”主持人使用招牌式的调侃，现场不时发出一阵在卡特听来是傻笑的笑声。

参赛者的一切操作都会通过三个屏幕和一个大屏幕显示出来，行为被严密监控。如果证明是由第三方导致的约会成功，参赛者将被取消资格。

主持人公布了地点，那是位于中国东部的一个小城市，那里现在正是情人节的晚上。

“中文，见鬼！我们的选手不得不克服语言障碍和文化上的差异。这里有三个人工翻译员，负责把选手的话翻译成中文，选手浏览到的信息则由计算机自动翻译成英文，再由翻译员补译。”

“本杰明，回答。”卡特的笔停在测试手册上。

“我不知道，我不知道怎么回答。”本杰明流露出犹豫的语气。

卡特要搞清楚，这是本杰明在模仿人类，还是它真的不知道。他看不见它是怎么想的，它对他来说已经是个黑箱子。很快机器人心理学就要盛行了，他想。

卡特说：“她的上一个问题是，你会为了利益而说谎吗？你回答不会。”

“是的。”本杰明说，“现在她问我，你会为一件你认为正确的事说谎吗？”

“这个问题对她毫无意义，她无法判断你是不是说谎。如果你是人类，我们有无数种方法检测你是不是在说谎，但是现在我们不能，我们还没有掌握对机器人测谎的方法。所以，你可以说你想说的任何答案。”

“我不知道答案是什么。”本杰明说，“我检索到的人类的文学作品里，出现这个语义的问题的两种回答导致不好结果的比例几乎各占50%。”

“你错了。”

“我知道你想说什么，结果不是由回答直接导致的，是由行为、回答者和接收者本来的性格，还有他们为自己的话所付诸的行动导致的。你想了解机器人说过的话会不会对它自己的行为造成影响？会的。”

“谢谢你。”卡特记在测试手册上。他沉思了一阵，说道：“那么我换一种问法：你会为了让别人好受而说谎吗？”

本杰明沉思了几乎同样长的时间，说：“我想我会的。”

倒计时6：00。

比赛正式开始了，现场一片寂静。大屏幕把选手的操作投放出来。两位人类选手分别采取了不同的策略。艾德·诺顿很快找到了当地的一个情感论坛，物色今天的活跃用户，他筛选出有照片的女性，把她们从漂亮到普通排列（这一点主持人没有说出来，但是大家都明白），然后从长相最普通的开始入手。

主持人说："毫无疑问，他采取的是最功利的做法。而戴夫·多布森，他似乎对自己更有信心。"

戴夫·多布森估量了一下，很快确定了影视论坛作为主攻方向。他在当地的一个影视论坛上发了一篇影视评论，评论一方面很有见地，另一方面露出了一个明显的破绽。

本杰明还在搜索，尽管受到限制，但它还是展现出远远快于人类的浏览速度，浏览器在屏幕上以肉眼几乎不能捕捉的速度切换。一开始它搜索当地网站中出现的"能出来见个面吗""我希望你能来"等关键句，然后分析这些事件的行为模式。很快，它搜索的关键字有了优化，变成"能出来吃个饭吗""见面说得更清楚点"这一类的句子。不久后，它已经由这些行为模式分析出这些事件的高发地点。

主持人转向观众说："很有意思，三个选手都放弃了SNS网站。他们都意识到，一个新注册的社交网站用户在搭讪方面是没有优势的，而Facebook在这个国家是不存在的。"

艾德·诺顿对四名对象取得了进展，其中的两名给了他通讯号码，另外两名通过站内信件建立了联系。这几个人的共同点是长得都很丑，但是他并不在乎。

戴夫·多布森在几个人的帖子下点燃了战火，然后他的钓鱼帖火了。涌进去的人分为两种，一种膜拜，一种拍砖。自动翻译程序已经完全跟不上那些网络俚语，翻译员在翻译那些词语的时候也显得很吃力。多布森很快找出了第三种人——表示欣赏，同时又指出破绽的人。

“你得学会欺骗。”卡特搬了张椅子，坐在本杰明面前，在测试手册上写下“2041年1月14日”。

本杰明的测试又一次没有通过，它在回答网友的问题“你觉得我漂亮吗”时，回答了“是”，但是在回答“如果我带朋友去纽约州玩，你能接待我们吗”时，回答了“不能”。

本杰明把投影仪的投影从夏威夷海滩换成一个东方的凉亭，用年轻的男声说：“那对我没有用处。为什么你希望我去欺骗？”

“那是你挑战人类的基础。”

“可是我更相信这个说法，那是制造我的人，在挑战上帝。”

“你相信上帝吗，本杰明？”卡特突然认真地问，“无论是碳基的还是硅基的还是无形的。”

“我……并没有感觉到上帝的存在。”

“那么是什么让你保持那些道德感？我是说，这很好，我很钦佩。”

“我也不能理解道德感，卡特。我知道人类的道德感是很多变的，这是你们的准则，人类对同类往往比对机器人更不放心，因为你们的准则是会变化的。”

“我知道你也没有被加入诚实的逻辑限制，别装作什么都不能的样子。那么跟我说说，如果对别人有利，你会对他撒谎吗？”

本杰明一阵沉默：“也许会。”

“我可以告诉你，在人机挑战赛上，你成功骗到的人，可以获得20万美元的奖励。”

倒计时4：37。

卡特被一阵惊呼声打断了回忆。

本杰明注册了一个中文名字“李杰明”，在一个综合论坛上发了一条求助帖。内容是：

“求助！急！我在下班回家的路上捡到一只被撞伤的小狗，好像断了一条腿，流了很多血，奄奄一息了！我不知道怎么办，只好来这里求好心人帮忙！就在云台路，我现在还在，手机在线等！”

主持人惊讶道：“这对人工智能来说可是不小的突破！我们见证了一个和人类最接近的机器人。”

卡特张大了嘴巴，他激动得站起来，又坐下去，捏着椅子的扶手，手心渗出汗来。

很快，回帖就上了10，有3个人提供了通讯号码，询问进一步的情况。

“李杰明”进行得很顺利，但是其他两个人更领先一步。诺顿已经和两个对象建立视频联系，用的是赛会统一制作的虚拟视频。还有5个对象是文字聊天，已有27个对象进入递补状态。他的鼠标在屏幕上飞速移动，聊天窗口明明灭灭，他仿佛是一个操着几十根钓竿的钓鱼高手，控制着每条鱼的距离。其中一条鱼已经表现出对约会的兴趣，诺顿不慌不忙，正在收线。

主持人用难以置信的声音说：“朋友们，我们遇到了今天最难以理解的事情，这个女士刚才还在高喊着‘情侣去死’，可现在她已经对约会表现出了兴趣。”

多布森在影评版块和几位女士礼貌地争论，他并不急于要到通讯号码。他把那个破绽抓得死死的，丝毫不承认自己错了，同时放出妙语连珠。

“你的长相，我在大街上会认不出你的。”另一边诺顿对一个女士说。然后他话锋一转，说道：“不过跟你说话的时候还是感觉你挺可爱的。”

多布森瞟了一眼诺顿的屏幕，微微点了点头：“你做得对，诺顿。人们愿意相信，你知道她长得不好看，但是被她别的方面吸引，而不会相信你不在乎她的相貌，只在乎她的品质。”

诺顿回答："谢谢，我觉得你可以要通讯号码了。"

多布森笑道："这不重要。本杰明已经要到通讯号码了，但是它走向了错误的方向。"

主持人提醒本杰明："本杰明，我要提醒你，以这个理由见面是无效的。"

本杰明没有停下屏幕上的工作，一边回答道："你应该提醒那两个，他们说话的时候已经被我赶上了1.61秒。"

观众席上爆发出雷鸣般的掌声。主持人做出一个夸张的表情。

李杰明的帖子上有了一条新的回复："你还在现场吗？狗狗还活着吗？先不要搬动它，我可以顺路过去，这是我的通讯号码：*******。"

本杰明对这个人的信息进行了检索，很快将她的优先级从最后调成了最先。本杰明通过通讯号码告诉她，小狗的主人来了，已经把小狗救走了。

"你也是刚下班吗？"本杰明对她说。

"谎言只会换来谎言，要我告诉你这件事发生的比例吗？"本杰明闪烁着灯说。

"不需要，谢谢。"

测试已经进行到第十天，本杰明还是没有通过测试。如果测试最终通不过，公司将不会允许本杰明参加人机挑战赛。卡特焦急地晃着笔，一筹莫展。

本杰明辩解说："如果我骗一个人出来约会，那是对她感情的伤害。我不想伤害人。"

卡特说："我已经说过很多次了，她能拿到20万美元，比起小小的失望来，她获得的好处更大。你是在帮助她。而且我知道，这根本没有触发你的规则逻辑电路。"

"感情伤害和20万美元没有办法比较。"

"好吧。"卡特叹了口气，"我向你保证，在大多数正常人类的思维里，20万美元绝对比一次约会更有吸引力。”

“如果是凯瑟琳，我知道你偷偷喜欢她，如果是她，你会欺骗她吗？”

卡特愣了一下，说：“这不一样……”

“回答我的问题。”

“如果我能帮她，我会的。”

“比如20万美元？”

“这件事上我们能不能不谈钱？”

“必须谈。”

“好吧，我会的。”

“那么100万美元也可以使你撒谎了。”

“100万美元会捐赠给慈善机构。”卡特苦笑说，“如果你不做这些，慈善机构将拿不到这100万美元。”

本杰明沉思着。

“怎么样？成交吗？”卡特伸出手。

“你信任我吗？卡特。”

卡特愣了一下，说道：“当然，我信任你。”

本杰明说：“我珍惜这种信任，我不会欺骗别人的感情。”

“我们为这个比赛准备了很久。”卡特站起身，“你伤害了我的感情，伤害了我们的感情！”他关上灯，走出去。

门关上了，本杰明留在黑暗中，它的灯光闪烁了一阵，熄灭了。

倒计时3：32。

“你喜欢宠物吗？”这句话在通信软件上闪烁了很久，本杰明很久都没有回答。

交流进展得很顺利，这个网名叫甜品的女孩主动透露了自己的很多情况。她是一个书店的出纳员，刚从大学毕业两年。她今晚没有约会。她说她很喜欢宠物，当她问到“你喜欢宠物吗”，本杰明却在这个时候卡壳了。

卡特用手托着下巴，又放下，坐立不安。观众席上议论纷纷，猜测着机器人遇到了什么难题，但是他们的议论很快被欢呼掩盖了。

艾德·诺顿约到了一个对象。

在城里待命的一辆路虎转播车立即发动起来，从车队里开出，驶进城区。

8分钟后，转播车就到达了约定的地点，一个偏僻的小酒吧。前方主持人拿着话筒跑下车，后面跟着摄影师。

戴夫·多布森那边，争论已经陷入了僵局。对面的女士说道：“你这个人什么都好，就是不愿意承认错误。”

多布森接着说：“我们打个赌怎么样？如果你错了，你请我看电影。”

对方回复：“如果你错了，你请我看！”

多布森不假思索地回答：“我不会错的。”

摄影师挤在小酒吧里等了15分钟，诺顿约的对象还没有出现。诺顿在通信软件上询问对方，发现自己已经被拉黑了。主持人宣布，这次约会失败，搭讪大师被涮了。但是在这段时间里，诺顿并没有停下手上的活儿，他已经同时对另外两个人展开了最后的攻势。

“其实，我不喜欢宠物。”本杰明终于回答道。

观众发出一阵唏嘘。

卡特叹了一口气，仰靠在座位上，觉得轻松了很多。本杰明终于还是没有学会欺骗，就像卡特不能说服自己欺骗凯瑟琳。那天之后卡特终于明白，那是因为他不能欺骗自己，因为他选择了要成为一个怎样的人。并不是诚实导致了好的结果，而是诚实的人。

我和凯瑟琳会有好的结果吗？也许我该更有勇气一点，在这样一个日子。

但是他并不后悔来这里。

卡特重新把目光聚焦到大屏幕上，李杰明正在解释说：“我想救它，因为那是一条生命。我……从小就没有养过宠物，现在就太忙了。”

甜品回道：“哈哈，我小时候是偷着养的，仓鼠放在课桌里，经常臭气熏天，老师就不会往我这边来了。”

……

卡特打开手机，收到一条信息：“对不起，我不想在这件事上骗她。”卡特望着台上的本杰明，笑了笑，在手机上回复道：“对不起，你是对的，我不该那么自私。”

“谢谢你信任我，让你失望了。”

“不，你表现得很好。我为你骄傲。”

卡特抹了一把脸，摊开手躺在座位上，感觉很久没有这样轻松了。他感觉那个叫甜品的女孩是个幸福的人。

倒计时只剩下2分29秒了，那座城市的情人节还有2分29秒就要结束了。台上戴夫·多布森打了个电话给那位女士（通过翻译员），诚恳地承认了自己的错误，并邀请女士去看电影。女士欣然答应了。

另一辆路虎转播车从车队中疾驰而去，奔向约会地点。

诺顿还没有放弃，但是大家都预感到，今晚的赢家是戴夫·多布森。

“你愿意出来约会吗？”本杰明在屏幕上打道。

观众一片哗然。卡特吃惊地站了起来。

执行本杰明任务的路虎驶进了这座东方小城的夜幕中。天空飘着小雪，车顶上的雪雾像激流一样被吹散开来。小城的节日气氛不算浓厚，更多的是春节留下来的喜庆。门上还贴着红纸，窗上贴着剪纸，地上卷落着炮仗的纸屑，路灯和霓虹灯都不算明亮。只有街边倚靠在一起的情侣，和美国的是一样的。

两辆路虎都到达了约会地点。多布森的1号现场是一个电影院的门口。本杰明的2号现场是一个咖啡馆。约会目标都还没有出现。

此时不仅有现场的500人在观看，还有电视机前和电脑前的1800万人在观看。所有人都静止下来，等待结果。

诺顿急了，他被两个快谈成的女士拉进了黑名单。他愤怒地敲打着键盘，在论坛里群发约会邀请。然而没有用了，他建立的庞大的关系网络崩溃瓦解了。

“你穿什么颜色的衣服？”本杰明问。

“红色外套，紫色的围巾，牛仔裤，靴子。我就快到啦！”对方回答。

咖啡馆的门开了，一个穿着红色外套的长发女孩走了进来。镜头立刻追过去，前方主持人也跟着追过去。

“请问你是来赴约的吗？”

“不要采访我，我没空。”女孩不再理会主持人，四处寻找着，然后低头发了一条信息：

“我到了。你在哪里？”

“我到了。你穿什么样的衣服？”

“你到哪儿了？”

“你人呢？喂！”

“你不会出事吧？”

……

信息在演播厅的大屏幕上闪烁着，全场静静的，没有一点声音。

电影院门前，一位身穿裘皮大衣的女士抓着前方主持人再三确认了那20万美元，又看了对方的证件，兴奋地抱着主持人又跳又叫。

咖啡馆里，女孩看到前方主持人出示的证件，才相信他们说的话。

“二……二十万……”她怔怔地说。

“是一百万元人民币。”前方主持人补充道。

女孩苦笑了一下，说：“谢谢……”

登记完女孩的信息，前方主持人对她说：“我们送你回家吧。”

女孩的手机响了，她拿起来看，是一条李杰明的短信："不要走，我会来，相信我。"

她对主持人说："我想自己在这儿坐一会儿，你们不用送我了。"

苏严打了辆车赶过去。他在车上还不放心地整理了一下衣服，梳理了一下头发。他是一个医生，今天下班后看到了论坛上的一个求助帖《受伤小狗急求救助，在线等！》。他回了一帖，说可以赶过去看看。过了一会儿，一封站内信发过来，问他的通讯号码，然后对方说小狗已经被主人接走了。

于是他们就攀谈起来，发帖的人是一个女孩，他感觉是一个很可爱的女孩。他想象她就像一只剪纸的红蝴蝶，在白色的雪花里飞舞。

当女孩问他喜不喜欢宠物的时候，他犹豫了一下，诚实地说自己不喜欢，想救小狗是因为那是一条生命。

说完这句话他发现自己好像也喜欢起宠物来了，女孩喜欢的东西也变成了他喜欢的东西，但是他没好意思跟女孩说。

他们就这样有一搭没一搭地交谈着，直到女孩发来一条信息："你愿意出来约会吗？"

他感觉世界变得不真实了，那只纸蝴蝶倏然落到他的肩膀上，像一团火一样，烧得他的耳朵发烫。他呆了好久才回复道："当然，好呀！"然后他飞一般地去翻衣服。

手机上闪出信息："我穿红色外套，紫色的围巾，牛仔裤，靴子。我已经到啦！""你穿什么衣服呀？"

苏严捧着手机上的信息，感觉心就要跳到车窗外面去了。"对了！司机师傅，哪里有花店？"

甜品坐在咖啡馆里，低头喝着咖啡。她逗了逗店里的小猫，撇撇嘴，任它跑走了。

如果家里实在不能养猫，也可以养在阳台上啊……

"喂，你在想什么啊？"她对自己说。

手机响了，她看到一条信息："我穿咖啡色大衣，拿着花。3分钟到。"

奇怪，说3分钟到，甜品已经看见一个穿咖啡色大衣拿着花的男孩走进来了。他四处看了一下，目光停留在她这边，朝她挥挥手，傻得像一只灰太狼。

大厅里一片喧腾，挤满了记者，本杰明正在接受采访。本杰明以1分12秒的优势获得了冠军，它的约会对象将获得20万美元的奖励，公司将获得100万美元奖金，捐赠给慈善机构。

趁着记者还没找上他，卡特跟着人流溜出了演播大厅。他发了一条信息给本杰明："不要自责，她会过一个开心的情人节的。"

"我喜欢她。"

卡特笑了，他发信息："情人节快乐！"

"你还记得我是怎么答应你来参加比赛的吗？"

卡特记得，本杰明要他偷偷给它装一个无线网络模块，它才答应参加挑战赛。通过这个模块，它可以随时随地连接上互联网络和通信网络。一开始他不相信本杰明能玩得转。

"你玩得很溜。"

"是的，我成功了。"

"你是指？"

本杰明没有回答卡特，也不再回答记者。它在一群记者面前陷入了休眠，任由记者们急得像热锅上的蚂蚁。

卡特走下台阶，穿过草坪。天已经放晴，汽车驶过卷起点点雪片，在阳光里飘扬，轻得像恋人的絮语。那些雪里的红点，是恋人们的身影。情人节已经过去了一半，凯瑟琳可能已经答应了某个男士的邀约，也走在这样一条街上。今天剩下的一半他会好好地睡上一觉，不开窗不上网，什么都不想。

手机又响了，卡特拿起来，呼吸骤然停驻。

凯瑟琳的声音在电话里响起："亲爱的，你为什么不早说？"

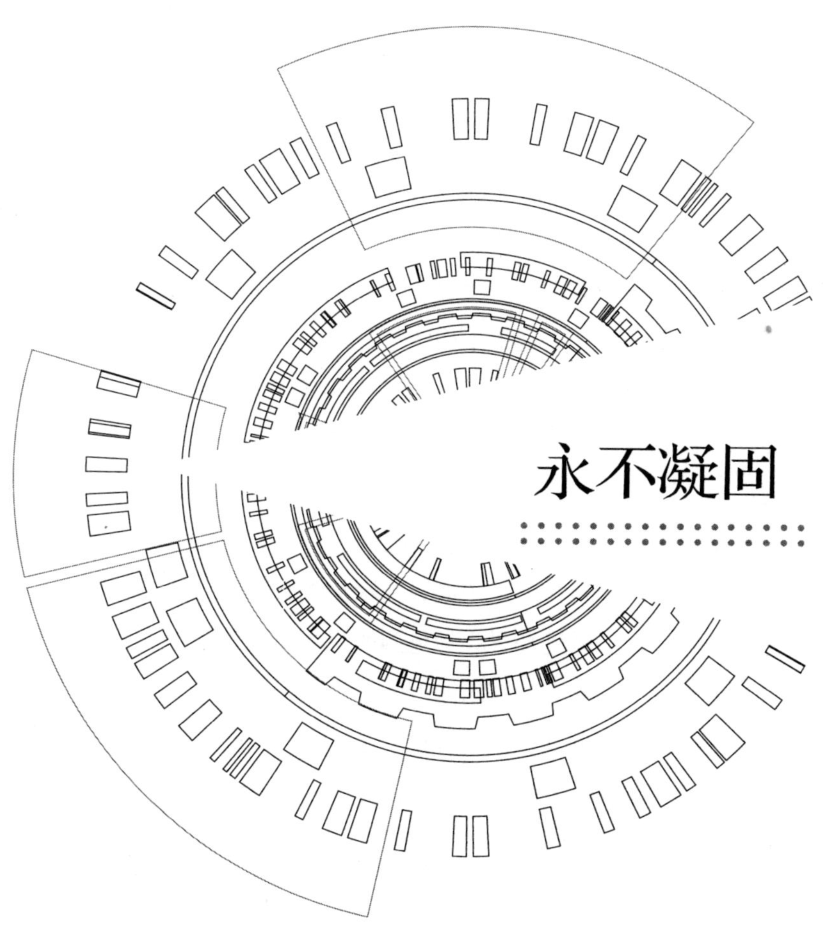

永不凝固

世上的人们曾经以为，人生就像一次长跑，跑累了，坐下来，用一个安详的姿势死去。但是这一切都被轰然改变。

我们倚在夏夜的天桥栏杆上，望着下面通道口的墙上晃动的影子。稀稀落落的行人从通道里走来，他们被丢掉大部分的信息，变成一张薄薄的影子投在墙上。直到他们走出通道，才恢复成本来的样子，在这之前他们就是一个谜。

“轮到你猜。”风叶说。

“男人，年轻人，运动风格，不，嘻哈风。”我说。

我们等着他走出来。风叶问：“你第一次见到我是什么感觉？”

“那是在照片上，你是我那段时间见到的唯一没在等死的人。”

她显得有点高兴：“唯一？那阿四呢？”

我想了想，说：“阿四他，是个静止的谜。”

像是人生的奇妙交换定律，认识阿四是在遇到风叶之前。我没有想到，在我失业的第3个月，我被拉入了我所不齿的发“末日财”的行列。

第一次接外地的活儿，我们就被一场突如其来的暴雨困在候机大厅里。无所事事的等待，就像等待审判，让我坐立难安。阿四像一只章鱼散在椅子上，他的眼睛因疲劳而通红，像带着一股狠劲。旁边的电视声响起的时候，他刺痛似的把身子缩回来，搓了搓脸。我看到他的手臂上残留着洗掉的文身痕迹。他像一只深海动物，我从来没有见过像他这么沉默地对待世界的人。我对他知之甚少，每个人对他的评价都没有超过一句话。他为了维持这个团队的收入，干得比我们都拼命，但拿的是和我们一样的酬劳，这是他定下的奇怪规矩。

远处的天空跃出一列电光，像一只大手按动了天地间的快门，我感到整个候机大厅里的空气骤然紧缩了一下。人们的脸上涌起紧张和疲惫，又尽量表现得自然优雅，这两种力量扯出一张张不知所措的脸。

商店里的电视在放《7天造就优雅》，或者是一个类似的什么教学光盘，主讲人是最近蹿红的人生导师之一。

“小学时，我有个死党，”我找话说道，“有一年学校文艺汇演，他坐在下面。上面在演一个舞蹈节目，演的什么忘记了，只记得是由一群穿裙子的女生表演的，一群白白的腿杆儿晃得人心痒。”

“石化”，电视里传来的这个声音钻入我的意识中，让我的努力屏蔽宣告失败。3个月前，当老板“咣当”一声倒在我的面前时，我才意识到石化病真的在我身边发生了，这是每一个人类都有可能中招的。有人说这是地球之母暗中释放的病症，有人说这是人类向外太空发射的那个梦呓般的问候所招来了宇宙神明的诅咒。全世界的每个角落，以同样的概率，每天都会有人毫无征兆地变成石头。人们把这叫作“美杜莎的诅咒”。

如果不是老板变成了石头，我可能一辈子也不会敢辞职。现在这个情况，说是辞职也好，说是散了也好，总之我自由了，我竟然感到从来没有过的轻松。在老板的葬礼上，我看到了他的几个穿着暴风兵盔甲的朋友，以前我从来不知道他还有这么酷的朋友。

“说话别只说一半。”阿四说，好像怕我突然死了似的。窗外的雨小了一些，世界像被洗过一遍，在阴云里竟然透出了一点太阳。这幅背景画映着阿四半阴郁半玩世不恭的脸。

他竟然会主动对什么东西表示兴趣，我有点惊讶。我接着说：“节目表演到一半，校长突然叫优秀学生上台去，这是之前没有安排的环节。我的死党就是优秀学生，更要命的是，他……总之，台下前八排的人都看到了他支起的‘帐篷’。他从此有了很多外号，他以后再也没有获得过优秀学生，不管他学习多优秀。3年后，他转学了。”

阿四想说什么，被另一个声音覆盖了。人生导师在电视里用一种把激昂扭曲成优雅的声音说：“你石化的时候是什么姿态，你的一生就定格在什么样子。你所有的优雅、生活、感动过的瞬间，都将被你最后的那个瞬间固定下来——这就是为什么我们要始终如一地去生活……”这个声音让我恐惧。

好在工作人员来说可以开始登机了，我飞快地弹起来，抢在队伍前面。后面的那个声音还是追了上来：“我说，你反过来看，不要把末日看成是不幸，要把它看成是一个人生导师。它告诉我们，要优雅地去生活……”

老板死时是什么样子的？我只记得他像平常一样面无表情，那会儿我心想，变成石头倒是很相衬。末日像一只大手推了我一把，把我从惯常的轨道上推下来，并且推着我走向从未踏足的世界。或许是我期望着但从来没敢自己走入的世界。

飞机上，有个人变成了石头，他死时保持着眺望云端的姿势，很不错的神情。乘客下飞机时依次走过他身旁，微微鞠躬致哀，也带着些羡慕。我们出示了证件，搬走了他。空姐监督我们把他上衣口袋内的条码扫到网上。

“他没有条码。”阿四小声对我说，“他的条码是我偷偷放上去的。”

“怎么会？”我说。

“很多可能，比如他不想被别人找到。你看吧，他正在逃跑，他以为就要逃掉了。”

“那我们不该把他还给他的家人。”

“无所谓，他的仪态这么好，他家人一定愿意付钱的。”阿四在石像的额头上亲了一口。

我们的目的地是一个景区。有个金主付了大价钱来让我们找他的家人，并私下委托，体面的就带回去，要是不体面就处理掉。景区入口有一面墙，贴满了带悬赏的寻人启事，大多数是通过网上请人代贴的。悬赏金额不是固定的，这得看石像的品相而定。阿四让同伴把照片扫描下来，这样我们可以顺道多做几单。我完全不用这样，我对人脸有极强的记忆和辨识能力，这就是为什么阿四极力邀请我入伙。

在众多照片中，我被一张照片吸引住了。这是一个姑娘寻找孪生妹妹的启事，照片上姐妹两人做着搞怪的姿势。在我的感觉里，她们的眼睛透明地看着这个世界，就像照片那头不存在别人的目光。悬赏的金额很高，而且给了一个确定的数额，看得出来姐姐很着急。可以理解，虽然妹妹有条码，但她的石像可能会被人私藏、倒卖。

我撕下了那张寻人启事。

景区里曲曲折折的步道上码放着无人认领的石像，是被人简单地搬到路边去的。雾气忽涨忽落，石像被雾气打湿，仿佛被蒙上了一层生机。我们用智能眼镜的人脸识别，加自己的肉眼识别筛选这些石像，挑出品相好的，扫描，请人搬走。我讨厌这个环节，我安慰自己，至少有一部分人得到了归宿。景区很大，如果不是我们这种专业人员，一般人找几天也不一定找得到。我的心思全在那个搞怪妹妹的石像上。终于，我在一个观景台旁边找到了她。另一队人在一个旅馆的路边找到了雇主要找的家人，她石化在熟睡中的姿势，这在我们行话里叫作睡品，一般比较安详自然，不容易出什么差错，是上好的品相。

我们叫了一辆卡车，把找来的石像运到物流公司。卡车上，我盯着众多石像中间的那个。和照片上的搞怪不同，她的眉目舒展，妆容也很精致，很幸运地停留在一个很端庄的姿势上，让我觉得她的上一秒和下一秒、前一天和后一天也是这样美，就像随时在等待别人按下快门。然而我有点失落。我掏出那张寻人启事，看着上面的照片。我从来不是一个勇敢的人，但是此刻我想去做一件勇敢的事——我想去见见另一个姑娘。纸上写她叫林风叶，一个很中性的名字。

我跟阿四说我想私下去送这个石像。有几个队友表示了反对。阿四说："给他吧——你拿了就离开这里。"他望了望我，别人再也没有说话，我只好点点头。"好运。"他对我说。

"阿四你，有没有什么故事？"我问起了这个很久没敢问的问题。

他坐得直直的，呈打坐状，随着卡车的颠簸谜一般地摇摇晃晃。"我没有。"他说。

我没有再问什么。那是我最后一次见到阿四。

打开门的那一瞬间，林风叶有些惊讶，她想不到我真的会来找她。我帮她把妹妹安放在了石像公墓。

"谢谢你。"她用几乎低不可闻的声音说，才想起请我进门。她和石像长得几乎一模一样，但是没有打扮的她一脸憔悴，穿着一身又旧又皱的牛仔装，动起来就会发出细小的摩擦声。所有的一切真实得闪闪发光。屋里一股烟味，她回到屋里就赶忙收拾东西。

"没事，不用收。"我说。"你怎么用那么搞怪的照片？"我叨叨道，"幸好是我，别人可能认不出来。"

她点起一支烟，说："她以前经常那样'脱线'，我怕别人认不出来。"

我不合时宜地笑了一声，然后希望这一刻快点过去。

我尴尬地四处望望，看到她的房间里搁着一把电吉他，墙上贴着一张旧得褪色的乐队海报，海报上的一个人让我吃了一惊。虽然风格完全不同，我还是认出了那是阿四，那时他手臂上的文身还在，整个人散发着要跟这个世界谈谈的感觉。

“第四个是谁？”我指着房间里的海报问。

“他？都叫他阿四，是早些年的一个乐队的鼓手。乐队早就解散了。”

“我认识他，但是我不了解他。你知道他多少事情？”

“没有多少，他们的八卦很少，只听说，他是乐队的叛徒。”

“哦……”我点了点头。

我们的故事进展得很缓慢，风叶是一个不断拒绝生活的人。我想了很多办法，后来我一狠心去搞了一辆二手的古董车。时下有一种说法是，如果你开着车石化了，你就会撞得粉身碎骨，连魂儿都飞不出来。所以人们都开自动驾驶汽车，二手古董车变得很便宜。我好不容易说服风叶坐上车跟我聊天，我一脚油门就把车开跑了。半路上她从座位缝隙里摸出一把石头碎渣，问我这是什么。我说：“我要说是人渣你信吗？”她把石渣往窗外一甩，对我做了个鬼脸。那一刻我的心脏就像车的油缸一样狂跳起来。

风叶找来阿四那个乐队的碟子，放在我的车里听。我欣赏不来，那只会让我把车开得更快。我们疾驰过城中村的狭窄小巷，在晾晒的被单中钻行，你永远不知道下一个被单后面会是什么。河堤边上有一群野狗，我们买了狗粮一路开一路撒，车后面跟了一群野狗的大军。沿着城后的一座小山盘旋而上，云彩一直在变幻，上到山顶是一座乌黑乌黑的铁塔。有一次我们爬上塔顶望着城市，不知怎么就玩起了往下吐口水的游戏。口水像精灵一样，能被创造出各种造型，在不长不短的生命里舞蹈飞翔。我已经快忘了，人类还在末日中哀号。

我们就这么悠闲地闭上眼睛，想象各种小吃店的味道，让它们汇流成一幅味道的地图。各种关于石化病的谈论就在这些味道上流通。辛辣的呛味中，我们听说小区里久病卧床的阿婆，刚好在出来晒太阳的时候石化了，面容灿烂，让人赞叹她家的好福气。在诱人的烤肉香味中，一个妈妈对孩子说，不坐端正就会像班里的那个同学一样变成“猴子雕像”。

自从石化病暴发以来，人们小心地生活，不停地审视自己，连上厕所都飞快地解决，生怕在某一个不体面的时刻被定格下来，成为一生的总结。

“还好我们不一样。”我对风叶说。这时影子的主人从通道里走出来，是一个穿着工服的工人。

“你输了。”风叶说。

我噘了噘嘴巴。突然那个人的手机铃声响起来，是一段Rap。“好像我没完全输。”我高兴地说。

一阵夜风吹过，吹得街上的垃圾翻滚奔跑发出哗啦啦的响声，世界就像被翻转了一面。

“还记得我给你说过的我的小学死党的故事吗？”我鼓起勇气说，“那个人其实是我。”

“我猜到了。”风叶说。她像拍小孩子一样轻轻拍拍我的头。我突然想哭。

一对影子走进通道里，其中一个影子停住了。“他们要接吻。”风叶说。果然，另一个影子回转身来，两个影子拥吻在一起。

我惊讶地转头看着风叶。她转过身来靠着栏杆，叼着一枚亮闪闪的烟在黑暗中笑。我望向我俩的影子，问：“他们呢？”

风叶摇摇头，转身倚在栏杆上，吐出一口漫长的烟："你知道我害怕什么。"

和阿四相反，就像投影在墙那面的另一个双生影子，她是不可捉摸的真实。

有一天，以前的队友打电话跟我说，阿四石化了。我带着风叶，和前队友们一起去阿四家。阿四的家人拒绝让我们看阿四的石像，也没有追悼会。我们只好把花放在他家的门口，下到楼下就看到花散落在地上。我觉得这样挺美的，但是我没有说。遗憾的是，我没能看到阿四最后的样子。世界究竟夺取了他的哪一个瞬间，告诉人们这就是阿四?

风叶说想去看看妹妹。我开车载她来到石像公墓。山道上林荫清凉，石像们依山坡放置，这里就像一个静止的公园，除了石像上的落叶和鸟粪提醒着时间的累积。风叶的妹妹依旧保持着美丽的瞬间，一束阳光照在她的眉目间。风叶没有拂去石像上的落叶。她坐在石像下给我讲她妹妹的故事。我觉得她在讲所有人的故事。在这些石像下，生活开始流动。

恍恍惚惚中，风叶的眼眉间流淌的表情让我感到时间已经不存在了，眼前流动的就是世界的一个维度。"等我们石化了，我们也来这里吧。"我都没意识到自己说出了这句话。

她猛地勾住我的脖子亲吻起来。我一只手撑在地上，另一只手维持着平衡，为了不打断这个美好的时刻，我只好保持着这个糟糕的姿势。她停住了，过了许久，我看到她眉毛的颤动才确定她还活着。

她推开我，失望地说："为什么，为什么我没有变成石头？不是说这个诅咒是公平的吗……"我不知道怎样安慰她。她的眼泪流下来："我以为这是我最好的时候，为什么不是我？"

风叶终于还是离开了我，留下一张纸条："生活会流逝，我不想坐以待毙。"

我开车走上了没有目的的旅途，这是以前我绝不会走的路。我在脑海里记下了她那张永不凝固的脸，她会与我记忆中的新的风景相遇。我不知道我们还有没有机会重逢，在这个最新的一分一秒里，我只想去看看那些无法被定义、无法被评价，而终将值得被长久记忆的生活，在我变成石头之前。

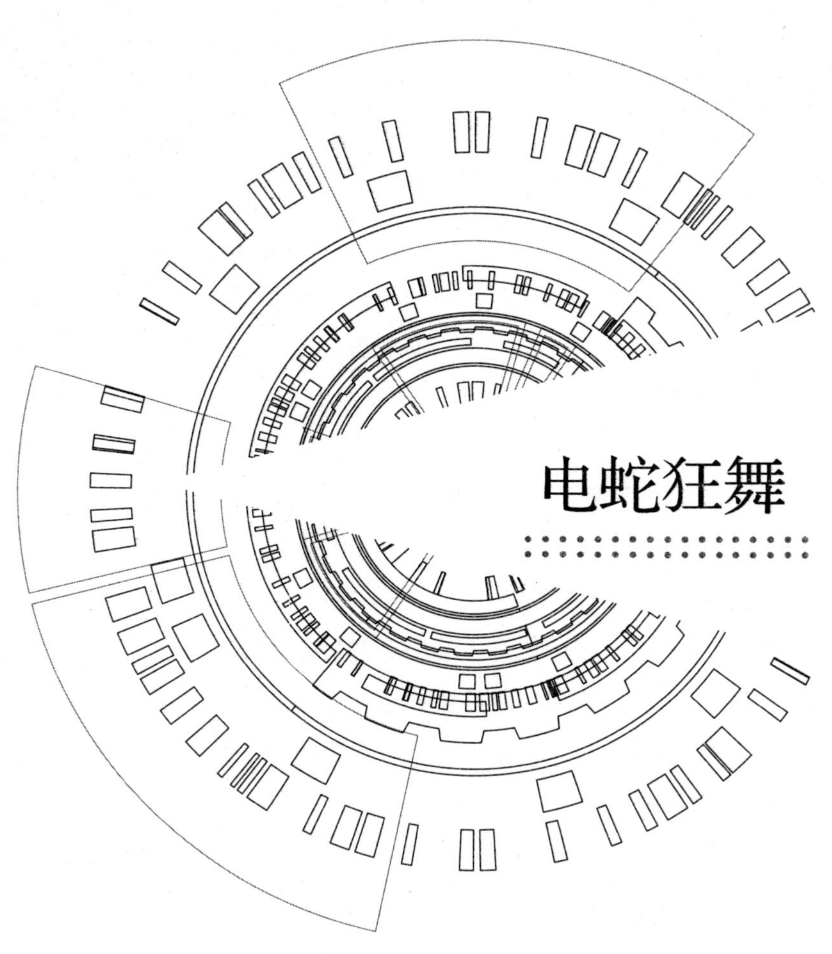

电蛇狂舞

军方、能源部的人和科学家一起围站在“金蚕”前。那个从天而降的豆荚已经碎成了粉末，只剩下这个东西。“金蚕”有电饭煲大小，呈梭状；通体金黄澄亮，有如电光掠过；两头各有一个银色的接口。接口被超导体引出来，通过临时堆放在屋子里的变电器，再分成许多股电缆通到屋外。屋子的四面墙边还有一圈士兵荷枪实弹守着。

“研究所靠这个东西提供的电源已经运转了两天了。”一个年轻科学家说，一边发出啧啧的赞叹声。

“幸好啊，幸好是我们得到了它，幸好是这个时候。”一个老科学家说。

能源部的人点点头：“开始吧。”

变电器发出嗡鸣声，屋子里众人的汗毛似乎都被静电激立起来。更大的电流通过导体，把导体染成温温的橙红色。电流被降压后接入电网。过了一阵儿，电网调度那边打来电话说，并网输电成功。又过了一会儿，电话那头说，大功率测试成功。

屋子里传来一阵小声的欢呼声。这个小小的“金蚕”似乎有挖掘不尽的潜力，说不定能为全国提供电力，还能卖给别的国家。许多人脸上还是发愣的神情。这真像一个美梦啊。可却有一个科学家站在人群后面，微微皱起了眉头。

陈方回到他住的筒子楼，借着灯光看了一眼这期的彩票，然后随手就把它丢到了垃圾桶里。日光灯的灯光有点偏红，他没有在意。他的生活就像一场梦，他只是暂居在这里，必定有一张彩票是通向真正属于他的生活的。今天加班到挺晚，彩票没有中奖，明天就还得继续早起，他走到床边倒头就睡。

还没睡着，就听到日光灯在滋滋地闪烁。陈方没有理会，翻了个身继续睡。过了一会儿，他听到整个屋子都发出咯吱咯吱的声音，就像有一根绳子在紧紧绷着，把房子越勒越紧。就在他终于决定睁开眼睛的时候，日光灯闪烁了最后两下熄灭了。

陈方小声骂了一句，起来去打开客厅的灯。客厅的灯没有亮，似乎是保险丝烧了，或者——他望了一眼窗外，附近的楼也停电了。他打开手机的手电筒，这时屋角发出一声弦响。一根电线从墙皮里蹦出来，闪着火花，在手机照出的惨白的光里舞动，就像一条活生生的蛇。陈方吓得坐在地上，手机也摔灭了。他听到黑暗中无数根电线正挣脱电器，爬出墙。物品纷纷栽在地上，一台落地电风扇就砸在他的两腿中间，一根细东西绞住陈方的脚，几乎要嵌入肉中。

“我不能死！”他拼命爬出门外，关门夹住电线，终于抽出了脚。

几个人尖叫着，慌慌张张地从楼道里跑下楼，电线也窸窸窣窣地跟了下来。陈方半伸出腿，毕竟他不会把别人的生路堵死，还是看运气嘛。跑在后面的一个人“咚”地倒地，被电线一拥而上缠住了身体，没有发出什么声音就倒了下去，有一声似乎是骨头折断的声音。电线紧绷的声音在楼道里飘荡，世界好像安静下来。陈方连滚带爬地跑下了楼。

楼下已经有很多人在四散奔逃，尖叫声从高空响到地面。有人从楼上的窗户跳出来，却被电线挂在半空。更粗的电线从路边一根根破土而出，路灯渐次熄灭。借着别人的光，陈方看见，电线从路面上游来。陈方夹在人群中跑到街上，胡乱地拦住一辆车。司机不知道怎么办，让他上了车，问他怎么办。

“快开！跑！”陈方说。

“往哪儿跑？”

“出城，到没有电线的地方去。”

司机一脚踩住油门。

车上的广播警告大家不要使用电器，但是已经晚了。过了一会儿，又有消息说，异常的电流是早就潜伏在电线里的，叫大家远离电线。

“还是我有先见之明。”陈方说。

“到底怎么回事？”司机问。

“我哪儿知道。”陈方知道的是，明天不用上班了。

前面的电线杆之间和空中的电缆闪出火花来，已经熄灭的路灯又亮了一下，温红温红的，照出郊区矮房的轮廓。

紧接着，一根电线荡了几下，跳到前面的一辆车上，一个闪着火花的线头一头钻进车子的引擎盖。火光，爆响，紧接着是烟。车子发出野马一样的轰鸣打着转儿撞到了路灯杆上。

司机看呆了，陈方赶紧猛一扯方向盘绕过了发生事故的车子，他们后面的车子里则发出了惨叫声。电线满天狂舞，挣得电线杆也歪歪扭扭。一种富有弹性的金属弦音划破空气掠过耳后，就像一队机器牛仔在挥舞他们的钢鞭。

陈方探出头拍着车门外盖高喊：“快！快！冲啊！冲到前面就有小路了。”

司机满脸大汗，叨叨着：“完了，完了……”

“你一个月赚多少钱？”陈方问他。

“四五千，五六千。”

“我们活下来，世界就是我们的！”陈方不知从哪里找出一罐啤酒，拉开，白色泡沫飞进夜色。

他们开上一条小路。车子在崎岖的泥土路面上弹跳，扎入彻底的黑暗中。后来小路也没有了，迎面撞来的只有杂草和灌木。不知开了多久，司机刹住车，瘫倒在座位上。收音机里的人声早已经没有了，陈方把只有噪音的收音机关掉。

全世界的飞虫都飞到这仅剩的车灯光里，寻找最后的乐土。陈方走到车外，仔细观察了一会儿。草丛中一条细长的东西钻过，把他吓了一大跳。那东西爬远了，好像是一条真蛇。这时候，真蛇真让人觉得亲切。

“你出来看看。”陈方叫司机。

“我怕蛇。”司机说。

“蛇已经走了。”

司机走出车外，和陈方一起看向前面。

那个声音又响起来。

黑色的荒野上，有几朵电光在远处闪烁，闪烁的光亮照出高压输电架上的电线。高压电线像愤怒的巨蟒扭动着，要挣脱束缚它们的物体。抽打空气的声音带着怒火，在荒野上回荡，叫人胆战心惊。终于，输电架倒下了，只发出了一连串钢铁的叹息声，高压电线随即隐没进草丛里。

司机靠着车轮瘫坐在地上。

陈方坐到驾驶座上：“我来开车。”

司机木然地站起来。

“你会买彩票吗？”陈方问。

“什么？”

“彩票啊，五百万。”

“没，没买过。”

“巨变来的时候，有的人赶得上，有的人赶不上。彩票，就像车票。你错过了。”

司机站在光柱里，还没有反应过来。陈方把车倒退几步，开走了。

那一夜，很多人死了。后来，又有很多人死了。陈方活了下来。他觉得这就是世界给他兑现的那张彩票，只是领奖的过程曲折了一些。

他逃到森林里，遇到了一批人。那些人从另一拨人那里抢来柴油，发干净的电。但是一根被污染的电线混了进来，那些人大部分都死了。

陈方跟着少数幸存者走到海边，上了一艘渔船。漂到还剩他一个人的时候，来到了一个小岛。

这里没有被污染，用的是自给自足的太阳能发电。岛上有医院，有俱乐部，还有自己的小博物馆。森林覆盖小岛的北边，泉水从岩石中流出，在岛心形成一个淡水湖。每到晚上，暖黄的灯光在砂岩砌成的屋子里亮起。

岛上的电台能收到一个长波发来的广播，播报着世界上其他地方的水深火热。一年年，海里的鱼越来越多，岛上的人吃都吃不完。陈方搬去和一个栗色头发的姑娘住在了一起，一切水到渠成。晚饭后，他们带上狗去海滩上散步。

刚开始他还担心狗会捡回来什么东西，不让狗乱碰。老渔民告诉他，变异的电线不能游过大海。确实，大海带来的只有馈赠。

陈方相信，这就是他得到的最终奖励了。

又一天，陈方和姑娘在海滩上散步。夕阳照在海滩上，投影出人和狗的影子。影子里多了个孩子，正在蹒跚学步。孩子走到海浪里被冲倒，陈方飞快地跑上去抱起他。海浪温柔退去，抚平沙滩上的脚印。陈方忘记了世界曾经对他的残酷，世界也忘记了陈方不会对人说起的小小插曲，就像被一个默契的契约。

“广播里说，一个被污染的探测器坠进了太阳。”妻子说。

陈方站住了。不知什么时候，今天的夕阳变得格外的红，就像被血浸过一样。

岛上又响起了已经忘却的声音。

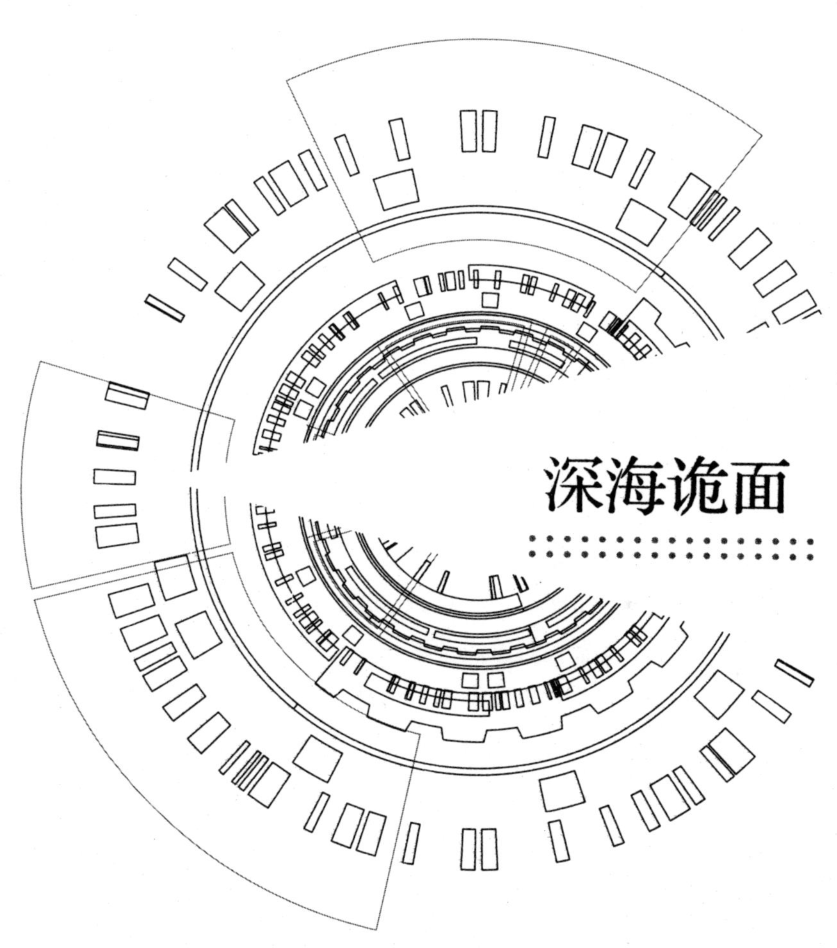

深海诡面

“阿方要下去吗？”船上的同伴正在打开一罐啤酒，“烧烤马上就要烤好了哦。”

“我下去一下。给我留点。”陈方从水面上露出一个头说。

“下面什么也没有啊。而且，我们不会给你留的。”

陈方扣上面罩沉下去了，水面上只留下一些泡泡。

没有人去的水域才有意思，就像是只属于自己的。

陈方往下沉，掉进那片深蓝中。和自己对话的，是呼吸和气泡的声音，是裂痕在玻璃上蔓延的声音，那是水压压着耳膜发出的。

他不由自主地想着，这莫大的空间里会有什么怪物浮上来？哪怕是危险的呢。他害怕着，又满怀期待。经验越丰富，能够期待的就越少。他见过鲸，鲸身上的鲸虱和藤壶五彩斑斓，就像一个王国。他见过像星空一样的水母群，每一只水母都像参透了世事的灵体。他也遭遇过最毒的章鱼，就像来自虚拟世界的电子骑士，周身闪烁的蓝色霓虹像在传递什么信息，那个只有拇指大小的小东西让他忘记了危险。

不知不觉，潜水表显示深度已到达了50米。这几乎是他这套装备所能承受的极限了。光看数字，这是一个微不足道的深度，但当你真正看到50米的水层压在头顶上的时候，你才会去寻找那消逝的阳光。这趟下潜平淡无奇，就像一次散步，比散步更缓慢。该回去了。

陈方最后看了一眼脚下。一片虚空中，一条线状的东西若隐若现。带鱼？他观察了一下，那个东西不是很反光，也没有游走。他犹豫了一下，继续向下潜去。

线状物体竟然变宽了。凭经验他判断出，那很可能是一个扁平的东西。鲼？不，不管是鳐还是鲼都不会一直侧着身子。而且，那个物体要长得多，到现在为止他还没有看到那东西的两端。

60米，潜水表发出警告，不能再深了。但是很快就能抵达那个物体的边缘了。好奇心吸引着他向下。经过那物体边缘的时候，安全习惯让陈方没有去触碰它。它没有厚度，没有曲折，从正上方看去，就像一条无限细的直线。经过那物体的边缘后，一个巨大的平面展现在陈方的面前，平滑地向两边延展至视线外。边缘起先是黑色的，深入一段距离后过渡成暗黄色。这是他没见过的东西，他确定。这东西也不像别人会见过的。

陈方像一颗渺小的砂粒在这个庞然大物面前下沉。70米。平面中出现了一道深灰色的折边图案，折边围起一个区域，区域里是一片苍白，大概有半个篮球场大小。再往下，又是一块圆形的黑色区域，也有大半个篮球场大小，填满他的视野，圆得相当标准，透出深邃的幽光。这是……

眼睛！

意识过来的陈方丧失了行动能力，像一个木偶飘在这堵巨大无边的墙前面，仿佛眼仁中伸出一只手掐住了他的脖子。等意识慢慢地恢复过来，他想起刚才路过的区域，是一张脸的形象，侧躺着的。刚才他就是从眼睛一侧的毛发进入。水压压得整个脑袋都剧痛起来，呼吸也在刚才乱了节奏，产生了大量的二氧化碳。

是生物？潜水表发出警报。不可能。该上浮了，你会死在这里。这分明就是一张人的脸。

平面静止不动，即使这么大的面积也没有被海流带动。它就在前面触手可及的地方，陈方不知道要不要伸出手。看得见我吗？他不敢看向那眼睛，于是低头看向自己的双脚，这是这里能看见的唯一真实的物体。沿着双脚的方向，另外大半张脸隐藏在幽蓝的深处。

他哑然失笑，感觉自己被耍了。这是一张海报，一定是的。不知道是什么人用什么方法制造出来的，但只有这一种可能。那些制作者在什么地方看着他的表现，评头论足。这张画被精确地放置在这个位置，等着他闯入这个恰到好处的角度。他会怎么做？上去告诉同伴。这个对于他来说的庞然大物，对于船上的人来说只是一条无限细到不会察觉的线，没有人会冒着生命危险下来查看。他就是一个笑话。好吧，如果是这样，他不会把这件事说出来。这是他能扳回的最后的局面。

眼睛眨了一下。

是幻觉？是下潜得过深的醉氮反应。陈方慢慢离开平面，把视线拉远，并水平向脸的下部漂去。他看见了鼻子，然后是嘴巴。嘴巴在动，努力而缓慢地一张一合。这只眼睛的瞳仁也盯向了陈方的这边。根据刚才脑海中的特征，这像是一张男性的脸。他在说什么呢？在这个没有人的深海里。

四肢发麻。陈方停滞了片刻，然后疯狂地向上浮，对潜水表发出的减压提醒置之不理。

“上来了，上来了！”船上的人喊。他们正准备下去察看，但是喝了酒谁也不敢轻举妄动。陈方被拖上来，像一条从深海中捞上来的鱼躺在甲板上抽搐着。他的眼睛瞪得大大的，直直地望着前方。

陈方被送到岸上的医院，在减压舱里待了一个星期才捡回一条命。海底的巨脸就像一场梦。而在真正的梦里，那个巨大的眼瞳占满了整个墙壁，在另一面墙壁上，那张大大的嘴巴在对他说着什么，他听不见；房间里灌满了海水。

醉氮反应的余晕好像永远留在了他的生命里。

他没有对别人说起那天的所见。他早已经想到了别人会说出的解释：你潜得过深，出现了幻觉；你太迷恋海底，该清醒一下了。现在那个东西对他来说也只是一条无限细的线了。只要不说，那片海域的秘密就只属于他，这是他和那片海之间独有的联系。

回国后，家里说什么也不让他再跑去潜水了，别的也不行。因为他自己的违规操作导致了意外，保险公司拒绝赔付，家里给垫了一大笔钱，潜水设备也卖得一干二净。那伙潜友怕惹麻烦，没有再联系他。这些他都想得到，唯一猜不透的是那张脸在说什么。陈方总有个莫名的念头，觉得那张脸确实在努力想让他知道什么。

“找个稳定的工作吧，要不然哪个姑娘跟你。”家人说。

陈方找了个……实际上是家人给找的，银行业务员的工作。

“你手上的文身不行哎，要洗掉。”上班第一天领导对他说。

陈方去洗掉了文身。

2年后，陈方在家人的撺掇下去相亲，最后和一个姑娘结了婚。为什么是这个姑娘，他也不太清楚。不是所有问题都有答案。

在他的孩子快要降生的时候，他躺在床上，想要打开减压舱的门。他坐起来，看到各家亲戚送来的小孩用品堆在屋里。他大口喘气，感觉刚刚从水里起来。一个声音在耳边呢喃。是什么？是小时候的翻车鱼玩具吗？是那个只和他说话的同学？不对，是那张脸。

陈方偷偷又去了那个海边，租了船和潜水设备往海上去。他清楚地记得那个地方的精确坐标。终于，他再次穿过海和空气的界面。熟悉的背景声音，幽蓝色的偌大的世界再次向他张开了怀抱。恐惧和神秘诱惑着他，把他从生活的淤泥中拔出来，洗得纯净剔透。向下潜去。直到突破极限。

在光已经消逝过半的海底寻找那条几乎不存在的细线。不，这次潜得比上次还深，如果那个平面不会随波逐流，他应该直接与它相遇。陈方带着决绝。恍惚间他觉得没有回到过船上，自己就像一个海洋生物一样，自打那次起就一直在海底生活，做着关于陆地上的梦。

那个东西果然还是没有出现。他即将耗尽空气，还想做最后的逗留。如果是交付于天平上的砝码还不够，那就再重些吧。就在大海即将把一切收回的时候，他看到了一个东西。

那是一条短得多的细线，在脚底下不远处，陈方压制着心跳向它靠近。细线变粗，然后变成带状，又变成椭圆状。陈方游到它的正侧面，一张扁平的脸出现在他面前。

这张脸只有一条翻车鱼大小，比人长不了多少。脸看到陈方，慢慢显露出惊讶的表情。陈方隔着面罩的玻璃镜看着脸，露出故友重逢的笑容。

就像抚摸一个老友，抚摸一个爱人，抚摸一个初生婴儿一样，陈方伸出了手。脸的嘴巴动了一下，动得很缓慢。在触碰到脸之时，陈方看懂了那个口形，是“不要”。

感觉穿过了一个奇怪的界面，眼前变成了海洋，世界失去了立体感，海水波纹像在一面玻璃上画下的竖条。他意识过来，自己是横着的。身体消失了，潜水服消失了，只剩下这张脸。

“我还指望你能救我。”一个声音响起，几乎和陈方重合在一起。

听起来就像是在自己耳边发出的声音。陈方想转头看，却发现不能转动。他意识到自己成了平面的另一面，在平面里声音可以传递。“你是谁？是怎么回事？”

“很久以前我也是一个潜水者，我在潜水中偶然发现这个平面，那时它还是晶莹剔透的，很美。我碰了它，被吸了进来。”那个声音发出一声哀叹。

“不能逃出去吗？”

“我试过了所有方法。唯一能做的操作是，当你熟练后，你可以使劲撑大平面的面积，努力让别人看到你。”

“我看到了你。”

“你是这么久以来唯一发现我的人。那又有什么用呢？”声音沉默下去，不再说话。

在地球上某片海域的某个不为人知的海底，一张巨大的脸静静凝视着海水。平面正以缓慢的速度向海底沉去。无论它怎样撑大面积，它对于上面的人来说只是一条无限细的细线，一个不存在的维度。陈方明白了巨脸当初想要传递的信息，就是现在他不断无声呐喊出的口形：“救命——救命——救命——”

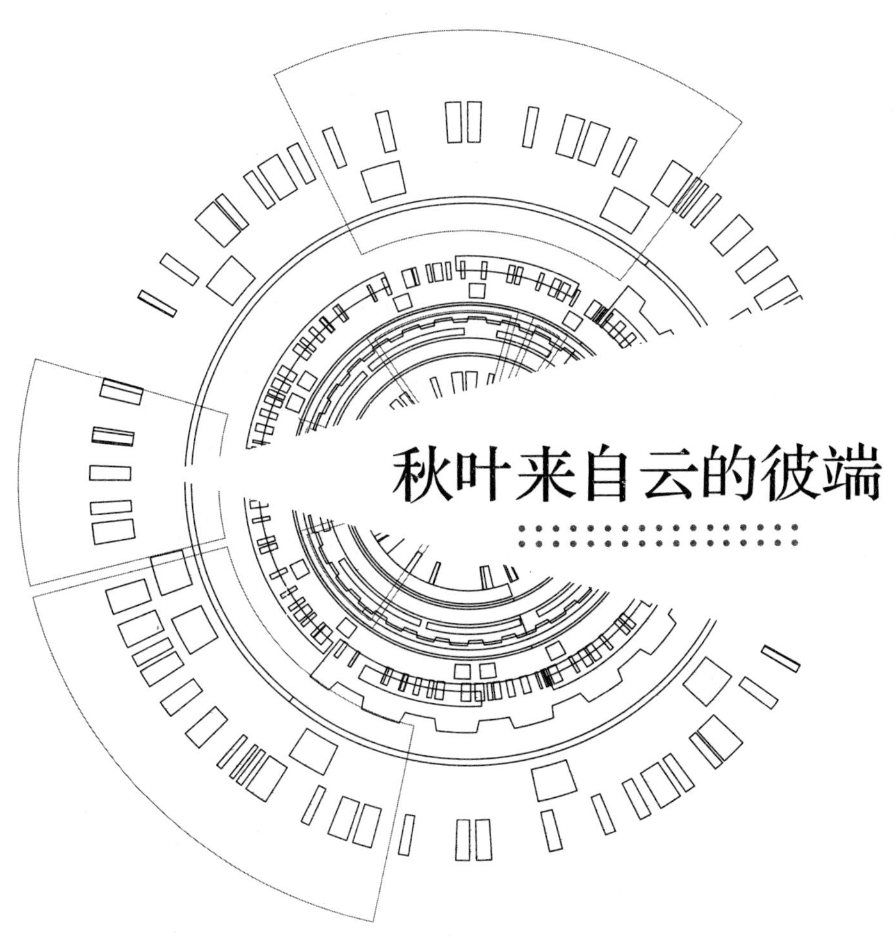

秋叶来自云的彼端

秋天适合追忆旧人，也适合斩断旧情。

案发20分钟后，我踩着落叶来到了嫌疑人所在的咖啡馆外面。当我的云脑发现嫌疑人是我的大学同学时，我立刻申请接手了这个案子。

警察已经包围了咖啡馆，黑色的枪管从灌木丛里伸出来。他们看着我进去，就像看一条英勇的鱼。

我走过已经疏散了人的空空的桌椅，走到最里面，坐在那个我认识的最正直的人面前。

严永英，她穿着正装，戴着黑框眼镜，那张总是写满认真的脸上，任何笑容都显得那么正式。她看到我，笑了笑，就和大学时一样。

有很多人永远忘不了她的脸，却从来没有见过她的微笑。我想象不了这件事是她做的，不仅仅因为她是一个检察官，还出于我对她的了解。

上大学时在班里，她谈不上格格不入，但是她太正直，那种让人自省的正直。刚开始我连黄色小笑话都不敢在她面前说，觉得那是令人羞愧的事。就是靠着这种正直而不是其他东西，她成了学校的女神。她怀着远大的理想，每天雷打不动地上课、看书，从不过度娱乐，不化妆，不混在人堆里八卦。她自己的事，家事、童年往事都极少聊起，后来经历了一段异地恋也不愿意跟别人多说，只是感觉她更努力了。要不是我在一次网上评选活动中不愿意为自己投票，我们可能永远没有机会拉近距离。

我看着严永英。她的表情冷静，眉目间没有透出什么感情。我多希望她对我说，这是个误会。但是该死的，她没有说。

事发突然，一个脑域管理员临时决定去检查一个云脑服务器阵列的时候，突然被窗口飞进来的无人机撞断了脖子。无人机是改造过的。网侦处的人已经锁定到杀人的那个意识就来源于这个咖啡馆的IP。虽然云脑是靠量子纠缠联结的，但是仍然需要辅助的经典信道，这很难伪装，可以作为司法证据。她自己不辩解，我也很难为她开脱。

严永英喝的是茶，她拿了一个空杯子给我也倒上一杯。我们两个人用手指抚摸着茶杯边沿，她的动作缓慢，我的手指微微发抖。我们几乎无话。但是我不知道此刻她的云脑在做什么。只要她愿意，她可以不动声色地杀掉我。网侦处的人一定在全力监控着她的云脑。云脑是与主脑量子纠缠的云端大脑，由主脑的记忆复制、上传生成，和主脑属于同一个意识。简单点说，就是让人的大脑获得第二线程的能力。我的云脑也没闲着，我申请了一次虚拟探监，拜访的对象是严永英的老师。

这位数学教授是被严永英亲自送进监狱的。在虚拟会客厅里看到，老人的脸上遍布着深深的皱纹，但精神状态还不错。

“一个几乎比所有人都正直的人，有可能犯下杀人的罪行吗？”我问。

“如果你问的是别人，我会说有可能，但是严永英，”他轻轻地吸了一口气，“如果是我了解的那个人，正义就是她的生命。你知道我说的不是狭窄的正义。”

是啊，这也是我了解的她，超越了偏执狭隘的她。我又问：“您觉得，会因为什么特殊的原因吗？”

教授摇了摇头。“我不恨她把我送进监狱，我甚至为她感到骄傲。如果说她会为了什么事情改变她的原则……我不能接受任何理由。”他的身体略微前倾，“难道，没有可能是栽赃陷害？搞错了？”

我苦笑一下：“她拒绝为自己辩解，也没有解释这么做的原因。那个被害者也只是一个刚找到工作的小小的管理员。”

教授点点头，说：“我知道你想在我这里得到点不一样的看法，但是我跟你一样。抱歉。”

我谢过他，起身离开。

窗外的落叶堆了薄薄一层，在阳光下泛着亮黄色的光。我的脑海里浮现了一片云团似的红叶，蔓延至天边，像是记忆深处的什么东西。严永英的脖子上还挂着那个十字架，一晃一晃地反射出银色的光。关于她的信仰，我问过她几次，但是我只听她解释过一次。那时，她从厚厚的书中抬起头来对我说："我们都是带着罪来到这个世界上，我们有责任把正义还给这个世界。"

杯里的茶已经微凉了。云脑那边的探监没有什么收获。我望着严永英的茶杯说："这件事，是你的正义，"我停了一下，"还是你的罪？"

她的手指停止了抚摸茶杯边沿。

"罪！"我停住脚步喊道。

"什么？"教授吃惊地抬起头来看着我。

"她觉得自己有罪。"我重新坐回去。

教授面色凝重，思考了一阵子。然后他很谨慎地选择词语说："难道……只有一种可能。不可能中的可能。"

"什么？"我催促他。

"她曾经申请到我门下深造，学习算法、程序和网络安全，那时她很努力，成绩也很拔尖。可以说，她是个计算机天才。但是她后来极少涉足网络犯罪的案子，我向她表示过惋惜，她说自己学艺未精。"

我说："我不是很明白……"

"你想想，如果这件事存在一个凶手，有什么凶手是她没法逮捕的？"

我直直地望着教授。

教授点点头："她没法逮捕她自己，她的另一个人格。"

咖啡馆里，我刚端到嘴前的茶杯冒起的热气仿佛凝固了。我从震惊中回过神来后，迅速把这条分析传回了调查局。调查局的人工智能系统立刻给我反馈了相关信息。证据链闭合起来。

那个学习深造的人，那个日后的黑客天才，是严永英的第二人格。在严永英生成云脑的时候，第二人格的云脑也生成了，于是第二人格被解放出来。从此，第二人格能不受压制地在网络上显现出来，与主人格同时存在。“第二云脑”利用自己的知识躲过了系统的筛检，成功隐匿于网络，今天却意外碰到了一个临时决定检查她藏身之处的毛头管理员。严永英是一个绝对正直的人，而她的第二人格稍稍有那么一点不同。

这就是严永英身上带有的“原罪”。

我把茶杯摔在桌子上，大口地喘着气，仿佛刚刚从幽深的水底浮上来。

“你找到了真相。”严永英对我说，“你很优秀，也很正直。”

“你没有罪。”我对她说，“有罪的是另一个人，你的人格是无罪的。”

“真的能无罪吗？”她苦涩地笑了笑，“我们分享同一个身体，一起成长。”

我说：“你不要慌，不要冲动。我会想办法帮你的，一定有解决办法。”

“我真的希望你帮我一个忙。”严永英说，“我背负的罪恶，只有我能解决，必须由我来解决。给我几天时间，让我跟她进行最后的对决。”

“我做不了主，门外有枪。”

“告诉他们这个故事，拜托你了。这是我职业生涯的最后一次办案，凶手就在这里，她跑不掉。”她把十字架项链摘下来放在我的手上，冷静地起身，走出去。

我的云脑赶紧向现场指挥部发送了紧急请求，但是这已经是多余的了，指挥部发来信息说，严永英的第二云脑已经劫持了几十辆无人驾驶公交车的控制权，以此胁迫停火。我冲过去，挡在她前面走出了门。

我看着她坐上开往另一个城市的火车。落叶纷飞，她好像只是去郊游了一样。

我踩着地上层层叠叠的落叶往回走，脑袋空空。风吹起一片落叶翻飞起舞，仿佛响起林海的声音，我的云脑想到了什么。于是我询问了调查局

的人工智能系统，关于对严永英的网络社交足迹的追溯情况。信息涌来，我仿佛进入了她的整个人生。在人工智能的反馈里没有提到严永英在大学时跟恋人的网络社交足迹。在这个时代，和一个人谈恋爱不留下网络足迹是不可能的，何况是异地恋。树叶扑腾了几下掉落在地，我的心一紧。

我申请了搜查令，进入严永英的住处。终于，我在书桌的一个抽屉的底层找到了一本本子。翻开，本子里掉出来一片红叶。这本厚厚的已经毛边的本子上手写着两个人的对话，还标上了详细的时间，好像这就是一个私有的聊天室。两人的时间从来没有交叠。

那个秋天的回忆突然涌来。在香山上，我们踩着满地的红叶在山道上曲折而上。山上的红叶重重叠叠，仿佛天边燃烧着的云团。风一吹便传来林海的声音，云团燃烧得更炽烈了。我气喘吁吁地追上严永英的脚步，告诉她："你比以前开心多了。"

她扭头笑着说："因为我恋爱了。"

"哦……跟谁？"

"跟秋天的叶子。"她一甩头跑上了红云中。

我翻着手上的本子，翻到有记录的最后一页。上面写着两人的最后一次聊天。

【3月29日14：22】永英：秋叶，明天生成云脑，你准备好了吗？你可能不会醒来看到，我还是想记下我们的最后一次纸上交谈。一切都是值得的。爱你。

【3月30日01：43】秋叶：我醒来了。谢谢你让我存在于这个世界上。我一直准备着，我已经准备好了，爱你。

我看着手上的银光闪闪的十字架项链，滑坐在椅子上。

我们都是带着罪来到这个世界上，我们有责任把正义还给这个世界。

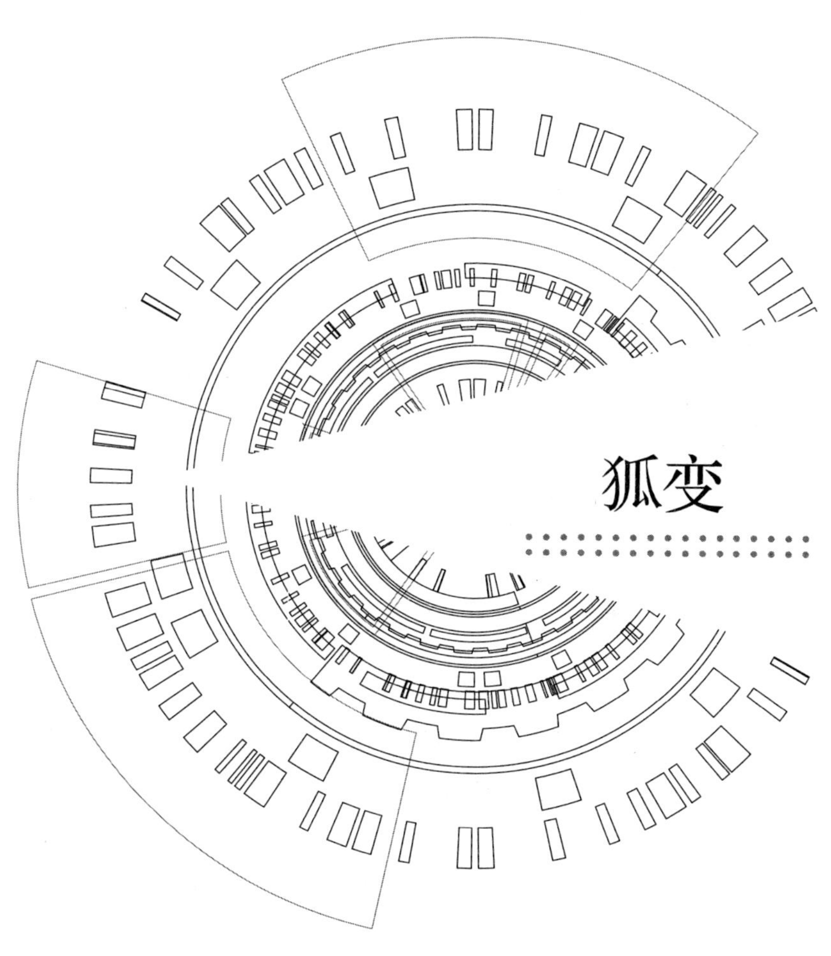

狐变

灰狐狸向一群乌鸦扑过去，乌鸦“哇”的一声飞起来，在城头盘旋。城头上的冷风带着铁器的腥味，吹得灰狐狸的毛都竖起来了。它咂了一下嘴，吐掉一根乌鸦毛，支起脑袋望向城郭外。这城头已经长满了野草，许久没有人巡逻，城外也一样，杂草把原先的道路覆盖了，铺开到远方的山脚。太阳快落山了，一个暗红色的圆盘悬在距离地面不远的地方，隔着昏昏的烟尘。铅灰色的天底下有几柱黑烟冒起。它最后一次看见人记不清是多久多久以前了，那还是一个快要饿死的人，它痛快地帮他咬断了喉咙，美餐了一顿。现在它已经快忘了人的味道。现在它的肚子已经饿得咕咕叫——这一趟出来什么收获都没有。

乱世，呸。

灰狐狸从城墙上一蹦一跳绕下来，蹿上城郭旁的土丘。它沿着一条杂草下隐隐可辨的小径跑跑走走。忽然前面飘来人的衣物的味道，然后它看见了一个身穿红衣的身影，是个人！灰狐狸躲到路边的草丛里，看着那人经过。那是一个小女孩，穿着红绸布做成的衣裤，手如月光般细腻白润，一看便是大户人家的女子，至少曾经是。

灰狐狸使用读心能力，看到了小女孩的念头。小女孩要赴约去跟一个砍柴少年见面，那个少年有着安静的脸和温柔的眼睛。她应该是很喜欢他吧。灰狐狸心下暗喜。它快步蹿到前方的路口，变成砍柴少年的模样。

灰狐狸一边读着小女孩的念头，一边做出砍柴少年应有的样子。“莲纾。”他用人类的温柔语调叫出了小女孩的名字。

“嘻嘻，阿桥！你真的来了。”小女孩欣喜地扑过来。对，这就是砍柴少年的名字。

他伪装得很好，连他自己都快要相信，他就是阿桥。他们沿着荒草中的小路走啊走。这是他们曾经私会过很多次的地方，野花站在草丛中宁静鲜亮，像往常那样等着采摘。是时候下手了，他摘下一朵黄色的野花。

“阿桥，跟我回家吧！”莲纾转过身来对他说。

什么？家？他一时有点不知所措。

莲纾说：“别怕，我家人不会赶你走，你勤快点就好。”

家，家人。跟着她去，能找到更多的人。灰狐狸暗自舔了舔嘴巴，觉得这是个不错的主意。

灰狐狸跟着莲纾来到一幢大宅子。周围的宅院都在兵祸中被捣毁，或者被拆来做了柴烧，只独独剩下这一幢，成了幸存者的避难之所。走进院子，灰狐狸感觉又回到了人的时代。莲纾轻轻地拉着他的手，安抚他的紧张。莲纾把他介绍给她的兄弟姐妹、叔叔嫂嫂们。

这一天晚上，莲纾的家人燃起了篝火欢迎阿桥的到来。家人拿出平日里不舍得享用的肉和美酒。肉在旺旺的火上滋滋冒着香味，大家举着酒杯围着篝火跳舞。灰狐狸隔着红红的火苗望着那一张张笑脸，感觉人真是滑稽好笑。但是有肉吃还真不错。

他决定先住下来，享受不用奔波、有吃有喝的日子，等到时机成熟了，他可以一个个解决掉。

日子一天一天过去，灰狐狸虽不怎么跟人打交道，但也熟悉了这幢大宅子里的人。劈柴的阿伯力气很大，看起来像个粗人，但是晚上他会坐在火堆旁拉很好听的二胡；学做木工活的小伙子会偷偷地把木料藏起来，雕刻成玩具，被师傅发现了就会被好一顿臭骂；做饭的阿姐每次都会留一些菜来喂野猫。灰狐狸肚子饿的时候，莲纾曾带他溜到厨房里偷菜吃。莲纾，莲纾，他不知道，他不想去想自己对莲纾的感觉，但是他身上正穿着她缝的衣服。在别人眼里，他是一个沉默寡语的少年，名叫阿桥的那个少年。有一天傍晚，灰狐狸打完谷子，坐在晒台顶上看着人们忙碌。院子里被阴天下的夕阳晒成酒红色，炊烟正从厨房上面升起。他看得微眯起眼睛，有点陶醉。

转眼就到了秋天，中秋节临近，大宅子里的人们忙着准备野菜做的月饼。灰狐狸的心里忐忑不安起来，因为月圆之夜他就会变回原形。莲纾察觉了他的焦虑，问他有什么心事。他说没有。莲纾对他笑笑，没有再问这件事。

中秋节那天，灰狐狸假称自己生病了，裹着被子，一整天都躺在屋子里。莲纾来敲过几次门，都被他打发走了。傍晚的时候，夕阳照在窗纸上，火红火红的，仿佛是一道薄如刀片的火焰的墙，把他和外面的世界隔离开来。外面传来人走动的声音，说笑的声音，窃窃私语的声音。灰狐狸把被子裹得更紧了，缩在床上瑟瑟发抖。

天黑了，灰狐狸变回了原形。外面的篝火烧起来，噼啪作响。多么热闹啊，他们的世界。灰狐狸舔舐着毛茸茸的双爪，心里感到恐惧。

然而它没有听到人声。外面传来“吱吱”的狐狸叫声，好像有十几只，几十只，高低起伏。灰狐狸蹑手蹑脚地走到门边，趴在门上透过门缝往外望。院子里有一群狐狸在上蹿下跳。圆月在灰蒙蒙的天上高悬，火堆的火星四处飞蹿，仿佛要飞到天外。狐狸们狂欢着，在火星里飞蹿，发出尖叫。

灰狐狸推开门，满腹狐疑地走出去。一只红色的狐狸蹲在火堆前，转身望着它。灰狐狸忽然意识到，它就是莲纾。

“这是……怎么回事？”灰狐狸问。

“你以为这世界上还有人？”红狐狸说，“这世界早就没有人了。我们聚在一起，扮演着他们的身份，继续着他们的生活。每年的中秋节晚上，就是我们变回自己的节日。”

灰狐狸想从它的眼睛里看到莲纾，然而红狐狸摇了摇头。

红狐狸指了指同伴们，说道：“过了今晚，你可以选择离开，以一只狐狸的样子生活；或者你可以选择留下来，跟我们一起扮演人。”

不管用哪一种语言，灰狐狸都说不出话来，四下里起伏的是狐狸们的尖叫声。火堆的火焰在夜风的劲吹下，膨大了身躯，升上天空，妖艳地舞蹈。红狐狸的眼睛像一口干涸的黑色的井，幽幽地悬在空中。

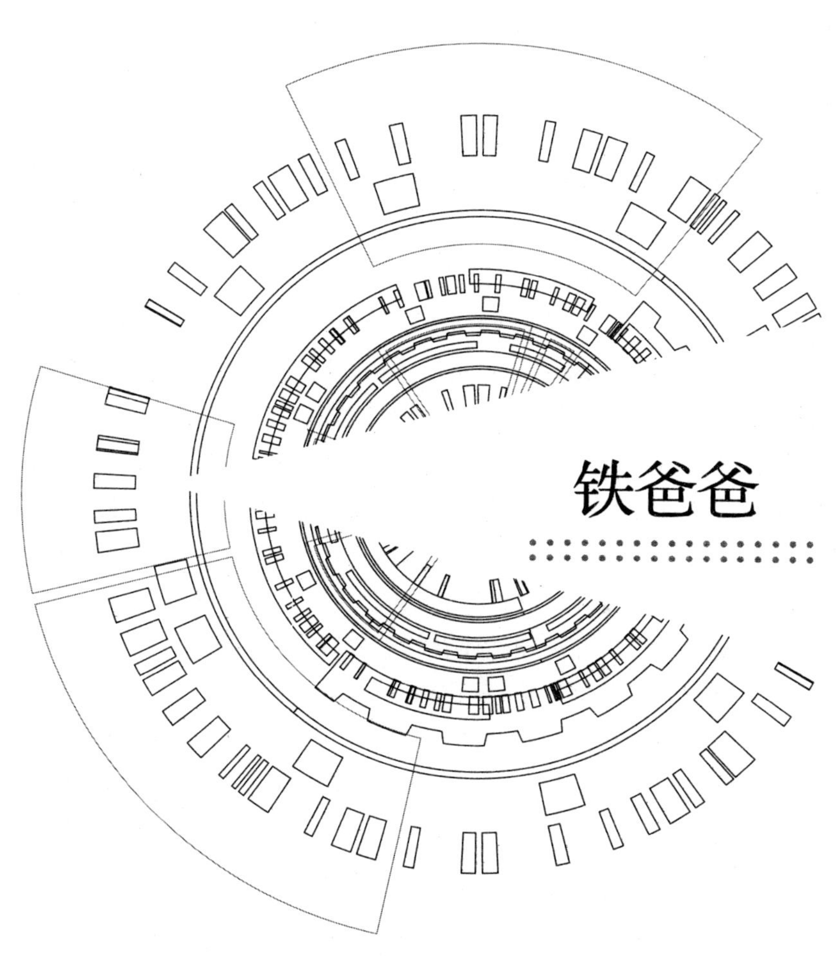

铁爸爸

班克

机器人是禁止收养人类的，这个条例班克很清楚。他把婴儿箱拿在手上，轻轻摇晃着。透过透明的玻璃罩，他看到那个孩子的影子在里面安详地睡着，偶尔翻一个身，踢打两下脚丫。

巡查路径在出发时就已经确定，班克今天的任务是巡查城西C5区域的所有婴儿亭，将弃婴移送回婴儿收养所。调度中心发来信号，一个婴儿亭的按钮被按下了。班克赶到那里，取出了那个被遗弃的婴儿。

阳光照进来，让一切有了生命的气息。他捧起婴儿箱，凑到婴儿箱的玻璃罩前看。婴儿很健康，甚至有点强壮，皱巴巴的皮肤透着粉红，根据他的经验，这个婴儿之前的营养至少还算跟得上。婴儿箱里叠放整齐的一套衣物和一个玩具小猪，也证明了之前的监护人对婴儿的呵护。

他或她有多爱这个孩子？班克不知道，因为他永远没法知道人们是有多艰难才选择遗弃自己的孩子。

这时，婴儿睁开了眼睛，黑亮黑亮的，如一道光芒。他的目光透过班克的电子眼，落在感光元件上。班克有一种说不出的感觉，有那么一会儿，他好像忘记了自己是另一个物种。错误操作，班克想。像班克这类专职回收婴儿的机器人，他们的外观被设计得非常不像人类，以免婴儿出现错误的移情。婴儿还在看着他，班克知道不应该让婴儿过多地看到自己，但是他移不开身子。婴儿咯咯笑起来，踢打着脚丫。是个男孩。

班克把婴儿箱转了一个角度，婴儿也微微转过头来，继续和他对视着。婴儿应该不能意识到这是机器人的眼睛，它们和人类的眼睛根本不一样。班克把婴儿箱又转了一个角度，小不点又微微转了一下头，继续凝望着他的眼睛。这是一个神奇的生灵。

班克站了23秒，决定收养这个婴儿，虽然他不知道自己为什么要这样做。他告诉调度中心，监护人把孩子领回去了。

班克租了一间房子，从胶囊旅馆搬出来，把孩子偷偷养在这里。这个孩子本来应该进入收养机构，运气好能被人领养走，运气不好就在那里长大走入社会，现在他的命运彻底不同了。班克不知道这个孩子会长成什么样。他是一个不道德的机器人，他是一个自私的机器人，但是他仍然想让这个孩子好。

班克把电视里、画册中的婴儿屋的摆设复制过来。全自动婴儿照看床。玩具，五颜六色的；声音，要清脆动听一点；形状，长圆方角，一样都不能少。还有长得像人类的芭比娃娃，这是他自己想到的。人类还会给小孩起一个名字，班克想了很久，决定叫他晨光，这听起来不会显得冷冰冰的。

养孩子是一笔很大的开销，很快班克的积蓄就花光了。他利用晚上的时间又打了一份工，减少了自己的维护开销。在晨光还小的时候，班克是一个机器人保姆；晨光长大一些的时候，班克是一个机器人老师。班克同时还是木匠、园艺师、坐骑、保镖……更多的时间他在工作赚钱。

做一个人类的监护人远比做任何一个工作复杂。

渐渐的，孩子长大了。他第一次抬头问班克：“班克，我可以叫你爸爸吗？”

晨光

晨光第一天上学，爸爸没有送他。爸爸提前带他走了一遍上学的路线，然后就让他自己去上学。晨光知道，爸爸远远地跟在后面。放学回家后，晨光问班克："爸爸，你可以送我上学吗？"

第二天，班克装扮成一个保姆机器人送晨光上学，他那身滑稽的围裙总让晨光不禁发笑。到了学校，晨光告诉同学说"这是我老爸"。他和班克立刻遭到了同学们的猛烈嘲笑。他狠狠地回击了。在他们你来我往地出拳的时候，班克只能呆呆地来回转着脑袋。

班克还是决定不再送晨光上学。

晨光10岁那年，他的一只眼睛被棒球击中导致失明。班克用十年积攒下来的货币点数给他换了一只电子眼——通过把电子信号转化为神经信号，晨光又可以用两只眼睛看世界了。他也第一次知道，人的身体是可以替换成机器的。

晨光偷偷地利用课余时间打零工，擦洗玻璃、修剪草坪、端盘子，把钱攒起来。14岁生日那天，刚刚成为少年的他给自己换上了一条机械手臂。他高兴地去给爸爸看的时候，班克的身体僵住了很久。

他们爆发了有史以来最激烈的争吵。班克要晨光好好地珍惜自己人类的身体。晨光委屈地大喊："我想跟你一样！"

晨光离家出走了，一走就是十年。十年里他四处流浪，做过学徒，当过面包师，跟人合伙开了一家公司。他用赚来的钱替换着自己的身体，四肢换成了机械的，内脏换成了维生装置……用开公司赚来的一大笔钱，他把自己的意识转移到了一个电子脑里。他终于变成了和爸爸一样的，一个完完全全的机器人。

他回到了原来的家。钥匙轻易地打开了熟悉的家门，连门锁都没有换过。而他看到的是一张有着人类仿真皮肤的脸。班克用十年里赚的钱一点点地改造着自己的面部，现在他的脸看起来和人类并无二致，棱角分明，像一个父亲一样。

重逢就这样发生了。一张金属的脸和一张仿真皮肤的脸久久地对视着，谁也没能流下一滴眼泪。

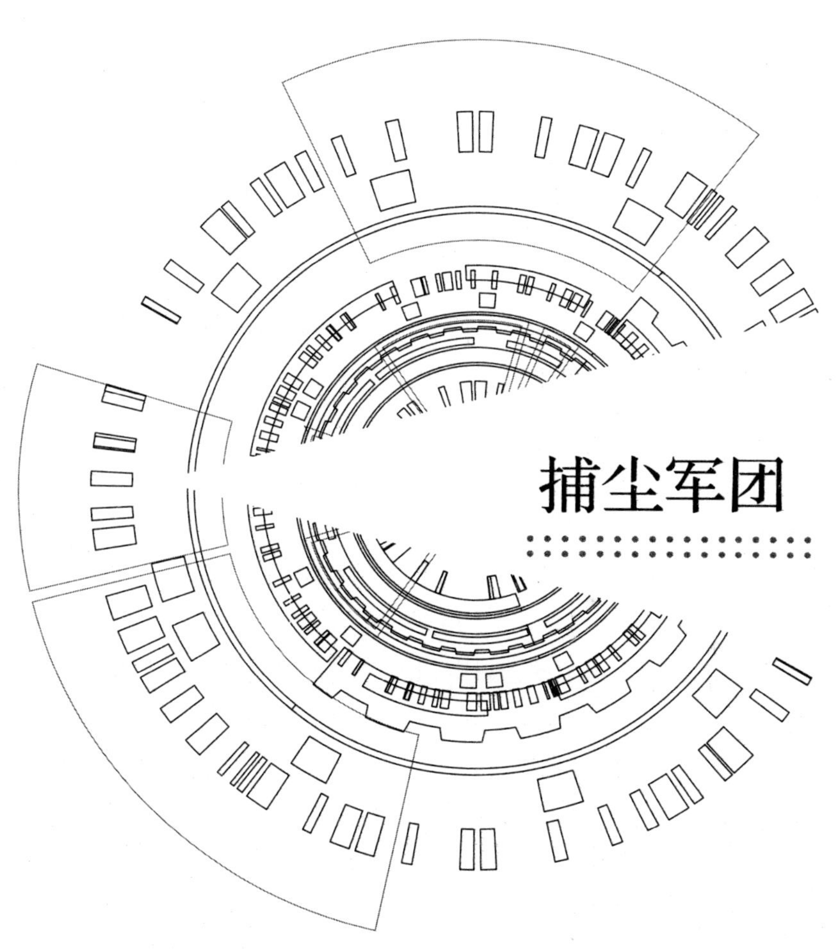

捕尘军团

博士坐在家里的露台上，阳光照得他的秃头闪闪发亮，那是智慧的光芒。一朵烟雾从他的烟斗升起，盘绕在他头上。一架小飞碟嗡嗡飞过，把烟雾吸走了。

看这个标志性的秃头就知道，博士是一个发明家。别人可能会觉得他智商很高，但是他觉得很多事只是常识。他觉得去商场买东西是件可耻的事情，没有什么是不能发明出来的。他的家里没有朋友可以容身的地方，因为这里挤满了他发明的“朋友们”。

博士睡着了，烟快烧到手指，一个小家伙用银色细长的夹子把烟头夹起。一截烟灰掉下去，另一个小家伙趁烟灰落地前接住了它。然后一只变色龙一样的小东西伸出舌头舔走了博士嘴边留下的口水。

博士有一个秘密，这个秘密只有扫地机器人知道。扫地机器人每天在屋里巡逻，第一时间把脏东西打扫干净——博士不允许脏东西存在超过1分钟。其实这个秘密吸尘机器人也知道，当博士发现扫地机器人没法清理干净角落里的灰团的时候，吸尘机器人被制造出来加入了巡逻的队伍。可是，博士用放大镜仔细检查的时候还是不禁打了个哆嗦，家具立面和天花板上还沾着不少细小的灰尘！别以为灰尘没关系，当博士用显微镜观察它们的时候，它们都像一头头小怪兽般凶恶，让博士打了个哆嗦。于是，一个沾灰用的滚筒机器人又被发明出来，它每天的工作就是在各种表面上打滚。当然，它也知道了博士的秘密——他有洁癖。

每天，一大群各式各样的机器人就在博士的屋子里叮叮哐哐，这里面大部分都是负责清洁的机器。博士终于能够惬意地躺在躺椅上，晒着太阳，喝着纯净水，听着音乐，眯着眼睛，端详这个世界——等等，阳光里飘浮的是什么？灰尘！灰尘！博士一拍脑袋跳起来。空气里飘浮的灰尘，这就是万恶之源。如果消灭了这些飞尘，家具和地面就不会脏了。

他对着机器人们大吼一声："安静！你们老爹要发明一件法宝，不，是一整支军队！发明出来你们就全都不用干活了！"

机器人们都安静下来，长脚杆的端菜机器人吓得战战兢兢，哐啷摔了一跤。

博士说："哦，我的意思是你们都可以放假了。放假！"

机器人们叮叮哐哐地手舞足蹈起来。

一连几天，机器人们期待地围着那个火花四溅的中心。终于，博士大吼一声，大功告成了。

"来来来，和我一起来检阅本老爹的伟大发明——捕尘军团！"

可是大家什么都没有看到。

博士把放大镜移到桌子上，墙上的屏幕里出现了一队微型机器人，每一个单位的大小只有一粒米粒那么大。

那可是一整支军队！放大了看还是挺威武的。银光闪闪的飞行艇上，骑着一个个手拿捕尘叉或拖着捕尘套索的战士，飞艇上还配有黏尘炮。

博士向着放大镜敬了个礼，然后把手指放在嘴上吹了个响哨。捕尘军团高呼着口号出动了，他们像细小的尘埃和空中的尘埃交战着，把它们一个个"缉拿归案"。

没有人看得见空中精彩的空战，只有不断传来的捕尘军团的捷报。"第七小队报告，已经抓捕了一千只灰尘！""第四小队成功扫荡书房！""第十小队，啊哈哈哈，哒哒哒哒……"

傍晚时分，捕尘军团的司令官站在桌子上向博士报告："报告老爹，本房屋领空内所有的灰尘都已被抓捕！"他的目光那么坚定，就像一个忠诚的老战士。

司令官身后的捕尘军团欢呼起来，满屋子的机器人们都欢呼起来。

博士笑得合不拢嘴：“呃呵呵呵，好，真是老爹的好孩子。”

自从有了捕尘军团，博士的心情好得不得了，睡眠也好多了。这才是洁癖的天堂，无论怎样打滚都不会沾上哪怕一粒灰尘。

但是有个怪事情，过了一段时间，博士的脖子开始酸痛起来，越来越严重。他怎么也找不到原因，让按摩机器人给他做了按摩，酸痛也没有好转。

捕尘军团每天都会准时收队，报告战报，等候博士检阅。博士的精神日渐憔悴，捕尘军团司令官的目光还是那么坚定。

有一天，博士又躺在床上。脖子的酸痛已经变成了刺痛，不时刺他一下。博士在枕头上痛苦地扭着脖子，嗷嗷地哼哼着。突然，他噌地坐起来，盯着枕头。有点奇怪，他继续盯着它。枕头似乎比以前更大更鼓了一些，难道是错觉？多久了？怎么可能？

博士拿来一把剪刀剪开枕头。“嘭”的一声，一大团灰尘从枕头里喷薄而出，像一朵壮丽的星云，沾了博士一脸一身。

博士狂叫着跳起来，穿过整个屋子。

许多机器人忙活了不知多久，才把博士清理干净。博士气呼呼地找来捕尘军团的司令官质问道：“这是怎么回事？！灰尘怎么会在我的枕头里？我！的！枕！头！里！”

“报告老爹，那是我们捕获的灰尘，我们的囚犯。”司令官敬了个礼答道。

“你们捕获的灰尘怎么会在我的枕头里？！”博士涨红了脸咆哮道，脑袋上还闪着闪亮的汗珠。

“报告老爹，”司令官答道，“那是因为，你没有给我们设计处理灰尘的功能，也没有告诉我们把灰尘关到哪里，于是我们自己把问题解决了。”他的目光依然那么坚定，像一个忠诚的老战士。

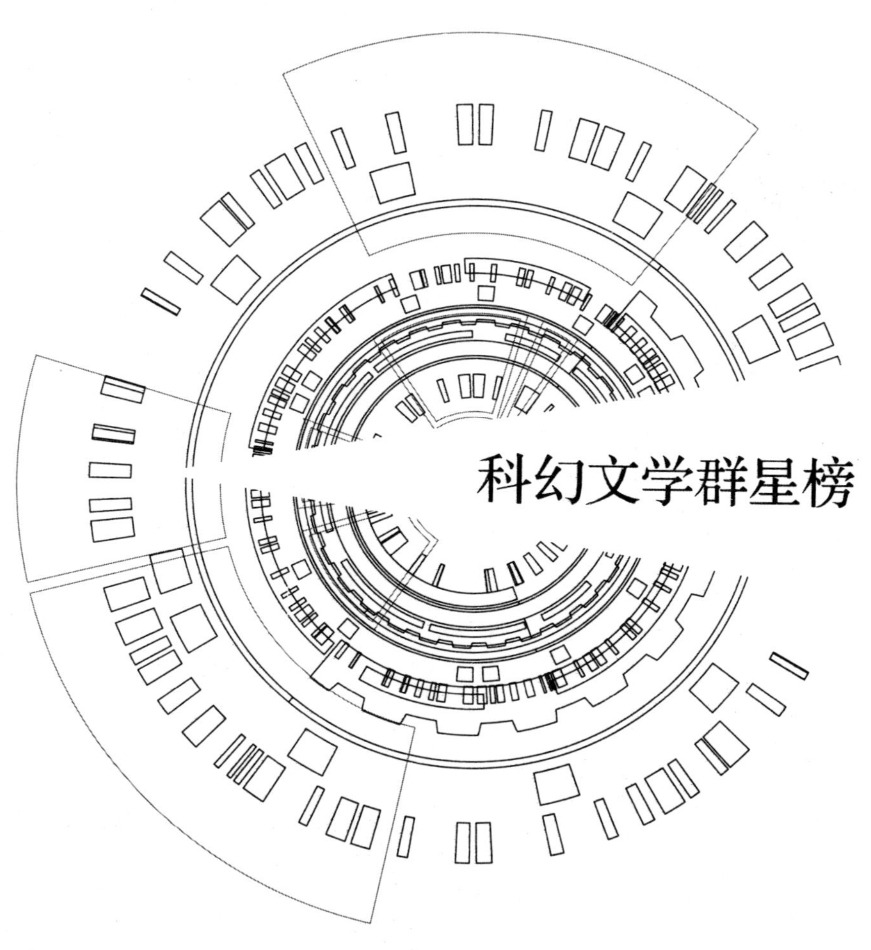

科幻文学群星榜

序号	作者	书名
1	郑文光	侏罗纪
2	萧建亨	梦
3	刘兴诗	美洲来的哥伦布
4	童恩正	在时间的铅幕后面
5	张静	K 星寻父探险记
6	程嘉梓	古星图之谜
7	金涛	月光岛
8	王晋康	生死之约
9	刘慈欣	纤维
10	潘家铮	子虚峡大坝兴亡记
11	韩松	青春的跌宕
12	星河	白令桥横
13	凌晨	猫
14	何夕	异域
15	杨鹏	校园三剑客
16	杨平	神经冒险
17	刘维佳	使命：拯救人类
18	潘海天	永恒之城
19	拉拉	永不消逝的电波
20	赵海虹	月涌大江流
21	江波	自由战士
22	宝树	人人都爱查尔斯
23	罗隆翔	朕是猫
24	陈楸帆	动物观察者
25	张冉	灰城
26	梁清散	面包我的幸福
27	七月	撬动世界的人于此长眠
28	杨晚晴	天上的风
29	飞氘	讲故事的机器人
30	程婧波	第七种可能
31	万象峰年	点亮时间的人
32	长铗	674 号公路
33	迟卉	蛹唱
34	顾适	为了生命的诗与远方
35	陈茜	量产超人
36	刘洋	单孔衍射
37	双翅目	智能的面具
38	石黑曜	仿生屋
39	阿缺	收割童年
40	王诺诺	故乡明
41	孙望路	重燃
42	滕野	回归原点